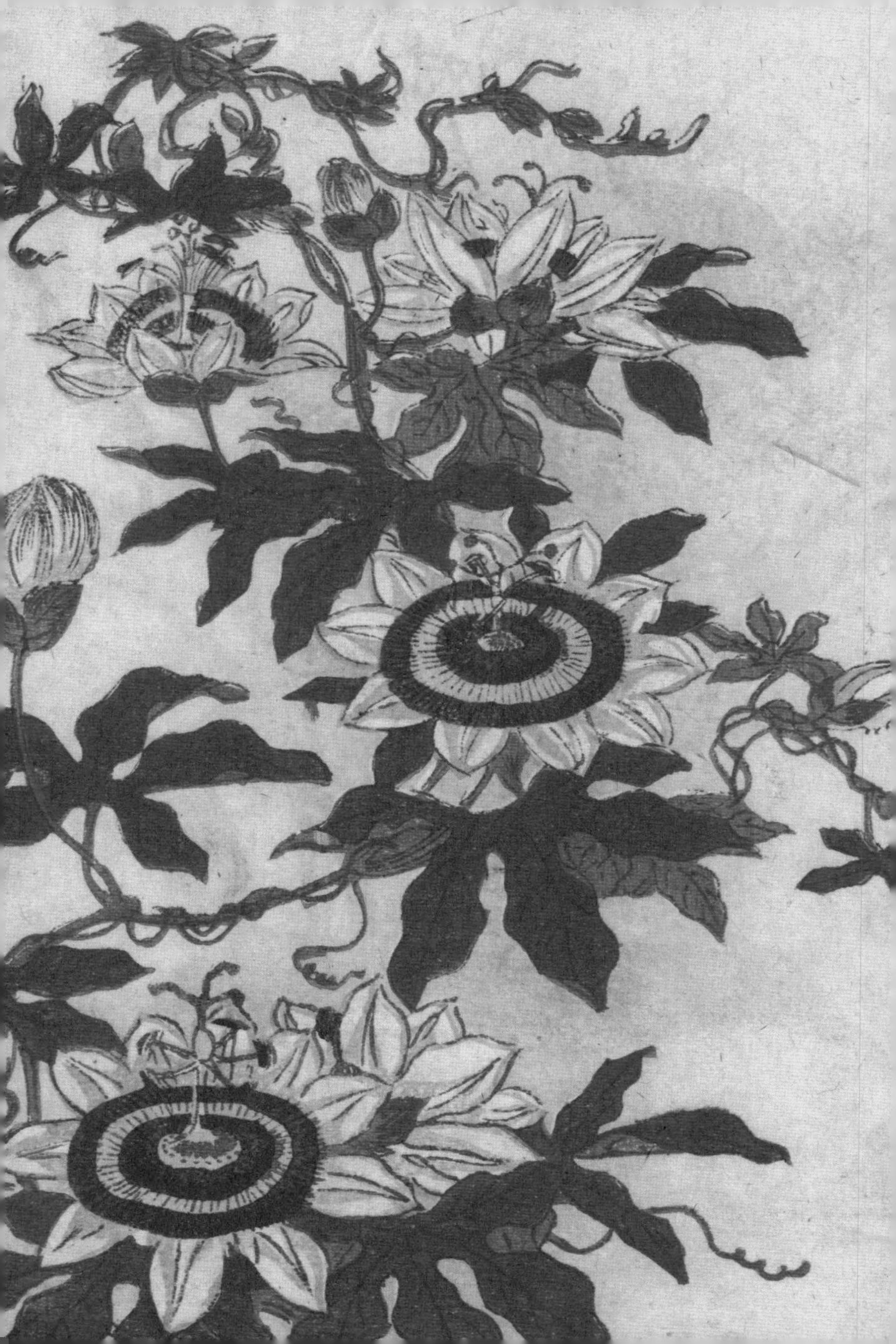

季語・歳時記巡礼全書

坂崎重盛

Shigemori Sakazaki

山川出版社

季語・歳時記巡礼全書

目次

第1章　季語で恥をかいて季語道楽にはまり込む

第１章

季語で恥をかいて季語道楽にはまり込む

前口上

ちょっとでも俳句を作ろうとする人なら必ず一冊は持っているはずの（最近は電子辞書などを利用する人もいる）「俳句歳時記」あるいは「季寄せ」、これが実は、日本の伝統文化や、失われつつある言葉の貴重な辞典だったりする。

日本の四季折々の、時候、天文、地理、生活、行事、動植物などなどの様相を表す言葉の、いわば総字引が歳時記であり、その言葉が俳句の中に登場するものを集めたのが俳句歳時記です。

俳句歳時記は日本文化のイメージの百科事典ともいえます。

ときどき遊びで句会に参加したりするのですが、これが思わぬ恥をかく。季語を間違えてしまうんです。

まさかいくらなんでも「小春日和《びより》」の「小春」を「早春のぽかぽかと暖かい日」などとは間違いはしないでしょうが、「氷雨《ひさめ》は？」と問われればどうします？

「うーん、みぞれのような雨だろうから、冬の季語とは思うけど、わざわざ言うのなら、晩秋あたりかな」となると、これが違うんですね。

「氷雨」といったら俳句歳時記では、まずは「夏の季語」らしい。なぜって、氷雨は雹《ひょう》のことだからです。

ただ、霰《あられ》やみぞれのように冷たい雨のこともあるので、この場合は冬の季語となります。前後の言葉のつながりで、夏か冬かがわかるはずです。

だから夏の句の中に「氷雨」が入っているからといって、「夏の句なのに冬の季語が入ってる！」などと、オセッカイな指摘をすると墓穴を掘ることになります。

ことのついでに、では小津安二郎の監督作品のタイトルとしても知られる「麦秋《ばくしゅう》」は？ 初歩コースです。

「麦秋」は「麦の秋」ともいいます。秋と言うんだから、秋の季語――ではないんですね。夏なんです。しかも初夏。麦は初夏、それこそ小麦色となり刈り入れ時となります。ちなみに「麦の芽」は冬。

では「夜の秋」「秋隣《あきどなり》」は？ こちらも夏の季語。「秋の夜」ならもちろん秋ですが、「夜の秋」「秋隣」は、どことなく秋めいてきた夏の夜を表す季語です。

きれいな言葉じゃないですか。「秋隣」なんて。

きれいな言葉といえば、二十代のころ句会に参加するようになって初めて「木下闇《このしたやみ》」という季語を知りました。青葉がうっそうと茂って夏の光の中でも暗い樹下、という、句会では初歩の初歩の季語のようですが、知るとたちまち使いたくなる。

「山笑う」も一度知れば絶対に忘れない印象的な季語。若葉が萌える春の山を表す。どうやら由来は漢詩からのようですが、見事な表現です。以上、すべて歳時記からの受け売り。……ということで、『季語道楽』と題して、美しい季語、珍しい季語、面白い季語、難解な季語、そして間違えやすい季語などなどを季節に合わせて取り上げてゆきたいと思います。

といっても、俳句もズブの素人、季語についても重要基本季語すら要領を得ない身ではありますが、「日本の言葉」また「言語遊戯」の世界については人一倍、関心だけはあるつもり、自分自身の「覚え帖」を編むようにコツコツとおつとめを果たしたいと思います。

まずは「新年」の季語から拾ってみましょう。「年の始めのためしとて」という唱歌もあったじゃないですか。

「新年」のうち「今朝の春」「初昔」「二日」など

新年――年の始め、正月。陰暦では立春が一年の始めとされたので、陽暦になった今日でも年賀状にはご存知のように「迎春」「賀春」などと書かれます。だから「今朝《けさ》の春」は、もちろん新年の季語。これはまだわかるにしても「花の春」となると、知らない人はまず、「花がまっ盛りに咲いている春たけなわのころ」と信じて疑わないでしょう。ぼくも疑わなかった。しかし、これも新年の季語なのです。似た言葉で「花の内」という季語もあります。こちらも新年。宇多喜代子《うだきよこ》さんの『古季語と遊ぶ』（角川選書）には、

花の内陸奥より人の来るという　　辻田克巳

という句が掲げられ、「花の内」とは「小正月から月末までをいう東北地方に残る言葉」とあります。ちなみに「小正月」とは陰暦の一月十五日（前後三日間）のこと。

日本の季節の移り変わり具合からすると、年中行事などは太陽暦より古来からの陰暦の方がぴったり合っているような気もしますが、まっ、仕方がない。太陽暦、陰暦の二重生活を送るのもまた一興。

そうそう、陰暦と言えば、日本の伝統文化にくわしいノンフィクション作家・千葉望さんに『陰暦暮らし』（ランダムハウス講談社）という陰暦礼賛の好著があります。

私たちの句会では、時節に関してはわりとルーズ。ともかくその季節の実感が表現されていれば、ということになっています。ただ季語の誤解だけはできるだけ避けたい。

さて新年の季語をもう少し。

「初昔《はつむかし》」。「初音」と誤植しないように。これは、元日になって振り返った、過ぎ去ったばかりの時間を表す。きれいな言葉ですね。

わが影に初昔とは懐かしき　原コウ子

ただの、「二日」「三日」「七日」となれば、これも、もちろん新年。

沖かけて波一つなき二日かな　久保田万太郎
夜咄に三日の酒のはてしなし　石田波郷
渡舟場に五日の客が二三人　吉野秋堂
七日や煤によごれし軒雀　志摩芳次郎

なお七日は「人日《じんじつ》」「七日正月」ともいい、春の七種粥《ななくさがゆ》を食べる。東京・向島百花園では年の暮れに春の七草の予約受け付けをする。これはもったいなくて粥の具にはできません。

そうそう、向島百花園といえば、昔をしのぶ木版画（いまは凸版かな？）による七福神が乗り合わせる、うれしい宝船が百花園の茶屋で売られています。お正月、この宝船の絵を枕の下に敷いていい初夢を見ようと願うものです。
こんな時代ですから、せめて宝船の力を借りてでも、いい夢が見たいですね。

宝船こころすなおに敷いてねる　横山蜃楼
ふと醒めて宝舟ある又眠る　岸本静歩
願ふことただよき眠り宝舟　富安風生

宝船に関しては江戸川柳にかなりの破礼句《ばれく》がありますが、ここでは紹介は控えます。

「火事」に季節の限定ありやなしや

新年で気になる季語はまだまだ沢山ある。

例えば「御降」。読めますか？（おさがり）。

また、落語の題にもある「御慶《ぎょけい》」。

「名刺受」が新年の季題というのも意外と知られていないのでは。

これは知らなければ、まず読めないでしょう。ぼくなど、この漢字を書いたことすらない「白朮詣《おけらまいり》」。京都の人なら皆知っているのでは。

「嫁が君」とは何ぞや？　しかも新年の季題とは。

「骨正月」というなにやら思わせぶりな季語もある。

そうそう「ぽっぺん」も新年の季語。芥川賞の候補にもなった石田千さんに『ぽっぺん』（新潮社）という作品があります。

雑誌「波」から、この本の書評を頼まれたぼくは、書評のかわりに勝手に「ぽっぺん」を入れ込んだ句をスペースのある限り（五十～六十句ぐらいだったはず）即興で作りました。

インターネットで検索できると聞きました。関心のある方はアクセスしてみて下さい。

あ、「ぽっぺん」とは、歌麿の浮世絵（「ビードロを吹く女」）にもある（記念切手にもなりました）ビードロのことです。今でも長崎の土産物として売られています。と、まあ、「季語」を取り出すだけではなくて、きちんと説明し、例句なども紹介しなければならないのでしょうが、それはまた、そのうち。

で、新年が終れば、もう春でしょう。一気に春の季語へと進んでもいいのですが、まだ一月の末、昨日、今日、雪は降る、寒波は到来するで、ぜんぜん春の気分ではない。体感に従って、冬の季語をちょっとチェックしてみたい。

「虎落笛」。これも知らなければ読めない。（もがりぶえ）。言葉は聞いたことがある人も多いのでは。冬の空っ風が電線や枝のついた竹の物干し、竹垣などにあたってヒューヒューと鋭い音を発する（最近はなぜかこの音を聴かなくなりましたね）。

もともと紺屋（染物屋）の干場を「もがり」といったそうですが、広く、冬の風によって笛のような音を作り出すことを表す言葉となった。誰かの歌う演歌の一節に歌われていましたっけ？

日輪の月より白し虎落笛　　川端茅舎
虎落笛荷風文学うらがなし　　石原八束

「屏風」も冬の季語でしたか。なんとなく夏あたりかな、と思っていたのですが。「金屏風」

「銀屏風」「枕屏風」も「四曲」「六曲」もすべてふくめてよいという。防寒のための調度ということだそうです。例句を紹介します。

吉凶につけて古りゆく屏風かな　吉井莫生
貼りまぜの屏風や失せし友の句も　及川貞
帯しむる音さわやかに銀屏風　石原舟月

「屏風」が冬の季語ということですから、「襖《ふすま》」「唐紙《からかみ》」「障子《しょうじ》」もすべて冬の季語です。

おや「火事」は冬の季語ですか。火事は別に季節を選ばずに起きるのに、いや、やっぱり冬かな。昔の火消し装束や冬の夜の半鐘の音などを連想すると。

そういえば、古今亭志ん生の歌う大津絵節の出だしが〽冬の夜に風が吹く――で火消し（鳶《とび》）の夫婦の情愛の歌でした。志ん生の節まわしは、たまりませんね。絶品！（小泉信三先生、絶賛）憶えたいんだけど、なかなか身につかない。

それはともかく「火事」の例句を。

火事を見て戻る道辺に犬居たり　内田百閒
赤き火事哄笑《こうせう》せしが今日黒し　西東三鬼
火事を見るわが獣心は火を怖れ　古舘曹人

「泥鰌」だけでは季語にはならないが「掘る」が付けば冬の季語になります。「泥鰌掘る《どじょうほ》」――田や小川、浅い沼などの水が少なくなったときに泥を掘り出してとること。

つくるより崩るる堰《せき》や泥鰌堀　田上一焦子
泥鰌捕る真菰《まこも》を焚いて憩ひおり　高浜虚子
どぜう掘る泥てらてらとぴかぴかと　西村和子

これまた、ついイメージで夏の季語？　と思いたくなる「都鳥《みやこどり》」、これが冬なんですね。「都鳥」といえば隅田川、鏑木清方の版画に浴衣の女性（粋筋？）が夏の風に吹かれながら、都鳥の波間に浮かぶ隅田川の川面を眺めている作品があります。

そんなこともあり、なんとなく夏を連想してしまうのは私だけでしょうか。「都鳥」、本来は、全身黒く、嘴《くちばし》が長く赤い鳥というが、今は「百合鷗《ゆりかもめ》」を都鳥と呼んでいる。

ともかく都鳥といえば『伊勢物語』、在原業平の「名にし負はばいざ言問はむ都鳥わが思ふ人はありやなしやと」で知られる。

その「業平」は隅田川近くの地名となり（スカイツリーの立つところ）、「言問はむ」は向島の「言問団子《ことといだんご》」にその名を今日に残している。向島へ出向いたときは、この言問団子か近くの長命寺の桜餅を買って帰らないわけにはいかない。

折り詰めを手にぶら下げているだけでも幸せな気持ちになれるのです。

くろがねの橋も幾重や都鳥　石塚友二
都鳥都電の数もまた減りぬ　岡野亜津子
昔男ありけりわれ等都鳥　富安風生

次回はいよいよ「春」の季語です。

「蛙の目借時」とはなんとも滑稽な季語ではありませんか

吉田類さんの主宰する「舟」の句会に参加した。兼題は「探梅《たんばい》」（あるいは「梅探《うめさぐ》る」）。梅の名所、また泉鏡花の筆塚のある湯島天神への吟行。「探梅」は本来、冬の季語だが、この日の底冷えするような気候なら、かえってふさわしいのかも。湯島の梅は今年はかなり遅く、まだチラホラ。「探梅」という季語は比較的新しいものという。

ところで落語のマクラなどに使われる小話で、蛙の吉原見物、といったナンセンスがありますね。青蛙、殿様蛙、小ぎたないイボ蛙たちが打ち揃って、美しい花魁《おいらん》がずらーっと控えているという吉原へ行ってみよう、ということになる。

なかに入ると、なるほどきれいどこが並んでいる。蛙のくせに見栄を張ってか、四つんばいではなく、一人前に立って、あれこれ品定め。

「私しゃ、あの妓がいいなぁ」

「そうかい、オレは、その右の妓だな」

とかいっているけど、蛙の顔が向いている方向には、そんな心当たりの妓は誰もいない。

変だな？　と一瞬いぶかるが、ハタと気がつく。蛙の連中、立ち上がって吉原のなかを見ているので、目は頭のうしろ、つまり自分の真うしろの妓を品定めしていた、というバカバカしくもステキな（と、ナンセンス大好きな私は思う）話。

いや、本題は季語だ。季節は寒も明けて、いよいよ春。その春の季語に「蛙の目借時」がある。この場合、「蛙」は「カエル」ではなく、もちろん「かわず」と読む。

春、たけなわとなり、陽気はポカポカ、苗代《なわしろ》で蛙が鳴きたてる頃となると、もう、うつらうつらと耐えがたいほど眠くなる。

これは、蛙に目を借りられてしまうから眠いのだ、ということから「蛙の目借時《めかりどき》」という季語が生まれた。なかなか俳味のある言葉ではないですか。

とはいえ、句会でこんな題が出されたら、かなり難儀するのでは。例句も挙げてみましょう。


そろばんと帳簿と合わず目借時　　三宅応人

上手いですね。眠い感じがでていてユーモラス。

怠け教師汽車を目送目借時　　中村草田男
煙草吸ふや夜のやはらかき目借時　　森　澄雄
およその量で買物たのむ目借りどき　　平井さち子

なにか、ふんわり、のんびり、ゆったりしていますね。

こういう季語は、たとえば同じ春の季語「山笑う」のように、一度聞いたらまず忘れない。言葉が特徴的だから。

しかし、「あたたか」「ぬくし」といった一般的な言葉となると、つい、他の季節、たとえば冬の句に使ってしまうおそれがある。この季語での句作もかなりむつかしい。あたりまえすぎる言葉なのでかえって秀句ができにくい。

射すひかり石を包みてあたたかし　野見山朱鳥
髪伐った友との出逢い街あたたか　敷地あきら
縁ぬくし一人の時はよそほはず　草村素子
夜ふけの茶いれ今日ぬくきことを言う　橋本風車

気のせいか、皆さん苦労している感じがするのですが……。

「あたたか」「ぬくし」が春の季語ですから、「麗《うらら》か」「うらら」「のどけし」ももちろん春の季語。

でも、このへんは言われれば「そうだよね、春の季語だよね」と納得できるでしょうが、それでは次の季語は？

「凍《いて》返る」。どうしたって冬でしょう、字づらからすれば。類語に「冴《さえ》返る」があります。これが、両方とも春の季語。「三寒四温」という言葉もあるが、「やあ、やっと暖かくなってきたな」と思うと、急にぐんと冷え込んだ日になる。「いや、まだまだ気をゆるめてはいけないな」と、冷気に気持ちも引き締る。

凍返る夜をあざける顔白し　石原八束
冴て返りがらんと夜の古本屋　石塚友二
冴えかへる夜や消し炭の美しき　川越苔雨
冴えかへるもののひとつに夜の鼻　加藤楸邨

なるほど、なかなか好調ですね。「凍返る」「冴え返る」の言語に力があるのかもしれません。

今回は春の中の「時候」の季語から拾いました。次回も「春の季語」のつづきです。よい季語、おやっと思う季語、興味深い季語がたくさんあります。

貝寄風や吹きとんでゆく芸者たち

相撲の春場所が終わっても、北風が吹く日があったりして。今年は、春が来るのが遅いな、と。

でも、早い遅いといったって、来るものはくる。春が来れば夏が来る、夏が来れば秋が来る。あたりまえのことですが、私たち日本人は、このような四季の移りかわりを経験してゆく中で歳を重ね、そして一生を終えるのでしょう。

子供のときや、若いころにはあまり感じなかった四季折々の陽の光りやかげり、風のにおいや模様、草木の芽吹きや開花や落ち葉に、歳をとるにしたがい心動かされることになる。かえって、感受性が鋭くなるのです。

と、まあ、そんなゴタクはともかく、もうすこし、面白そうな春の季語をちょっとのぞいてみましょう。

まずは「東風」。もちろん「こち」と読みます。中学、高校の授業で習った人も多いのでは。俳句ではなく有名な和歌の例文で。

あの、「東風吹かばにほいおこせよ梅の花――」菅公・菅原道真の歌ですね。天神様、天満宮はこの道真をまつった社《やしろ》。

私が若いころの「東風」は、道真ではなくジャン・リュック・ゴダールの『東風』でした。この場合は「こち」ではなく「トウフウ」あるいは「トンプウ」とか言ったかしら。それはともかく例句を少々、ご紹介。

手の地図をたたみかねつつ東風の景　阿波野青畝

なるほど実感がありますね。しかし、今日ではケータイで地図が見られるので、こういう光景も少なくなるかも。

暖簾《のうれん》に東風吹く伊勢の出店かな　蕪村

夕東風や海の船ゐる隅田川　水原秋桜子

そうそう、「東風」の意を書き添えることを忘れてました。

この風、文字どおり東から吹く風。いわゆる春風より少し前の季節に吹き、ときに烈しいときは「強東風《つよごち》」「荒東風《あらごち》」などという。「鰆東風《さわらごち》」「梅東風《うめごち》」「雲雀東風《ひばりごち》」などの季語もあるようですが、いままで自分は使ったことも、例句も見たこともありません。

春の風関連では、「涅槃西風」「彼岸西風」「貝寄風」といった季語があります。それぞれ、どう読みますか？

「ねはんにし」「ひがんにし」「かいよせ」ですね。「風」の字はあるが、これを読まない。涅槃会（陰暦の二月十五日）前後一週間ほどに吹き続ける早春の寒さの残る西風が「涅槃西風」。「彼岸西風」も彼岸前後の西風とか。

「貝寄風」は大阪の年中行事に因む。旧暦二月二十二日（現在は四月二十二日）に行われた四天王寺の聖霊会《しょうりょうえ》舞台の筒花を、この季節の風で難波の浜に吹き寄せられた（とする）貝殻で作ったことから。

「貝寄風」などはまだよく知られるほうでしょうが、難解季語のなかには、このような地方の年中行事に因むものがある。なかには、行事そのものが消滅していたりして、いっそうなじみのないものになる。

「貝寄風」の例句として、

貝寄せや我もうれしき難波人　　松瀬青々
貝寄風に乗りて帰郷の船回し　　中村草田男
貝寄風や難波の蘆も葭も角　　山口青邨

などとあるが、難波《なにわ》育ちではない関東者としては、アウェーな感じ。ただ、

貝寄風や吹きとんでゆく芸者たち　　岸田稚魚

には、つい笑ってしまった。いいですねぇ、こういう句境。学びたいものです。

春の天文関連では、他に「風光る」「霾《つちふ》る」「霾風《ばいふう》」「霾曇《よなぐもり》」「春霖《しゅんりん》」（春の長雨のこと）、「佐保姫《さほひめ》」（春の造化をつかさどる神）や、知らないと冬の季語と誤りかねない「斑雪《はだれゆき》」「雪《ゆき》の果《はて》」「名残の雪」「雪の別れ」などがあります。

また「陽炎《かげろう》」のことを指す「絲遊《いとゆう》」「絲子《いとし》」さらには「野馬」（かげろう・やば）や、蜃気楼の別称「蜃楼《かひやぐら》」「海市《かいし》」「山市《さんし》」などもありますが、春の天文関連の季語は、ひとまずはこのへんで。

にしても、季語って本当に興味ぶかいですね。「絲子」という名の作家がいらっしゃいますね。この季節にお生まれになったのかしら。

それと、「海市」。福永武彦の小説の作品名にあります（由来は中国宋代の詩人・蘇東坡の作品「海市」とか）。これが、「かげろう」を意味する言葉だったとは……。

「遠足」「ぶらんこ」「しゃぼん玉」——春爛漫の季語です

桜が満開と思っていたら、一週間ほどで一気にちり、もう八重桜が重たい花房を垂らしている。

それにしても、この春はいつもより遅かったためか、木蓮《モクレン》も雪柳《ユキヤナギ》も花海棠《ハナカイドウ》も、そして桜も一斉に咲き競った。

朝は気温六度という寒さでしたが、この昼間は十八度。なんだか、とにかく、ねむい。まさに「蛙の目借時」。と、思っていたら、遠くでゴロゴロゴロと雷の音が。春雷です。

手元の歳時記をめくって「春雷」の項を見ると「一つ二つで鳴りやむことが多い」とか「たいがい一度か二度で止んでしまうことが多い」と書いてある。

なるほど、こうして原稿を書きながら、次の雷は？　と耳をすましているのですが、あれっきり音はない。春の雷の特性を歳時記によって今日、初めて知りました。

とかなんとか言っている場合ではない。モタモタしていると春が終ってしまう。例によって面白そうな季語を拾っていってみよう。

ところで「春雷」に似たのに「初雷」がある。立春後初めて鳴る雷ということだが、これが「虫出しの雷」とか、略して、ただの「虫出し」ともいう。「啓蟄《けいちつ》」の頃によく鳴くことから「虫出し」となった。

——えっ？　「啓蟄」って？——ですか。この季語、あまりにも有名、知らなかったら歳時記か辞書を開いてみて下さい。ちなみに「蟄《ちつ》」は「虫が地中にかくれ、冬ごもりする」意で、「蟄居《ちっきょ》する」などの「蟄」でもある。


先に進みます。「遠足」、これが春の季語なんですね。季節がいいからでしょう。もう一つ、学校関連で「種痘」。イギリスの医師ジェンナーが発見した天然痘の予防接種。学童が四月に実施されることが多かったので春の季語となった。

学童といえば「ぶらんこ」もなぜか春。かつて学童だった青春の世界では、たしかロココの画家・フラゴナールの作品に、森の中で若い女性が大きな樫（？）の樹の枝から垂らしたブランコに乗って遊んでいる絵がありました。ま、それはいいんですが、彼女のスカートが大きくめくれて……それを下から見上げているのは彼女の恋人？　が、じつに典雅な筆致で描かれている。

そんな絵画を見ると、なるほど「ブランコ」は春か、と納得してしまいます。季語としての「ぶらんこ」の興味深いところは、その表記のしかた。「鞦韆《しゅうせん》」はなにやらむずかしげだが一番知られている。これと同じ音で「秋千」ともいう。秋の季語と間違えないように。

その他「半仙戯《はんせんぎ》」というのもある。空に舞う半分仙人のような様子からでしょうか（間違っていたら教えて下さい)。「鞦韆」や「半仙戯」は中国渡来の雰囲気ですが、ひらがなで「ふらここ」「ふらんと」もあります。友人の、『おたんこナース』の原作者・小林光恵さんの会社名は「フラココ舎」です。三十年ほど前はめったに歳時記など手にすることがなかったので、彼女の社名の意味がわからなかった。失礼しました。

それはともかく中国渡来といえば「曲水」、これも春の季語。王羲之《おうぎし》の「蘭亭序《らんていのじょ》」には、この曲水の宴が詠われている。庭園の小さな流れに酒杯を浮かべ、杯が流れてくるまでに詩歌をつくる。もし、それができなかったら杯を干すという優雅な遊び。日本でも中国にならい中世の宮廷人の遊びとして今日、古式にのっとって太宰府天満宮や京都の城南宮などで催されている。

「曲水」はまた「流觴《りゅうしょう》」とも表される。この「觴」とは何ぞや? なんのことはない「杯《さかずき》」の漢語です。

行事に関連して「雁風呂《がんぶろ》」という春の季語がある。「雁供養《かりくよう》」ともいう。これは、秋に渡ってくる雁が波上で翼を休めるためにくわえてきた小枝が海岸に散らばり落ちている。これを集めて風呂をわかし入浴するという、青森県の外ヶ浜あたりの風習。

野趣に富みつつ、雁の旅路に思いを馳せるところが雅といえる。

都会の風景も見てみよう。

「ボートレース」「凧《たこ》」「風船」「風車」「石鹸玉《しゃぼんだま》」すべて、これ、春の季語。

「ふうせん」とか「しゃぼん玉」は句会でも題として出されることも多いのでは。身近ではあっても作るのは意外にむずかしいかも。まずは風船から。

風船の子の手離れて松の上　高浜虚子
置きどころなくて風船持ち歩く　中村苑子
風船の中に顔あり風船屋　沼田一二三
風船が乗つて電車のドア閉まる　今井千鶴子

なんとなくユーモラスな句が並びました。これも、あの風船の形や触感のイメージからくるものでしょうか。

ところが、

日曜といふさみしさの紙風船　岡本　眸

となると、妙に、しんみりとした気配があります。「日曜といふさみしさ」がいいですね。そして、「紙風船」。ひょっとして、会えぬ人を思う句なのでしょうか。春という季節でもありますし。

では「しゃぼんだま」。

流れつつ色を変へけり石鹸玉　松本たかし
しゃぼん玉吹いてみずからふりかぶる　橋本多佳子
しゃぼん玉山手線の映り過ぐ　藤田湘子
空に出て色消ゆ焼跡のしやぼん玉　金子兜太

例句はいろいろありましたが、私の好きな句だけ選んでみました。

「しゃぼん玉」というと、森繁久彌の歌っていた、あの声と調子を思い出します。

しゃぼん玉飛んだ
屋根まで飛んだ
屋根まで飛んで
こわれて消えた……

なんか、はかなく物悲しい歌ですね。

野口雨情の作詞、中山晋平作曲というゴールデン・コンビによる唱歌、大正十一年に雑誌『金の船』に発表されて以来、今日まで歌いつがれてきました。

「しゃぼん玉」――それは長渕剛の歌だろう　って？　あなたは若い！　しかしそれを言うならモーニング娘の「しゃぼん玉」もあるそうです。作詞は、つんく、とのこと。

しゃぼん玉は歌心を刺激するのでしょうか。

藤は咲いたか菖蒲はまだかいな

ゴールデンウィークのはざまの五月一日、浅草に向かった。用件が三つほどあったので。ひとつは、伝法院通りに店を張っているアンチック時計屋さんに行くこと。ここで手に入れた金（ピカの）腕時計のリューズがダメになってしまったので、修理のお願い。もうひとつは、他ならぬ、その伝法院。ここの庭が、今、この時期、公開されているのです。伝法院の庭は、小堀遠州の作とされているが、一般の入園は通常は不可。江戸・大名庭園と明治の高官、財閥の庭を巡るのをテーマのひとつとしているので、この伝法院の庭も見たかったのですが機会にめぐまれず、しかたなく、いままでは、この庭に隣り合った伝法院通りにある鎮護堂（「お狸様」と呼ばれる）から金柵ごしに庭の一部をのぞいていたのです。

それが浅草寺の絵馬の展示とともに公開されると知ったので、雲行きあやしい空模様ではあったのでしたが、（この機会を逃がしてなるものか）と勇躍、神楽坂の酒舗の若主人、時岡氏と浅草行きとなったのです。

そうそうもうひとつ、それは藤見です。「ふじみ」といえば一般には「富士見（西行）」でしょうが、ぼくは藤を見に行くのです。「藤見（重盛）」という塩梅《あんばい》。

（東京の下町で藤を見るのなら亀戸天神でしょう）だって？　もちろん、いいですね、亀戸天神の藤。なにせ歌川（安藤）広重の「名所江戸百景」や明治石版名所絵にも多く描かれ、今日に至る人気スポット。名物の「船橋屋」のくず餅も懐かしいし。

しかし、藤は亀戸天神ばかりではない。浅草には、銭湯「曙湯」の豪勢な藤棚があるし、また（これが今回のお目当てのひとつ）、場外馬券場「ＷＩＮＳ」近く、戦後遺産的気配濃厚な呑み屋横丁「初音小路」の藤棚をチェックしたかったのです。

で、その「初音小路」の藤ですが、今年は春の到来が遅かったためか、まだ、二、三分の咲き。ところどころに、チラリ、ホラリと十〜二十センチほどの花房が垂れている。

五月五日は「立夏」。夏の到来です。ところが、われわれ日常生活での四季感覚では、三、四、五月が「春」。つまり五月中は「春」でいいことになります。

句を詠むときに、いつも気になるのは、この旧暦（陰暦）と太陽暦の差。ぼくなどは、藤が咲いたら、もう夏、ですね。相撲の五月場所（前は夏場所といった。初夏の爽やかな風にのぼりがはためく光景は、なんたって夏の風物詩）も、三社祭も、この五月。

三社祭で「春」を連想する人は、まず、いないでしょう。ふんどし姿の兄《あに》さんが「ソイヤ！　ソイヤ！」（前は、ワッショイ！　ワッショイ！　だったのに）と御輿《おみこし》をかつぐのは、「夏」に決まっているでしょう。

そういえば、「三社祭のうちの一日は、必ず、ザッと驟雨（にわか雨）が来る」と言ったのは、東京恋慕の人、安藤鶴夫だったかしら。

とにかく、この五月という月、句をつくるときに、季語の扱いに悩ましいことがある。でも、ぼくは敢えて、そのへんはあまり気にしないことにしています。季語を知り、楽しむことはあっても、季語に縛られ、季語にわずらわされてしまっては、それこそ俳諧の精神から遠いものになってしまうではありませんか。

ということで、この稿を書いている時点では藤の花の見頃は少し先、（ほんのちょっとですが）「春」の季語のおさらいをしておこう。

まずは「動物」関連で気になる季語。

「仔馬」「落し角《づの》」「忘《わす》れ角《づの》」「猫の恋」「猫の妻」「仔猫」「猫の親」――哺乳類です。

ただの「仔馬」が春の季語とは気づかなかった人もいたのでは。「落し角」は四月頃、鹿の角が落ち替わること。この季節の鹿はかなりナーバスになっているという。「猫の恋」「恋猫」は句を作る人が最初に憶える季語のひとつですが「仔猫」や「猫の子」「猫の親」もまた、春の季語なのですね。

では、ぼくの好きな例句を掲げます。

微風にも仔馬の聡き耳二つ　　柴田白葉女
うれしくてならぬ馬の子ひょいと跳《は》ね　　栗生純生

恋猫の皿舐めてすぐ鳴きにゆく　加藤楸邨

猫の子の紙屑籠に潜りけり　坪谷水哉

鳥類関連。

「蝌蚪《かと》（おたまじゃくし）」「亀鳴く」「鶯」「燕」「雀の子」「鳥の巣」が両生類、爬虫類、鳥類関連。

季語には中国語由来の言葉も多い。お玉杓子《たまじゃくし》のことをいう「蝌蚪」もそのひとつ。「亀鳴く」もよく知られる春の季語だが、本当に鳴くという人もいる。聴いたことがないという人もいる。その虚実を楽しみたい。

「鶯」は春を代表する鳥だが「匂鳥《においどり》」「春告鳥《はるつげどり》」の異名がある。「人情本」の為永春水の作品に『春告鳥』というタイトルの作品がありましたね。

ちなみに「笹鳴き」とは冬にチャッ、チャッと鳴く鶯、夏の鶯は「老鶯《ろうおう》」という。

また、ナイチンゲール（人の名の方ではなくて）は「夜の鶯」「ヨナキウグイス」などと呼ばれますが、これはツグミに近い種とのこと。

「燕」は「つばくろ」「つばくら」「つばくらめ」ともいい、また「乙鳥」「玄鳥」とも記す。

鳥関連では他に「雀の子」「鳥の巣」が春の季語。では、例句の紹介。名句続々。

巡礼の如くに蝌蚪の列進む　野見山朱鳥

裏がへる亀思ふべし鳴けるなり　石川桂郎
手ぐすねひき人を待ちおり亀鳴けり　水沢龍生
うぐいすの身をさかさまにはつねかな　其角
鶯や柳のうしろ藪の前　芭蕉
雀の子そこのけそこのけ御馬が通る　一茶
雀の子一尺とんでひとつとや　長谷川双魚
目白の巣我一人知る他に告げず　松本たかし

では虫の類。

「蝶」といえば春、しかし「揚羽蝶」となれば夏の季語。「蚊」や「蠅《はえ》」「蟬《せみ》」は夏だが、「春の」とつけば当然、春の季語となる。

「虻《あぶ》」「蚕」も春の季語。春の季語といえば地方色のあるのが「雪虫《ゆきむし》」。これは春は春でも早春、しかも北国の。積もった雪の上にたくさんの小さな虫が動きまわる。これらは、渓流のカワゲラ類が羽化したものの総称。

季節感が逆戻りしました。春の魚類と、海産物系にゆきましょう。ほとんどお寿司屋さんのメニューを見ている気分。うれしいので列記します。

「桜鯛《さくらだい》、花見鯛」「鰊《にしん》」「鰆《さわら》」「鱵《さより》、細魚、針魚、竹魚」「白魚《しらうお》」「諸子《もろこ》」「鱒《ます》」「石斑魚《うぐひ》、桜《さくら》

鯎」「公魚、桜魚」「鮠」「飯蛸」「蛍烏賊」「蛤」「栄螺」「桜貝、日紅貝」「蜆」「蜷」「田《た》螺《にし》」「寄居虫《やどかり》」「望潮《しおまねき》、潮招《しおまねき》」「磯巾着《いそぎんちゃく》、石牡丹」「海胆《うに》、雲丹《うに》」「鮊子《いかなご》」「子持沙魚《こもちはぜ》」「鯥五郎《むつごろう》」——なんか、いいですね。食欲の春です。

「麦秋」「氷雨」「御来光」、すべて夏の季語

すごいですねぇ、この五月の中ごろから下旬にかけての気象。晴れていたかと思うと、一点にわかに掻き曇り、なにやら湿った風が吹いてきたな、と暗くなった空を見上げていると、ゴロゴロゴロと雷の音。と、バラバラと大粒の雨が。テレビをつけると、雹《ひょう》が降ったとか、落雷で樹の下にいた親子が被害に合ったとか。いよいよ夏の到来です。夏の季語を見てみよう。

まずは、単なる「夏」。

夏は旧暦では、立夏から立秋まで。月でいえば五月、六月、七月。この夏のことを、「九夏」（夏の九十日間のこと）、「三夏」（初夏・仲夏・晩夏の総称）とも、また、漢名として「炎帝」「赤帝」「朱明」「朱夏」ともいう。

同じ音の「しゅか」でも「首夏」と書けば、これは「初夏」「夏初め」のこと。

さて、夏の季語で、前にも少しふれましたが、知らないと間違えやすい季語の一つに「麦秋《ばくしゅう》、麦《むぎ》の秋《あき》、麦秋《むぎあき》」がある。

「秋」という文字が入っているので、つい、秋の季語と思えるかもしれないが、農家の人

ならご存知のように、麦は夏の梅雨期の前に穂が黄金色となり刈り入れどきを迎える。

これも「秋」の字が入るので誤りやすいのが「夜の秋」あるいは「秋隣《あきどなり》」。これらは晩夏、どこかに秋の気配を感じる時候の季語。

「涼し」とあれば、これも秋ではなく夏の季語。「晩涼《ばんりょう》」「夜涼《やりょう》」「月涼《つきすず》し」「星涼《ほしすず》し」ももちろん夏の季語。

夏の句会でよく登場する季語の一つ「半夏生《はんげしょう》」。最初、この言葉を聞いたときに、「なんだ、このハンゲショウという、なんとなく禍々《まがまが》しさを感じさせる言葉は」と印象に残った。「半夏生」「半夏」とも「半夏雨」ともいう。夏至から十一日目の新暦の七月二日ごろ。この後の五日間も指す。農家では、この梅雨が上がるこの時期に田植えを終えるように努める。

この日に雨が降ると大雨が続く、とか、稲作の豊凶を占う地方もあるという。

インターネットで、検索すると、「半夏生」、ラッカーの白ペンキを葉に半分吹きつけたような、ドクダミ科の多年草（別名、カタシログサ）の姿を見ることができる。しかし、これとは別種のサトイモ科のカラスビシャクもあるようで、植物の呼び名が地方によって多種にわたることは珍しいことではない。

それにしても「半夏生」、時候としての季語と、植物名があるので、ちょっと混乱する。例句を見てみたい。

風鈴の夜陰に鳴りて半夏かな　飯田蛇笏
昼前に雷もありたり半夏生　肱岡千花
卓上日記いま真っ二ツ半夏生　鈴木栄子
いつまでも明るき野山半夏生　草間時彦
半夏生草のはみ出す縁の下　若井新一

一般には耳慣れない夏の季語に「三伏《さんぷく》」がある。「三伏の猛暑」などともいい、夏の最も暑い期間をいう。陰陽道からの言葉で、第三の庚《かのえ》の日を初伏、第四を中伏、立秋後最初の庚を末伏、この三期を「三伏」という。

夏の風では「南風《みなみ》」「黒南風《くろはえ》」「白南風」「青嵐《あおあらし》」がある。

「南風」は、ただ「みなみ」とも、「はえ」「まぜ」「まじ」とも。「黒南風」は梅雨どき暗い空に吹く風。「白南風」は、梅雨明けの天が明るくなってから吹く風。

「青嵐」は、夏の青葉繁れる時期に、葉をゆらし吹く風。視覚からの季語。

これに対し「薫風《くんぷう》」あるいは「風薫《かぜかお》る」は、嗅覚による季語。歳時記は、日本人の五感のイメージ事典でもある。

これも句会の席に、よく登場する季語。「卯《う》の花腐《はなくた》し」。この時期、降り続く雨で、旧暦四月ごろ白く咲く卯の花も腐ってしまうという表現。

ちなみに、卯の花の咲くころの雨を「霖雨《りんう》」（長雨の意）という。

雨でもう一つ。「虎《とら》が雨《あめ》」、あるいは「虎が涙雨《なみだあめ》」。この雨は一日だけの期間限定雨。旧暦の五月二十八日、この日は曽我十郎祐成《すけなり》が討たれた日で、大磯の遊女・虎御前がその死を悼み、彼女の悲しみが雨を降らせる、という言い伝えによるもの。物語が季語となった一例。

さて、間違えやすい夏の季語の例として、すでにふれたつもりだが、「氷雨《ひさめ》」、これは「雹《ひょう》」のことなので、当然、夏の季語。ただ、冬のみぞれまじりの雨も氷雨というので（「氷雨」という歌謡曲の名曲があります。こちらは歌の背景は冬です）、注意がかんじん。

もう一つ。「御来迎」または「御来光」。これは今日、普通に考えれば、富士山や木曽御岳などの日の出（とくに正月元旦）と思いがちだが、季語としては夏。

高山で日の出を迎えたとき、前方の霧に自分の影が映り輝くのを、昔の人は、仏様が自分を迎えにきてくれたと考えた。

スケールが大きく、神々しい季語だが、こういった圧倒的体験を句にするのは、かえってむずかしいのでは？
それにしても、この「御来迎」、一度は体験してみたいものです。

えっ、「ほおづき」は夏の季語ではない？

七月十日、仕事場へ行く前に浅草で途中下車をした。七月十日といえば「四万六千日《しまんろくせんにち》」、浅草寺で鬼灯市《ほおずきいち》の立つ日である。

ちょっとした落語ファンならご存知のはず、この「四万六千日」、黒門町の師匠、桂文楽の名演で知られる『船徳』の中に出てきますね。

「四万六千日、お暑い盛りでございます」――この七月十日に浅草観音にお参りすれば四万六千日参詣したのと同じ功徳がある、といわれ、季節ものの鬼灯市で賑わう。

『船徳』のセリフではないが、この日も、まさにカンカン照り。仲見世から一本裏の道を歩いていたら、あれはきっと熱中症ですね、日陰のベンチでぐったり頭をたれているおばさんがいて、両脇の人が水にしめらせたタオルを彼女の首にあてがったり、扇子で風を送ったりしていた。

ぼくも汗を拭きつつ、観音様に「いろいろ宜しく！」と、大ざっぱ、かつ念をこめてお願いしたあと、鬼灯市の情景をカメラにおさめ、夕方会う人にあげようと弁天山向いの手ぬぐい屋「ふじ屋」で、鬼灯の絵と「四万六千日　浅草寺」と書かれたのを二本選び、ひと仕事終えた気分で、冷房のよく効いた松屋へもぐり込んだ。

「四万六千日」、当然、季語とすれば夏ですよね。では「ほおずき」（鬼灯、鬼燈、酸漿）はというと、これが秋の季語。ところがところが「ほおずき市」となると、新潮文庫『新改訂版俳諧歳時記』他では夏の季語なのに、角川文庫『新版俳句歳時記』では「ほおずき」も「ほおずき市」も秋の部に収録されている。

「ほおずき市」を秋の季語とした角川文庫の解説を見ると、「昔は陰暦で行われたが、今日では盛夏に行なう」とある。しかし、他の二つ、三つの歳時記にあたってみると「ほおずき市」はやはり夏、「ほおずき」だけなら秋、が優勢のよう。

ま、それにしても「ほおずき」が秋というのも、知らないと、つい夏と思ってしまう。

では「ほおずき」と「ほおずき市」の例句を見てみよう。好みの句では、

鬼灯を地にちか〴〵と提《さ》げ帰る　山口誓子
くちすえばほほづきありぬあわれあわれ　安住　敦
ほほづきに女盛りのかくれなし　河野多希女

鬼灯市に遭ひし人の名うかび来ず　石田波郷
ゆきずりの顔が月夜のほほずき市　長谷　岳
いつからか都電なき町鬼灯市　山越　渚

炎立つ四万六千日の大香炉　水原秋櫻子

他にも、手もとの歳時記をチェックしたが――「ほおずき」「ほおずき市」この二つの季題では、皆さん、かなり難儀しているよう。名句ができそうでできにくい題なのかもしれません。

「ほおずき」の出たついでに、植物の夏の季語を見てみよう。歳時記を読む楽しみは、いろいろあるが、植物の名の表記を知ることができるのも、そのひとつ。妙なあて字も優雅な漢字もあります。

さて、どれだけ読めますか？　書けますか？

まずは①「百日紅」②「石榴の花」③「紫陽花」④「撫子」⑤「梧桐」――ここらあたりは、かなりなじみ深いのでは。①は「さるすべり」②「ざくろのはな」③「あじさい」これは「七変化《しちへんげ》」とも呼ばれますね。もう一つ「四葩《よひら》」これは、あじさいの四枚の額からついた名とのこと。④は例の「なでしこ」。「常夏《とこなつ》」という美しい呼び名もあります。⑤は「あおぎり」。成長が早く緑陰を作るので街路樹やテニスコート脇などに植栽されたりします。

とっさには思い出さないかもしれないが、言われてみれば（そういえば）といった植物名——①「石楠花」②「山梔子」③「李」④「橙」⑤「茉莉花」⑥「橡」⑦「李」⑧「含羞草」⑨「仏桑花」

①は「しゃくなげ」②「くちなし」ただ「梔子」とも表記することもある。③「すもも」「巴旦杏《はたんきょう》」はその変種。④「だいだい」⑤「まつりか」「そけい」「ジャスミン」とも呼びます。⑥「とち」一般には「栃」の字を当てることが多い。⑦「すもも」「す○○○○○○○○のうち」というなぞなぞがありました。○に一字入れて、ひとつの文章にする。答は「も」です。⑧「ねむりぐさ」じつはこれが「ミモザ」とは、知りませんでした。⑨「ぶっそうげ」「琉球むくげ」ともいう。

では外国名の植物を漢字で表記すると——。①サボテンの花 ②パイナップル ③ポピー ④グラジオラス ⑤ダリア

①は「仙人掌」なるほど仙人のてのひらですか。②「鳳梨《あななす》」これ無理に和名にしないで「パイナップル」でいいのでは。③「雛罌粟《ひなげし》」と、もうひとつ「虞美人草《ぐびじんそう》」があります。夏目漱石の作品のタイトルにもなっていますね。④「唐菖蒲《とうしょうぶ》」これを「カラショウブ」と読むと音がなんとなく似ています。⑤正しくは「ダアリア」これを「天竺牡丹《てんじくぼたん》」というらしい。

日本名に戻って、こちらも結構おなじみ。しかし表記の仕方によっては、「?」となるものも。

①「合歓の花」②「糸瓜」③「向日葵」④「浜木綿」⑤「独活の花」⑥「山葵の花」⑦「茴香」⑧「花卯木」⑨「木耳」

①は「ねむのはな」触れると葉がシュッーッとしぼむ。②「へちま」では「南瓜」「西瓜」は? わかりますよね。③これで「ひまわり」は誰でも知っている。しかし「日車」「日輪草」「天竺葵」「天蓋花」と表記されると……。④は「はまゆう」これだって女優の浜木綿子さんを知っているから読める?「はなおもと」とも。⑤「うどのはな」何かストイックな印象の表記。⑥「わさびのはな」、ただし「花」がつかない「わさび」だけだと、春。⑦「ういきょう」⑧「はなうつぎ」「卯の花」です。⑨「きくらげ」たしかに木から生えた黒い耳のような……。

さて、これから植物名は、知らないと多分、なんの草木だかわからないかも、という表記。字を見ただけで、草木の姿が思い浮かぶ人は、かなりの植物通。

①「杜鵑花」②「楊梅」③「槐」④「樗の花」⑤「黐の花」⑥「金雀花」⑦「凌霄花」⑧「豇豆」⑨「十薬」⑩「玫瑰」⑪「苧環」⑫「鴨足草」⑬「萍」⑭「虎杖の花」⑮「蓴菜」⑯「海蘿」⑰「海松」

①は「さつき」。②「やまもも」一般には「山桃」。③「えんじゅ」豆科の喬木で、もちろん豆がなります。④「おうち」「棟」とも表記。一般には「双葉より芳し」の「栴檀《せんだん》」です。⑤「もち」⑥「えにしだ」「金雀枝」とも表記。⑦「のうぜんか」「のうぜんかずら」⑧「ささげ」これは読めない、書けない。⑨「じゅうやく」「どくだみ」のことです。⑩「はまなす」簡単に「浜梨」と書くことも。⑪「おだまき」⑫これが「ゆきのした」⁉ 単に「雪の下」と書くことが多いが「虎耳草」という表記も。⑬「うきくさ」こちらも「浮き草」がふつう。⑭「いたどりのはな」⑮「じゅんさい」夏の食卓にふさわしい涼しい食感と味です。日本酒が飲みたくなる。⑯「ふのり」昔はこれを使って家で着物の洗い張りをしました。⑰「みる」まさに海の中の松のような海藻。万葉の時代から日本人の生活に登場していたようです。

とまあ、難しい漢字あり、なぞかけのような表記ありで、なかなか面白い。まぎらわしいから、どれか易しい表記に統一して欲しいですって？　いや、いや、異名や表記にいろいろあるところこそ、文化の厚み、奥行きではないでしょうか。人の呼び名に、その人なりの愛称やあざ名があるように。

では例句を少し見てみよう。「向日葵《ひまわり》」――

向日葵が好《す》きで狂ひて死にし画家　高浜虚子
脱臼の腕吊り向日葵を愛す　佐藤鬼房
向日葵の背後にわれあり恢復期　花野井昇
向日葵や信長の首斬り落とす　角川春樹

夏の太陽の下で丈を伸ばしユラリと大きな花となる向日葵、第一句はゴッホを読み込んだ。四句の、向日葵と信長の首は「なるほど！」と思わせる。

もう一つ、「仙人掌《さぼてん》」では——。ぼくの好きな句がいろいろありました。

誰が死んでも仙人掌仏花にはならず　長谷川久久子
船着くと花仙人掌のかげに湯女　向野楠葉
仙人掌の針の中なる蕾かな　吉田巨蕪
花覇王樹憤りし女瑞々し　中村草田男

日本人なら必携、文庫本俳句歳時記

なんなんですか、この夏は。って、今は暦の上では、とっくに秋に突入。朝晩は肌寒い日があってもいいはずなのに、この原稿を書いている九月二十日はまだ、全く真夏の超ロングラン。

日本で一番暑い町、といわれる埼玉県の熊谷などでも観測記録始まって以来の暑さという。というわけで、ぼくはまだ半ズボン。こうなったら今月いっぱい、この季節はずれのスタイルでいこうか、と思っているくらい。

言い訳になりますが、だから、秋の季語の原稿を書く気になどなれず、グズグズと今日まで、とっかからなかった、という次第。

天気予報では沖縄を襲った台風も朝鮮半島を抜けて、明日くらいから、いよいよ秋の気配を感じさせる朝夕となるでしょう、とのこと。

と、いうわけで、遅ればせながら秋の季語をあれこれつまみ食いしてみよう。

いつものことながら、大歳時記、などというご大層なものを資料とするのではなく、気軽な文庫本の俳句歳時記を手にする。

といっても、春から冬の部の四冊ものか、それに新年の部が加わっての五冊ものの何組かを手元に置いておきたい。ここで、ちょっと文庫本歳時記の話を。このことについては、いつかふれたいと思っていたのです。

ぼくも一応、それなりに江戸の復刻物や戦前・戦後の各種歳時記は用意しているものの、利用する機会が多いのは文庫本の歳時記なのです。ただし、これらは各出版社から出ているもの、また、同じ出版社からでも編者や時代によって例句や解説がそれぞれ異なる場合も多いので、新刊が出れば入手するし、手元にない版が古書店で目に留まれば、これも買っておく。

たとえば角川文庫から出ている俳句歳時記だが、ぼくの手元には、昭和三十年刊（昭和四十七年新版）の角川書店編『新版　俳句歳時記』と、平成八年刊『第三版　俳句歳時記』、そして昨年平成二十三年刊『第四版増補　俳句歳時記』がある（こちらは角川学芸出版）。

なぜ同じ出版社の同じ文庫スタイルの歳時記を何種類も買い足したのか、というと、それぞれ版を改めるごとに季語の解説や例句の入れかえがあり、微妙にちがうので、読みくらべる楽しみがある。

おっと忘れてはいけない。角川といえば、角川春樹事務所からは、ハルキ文庫から一九九七年、角川春樹編による『現代俳句歳時記』があり、翌一九九八年には、この『合本現代俳句歳時記』が刊行されるが、これもまた解説や例句にバリエーションがある。

というわけで文庫版歳時記は一セットだけではなく、何種か入手しても損はない、というのが、ぼくの実感。安いもんじゃありませんか。

で、歳時記の利用の仕方となるのですが、ぼくの知るかぎり、わが遊俳の輩は句会のためにパラパラと季語を確認したり例句をチェックするだけで本を閉じてしまう。

これではもったいないですね。歳時記が。

歳時記は、例句を味わったり、季語を調べるための便でもあるけど、解説を含めて、じっくりゆっくり、隅から隅まで読み進めると実に興味深く、かつ、ためになる。知らなかったことが山ほど出てくる。

ぼくなど、何度読んでも、だいたいすぐに忘れるので、四季折々、新鮮な気持ちで、(あれ、この季語は、この季節だったのか)とか、(なるほど、この植物は、こんな漢字の表記もあったのか)と知らされたりするのです。

そして、半可通ながら、

「日本語と日本文化を知るためには歳時記の精読は必須!」

という思いに至るわけです。

と、歳時記に接する基本姿勢だけのべて、実際に文庫本の歳時記を手にすることにする。この稿を書いているのは秋なので、もちろん「秋の部」の巻だ。

秋は「三秋」「九秋」「白帝」「金秋」ともいう。以前、ひとから中国製の扇子を貰ったら裏に漢詩が印刷されていて「朝静白帝——」うんぬんの文字があったが、このときは悲しいかな「白帝」という言葉が「秋」を表す言葉とは知らなかった。なんか、昔の中国の皇帝のひとりかと思っていた。歳時記をちゃんと読めばわかっているはずなのに。

と、いっても前の角川文庫の『新版　俳句歳時記』には、この言葉はなく、新潮文庫『新改訂版　俳諧歳時記』（昭和四十三年・改版）には出ている。ね、だから何種かの歳時記が必要なのです。

では、秋の季語をひろい読みしていこう。ありました「銀漢」——神田・神保町に「銀漢亭」という、いい立ち飲み屋がありました。

「銀漢」とは見なれぬ漢字だが、俳句の心得のある人なら、「おや」と思うだろう。「銀漢」は秋の季語、「銀河」と同じ「天の川」のことだから。

案の定、ここの主人は俳句を作る人で、ときどき句会も開かれるという。

銀漢や史記にて絶えし刺客伝　日原　傳

銀漢を仰ぎ疲るること知らず　星野立子

国狭く銀漢流れわたりけり　西島麦南

といった句が、先に挙げた文庫の中に見られる。

秋の天文の項に「芋嵐《いもあらし》」という面白い季語がある。芋《さといも》の葉が強い風に白い葉裏を見せながらゆれる景色、

案山子翁《かがしおう》あち見こち見や芋嵐

という阿波野青畝の句から季語となったというから、比較的新しい誕生の季語である。この季語では他に、

ここいらの犬みな黒し芋嵐　遠山陽子

一高へ径の傾く芋嵐　石田波郷

秋の天文で誤りやすい季語に「富士の初雪」がある。つい、正月、新年と思いがちだが、当然のこと富士山に初雪が降るのは秋のこと。テレビのニュースでも報じられるとおり。

地理の項では「花野《はなの》」これも知らなければ、春、あるいは夏、と間違う。「花野」は一面に秋の草花の咲き乱れた広い野原。春の野は「春野」、夏は「夏野」や「お

花畑」。

日陰ればたちまち遠き花野かな　相馬遷子
花野ゆく母を探しに行くごとく　廣瀬町子
広道へ出て日の高き花野かな　蕪村

「穭田《ひつじだ》」「稲孫田」と表記することもあるが、この季語も都会育ちにはまったく無縁と言っていいだろう。
稲刈りのあとに、切り株にまた新しい茎が生える。これを「穭《ひつじ》」といい、なかには花穂《かすい》をつけるものもある。その田が「穭田」。自然の中の細かな営みにも視線が注がれ季語になる。例句も少なくない。

穭田に大社の雀来て遊ぶ　村山古郷
穭田を前に唐招提寺かな　中村七三郎
穭田や雪の茜が水にあり　森　澄雄
穭田に我家の鶏の遠きかな　高浜虚子

「初潮」、この季語だって知らなければ、新年と思ってしまう。新年は「若水《わかみず》」だ。陰暦の八月十五日、仲秋の名月の大潮の満潮のこと。春の大潮は昼がもっとも高潮となるが、秋は夜。月に照らされた潮が満ちてくる。満月の潮のため「望《もち》の潮《しお》」ともいう。

初汐や岬へつづく石燈籠　野村泊月
初潮にものを棄てたる娼家かな　日野草城
初潮やひそかに鯔《ぼら》の刎《は》ねし音　鈴木真砂女

ところで今回の原稿、途中まで書いて、人と会う用事があり、そのつづきを今朝書いているのだが、昨日とうって変わって、めっきりと涼しい。一日で真夏から、一挙に秋の中旬。半ズボンでは、そぞろ身にしむ候となった。

この「身《み》に入《し》む」が秋の季語なのですね。芭蕉の有名な句が思い出される。

野ざらしを心に風のしむ身かな　芭蕉
身にしむや亡妻の櫛を閨《ねや》に踏む　蕪村
身に入むや墓石の一つ伊豆守　原　コウ子

もうひとつ、「冷《すさ》まじ」も秋の季語。この言葉、高校の古文の授業でならった憶えがある。試験にも出ました。「すさまじ」は「興味が感じられない」「もの寂しい」「ものすごい」といった語意。季語の場合は「秋が深まり冷気の強い感じ」。例句を挙げてみよう。

すさまじき他人の顔を鏡中に　大槻紀奴夫
山畑に月すさまじくなりにけり　原　石鼎
生きの身の妻との間冷じき　石塚友二

その他に時候、天文、地理関連で気になる季語は、「厄日《やくび》」、これは二百十日のこと。台風が多いこの日は農家にとっては厄日というところから。「月」といえばもちろん秋で、「夜這星《よばいぼし》」は「流星」のこと。ただ「霧」「露」といえば、これも秋。

「雷《かみなり》」はもちろん夏だが「稲妻《いなずま》」「稲光《いなびかり》」は秋。稲光があると稲がよく実る、という説から、この言葉が生まれたという。稲だけではなく、実は――キノコに稲光のような電磁波を当てると一気に増えるのは、すでに科学的に証明ずみ。昔の人の言い伝えは軽視できない。

ところで、来月、神楽坂での嵐山光三郎さんの肝入りで、ぼくが世話人になって句会を開くが、季題の一つは、この「稲妻」。

さてどんな名句が出ることやら。

「新走《あらばしり》」、左党にはたまらぬ季語です

脳みそが茶碗蒸しになってしまいそうな長い猛暑がやっと終わり、車窓から見える土手の彼岸花も、いつの間にか去り、天が急に高くなった。

こうなると酒、もちろん日本酒が旨くなる。

最初のひと口は、まずは香りをかぎ、唇を湿らせるように口中に導き、ころがして、その酒の風合いを味わう。

しかる後、たとえばシシャモ（柳葉魚）にちょっと塩をふってあぶったのに、ほんの少し醤油をたらし、七味を、これもちょっぴりつけてかじる。ぼくは焼き鳥を薄塩で注文しても、それに、ちょっと醤油をたらす。これで倍ほど美味くなる。

あるいは、もずく（水雲）酢にきざみショウガを、するすると呑み下してから、杯を口にもっていく。このときはウズラの玉子なんか入れてもらいたくない。なまぐさくなるから。

アジのナメロウなんかもいいですね。味噌とアジの身を包丁でトントントントンとたたいて、ほどよくなじませる。ちょっとネギなんかも混ぜて。

このナメロウを作るときの包丁の音を聞いているだけで酒が旨くなる。

そうそう秋の季語です。

なにが言いたかったかというと「新酒」、これが秋の季語。「新走り《あらばし》」（しんばしりとも）「今年酒《ことしざけ》」も同様。「あらばしり」なんて、酒飲みなら使いたくなる季語ですよね。

そういえば、「利酒《ききざけ》」「濁り酒《にごりざけ》」「どぶろく」も秋の季語。

旅憂しと歯にしみにけり新走　宇田零雨
僧になる友に新酒すすめけり　山口波静
そくばくの利を得て父の濁酒　斎藤俳小星
とびろくに酔ひたる人を怖れけり　後藤比奈夫
老の頬に紅潮《さ》すや濁り酒　高浜虚子

紹介した第一句「旅憂しと――」の句は若山牧水の有名な「白玉の歯にしみとほる――」の短歌を思い出させます。

酒といえば、「古酒《こしゅ》（ふるざけ）」も「猿酒《さるざけ》（ましらざけ）」、そして「燗酒」「ぬくめ酒」も秋。これが「熱燗」となれば当然――冬などと書いていて、腰が落ち着かなくなりました。ちょっと休憩、軽く、唇を湿らすことにしたい。「お酒はぬるめの燗がいいィ……」っと。

さて、秋の農村の生活関連の風物として「案山子《かがし》（かかし）」「鳴子《なるこ》」などがある。ご存知のごとく、実りの秋を襲う鳥獣おどし、害を防ぐためのもの。「添水《そうず》」もまた、そのひとつ。「僧都」とも書き、鹿威《ししおど》しと呼ばれることもある。最近では、実用より日本庭園での、例の竹の筒に水がたまれば「カツーン」と筒が石に当たる音がする装置として知られているのではないだろうか。その動きから「ばったんこ」ともいわれる。

「鹿火屋《かびや》」という言葉もある。鹿や猪など田畑を荒らす獣を防ぐため、火をたき、煙をくすぶらせる小屋。ぼくが新橋の出版社に出入りしていたころ、新橋駅前の機関車のある側に、この「鹿火屋」という名のちょっとシブイ居酒屋がありました（場所は移りましたが、今日も盛業中）。当時は、この店名の意味がわからなかった。いま勘ぐれば、狸や狐や猪のような酔っぱらいを追い払うための店の名だったのかもしれない。いや、俳句結社の名としても知られています。

植物関連では「松手入《まつていれ》」「零余子飯《むかごめし》（ぬかごめし）」「烏柿《あまぼし》」「菊枕《きくまくら》」「紫雲英蒔《げんげま》く」「罌粟《けし》蒔《ま》く」「野老掘《ところほ》る」といった秋の生活に関わる季語がある。

ちょっと誤りやすいのが「盆踊《ぼんおどり》」。最近の感覚では夏休みの町内会などで催されるので、つい「夏」と思ってしまうのでは。

ただ、「踊《おどり》」も秋の季語。

もうひとつ「相撲」も。現在は、正月、春、夏、名古屋、秋、九州と六場所もあるので秋の季題としての「相撲」の印象がうすれつつある。


これも間違いやすい、「べいごま」。

もともと巻貝の「海蠃《ばい》」を独楽《こま》のように回した「ばいごま」遊びからきている。

独楽や羽根つきが正月の代表的遊びなので、「べいごま」もまた正月と思いがちだが、これが古くは「重陽の日」の子供の遊びの行事とされていたということから、当然、秋の季語。


では、身近な「相撲」の例句をいくつか紹介したい。まずは、あまりに有名な句から。

やはらかに人わけゆくや勝角力　几董
少年の腰のくびれや草相撲　小坂順子

貧にして孝なる相撲負けにけり　高浜虚子

草相撲星を仰ぎて負けにけり　土居伸哉

合弟子は佐渡へかへりし角力かな　久保田万太郎

厳しい冬を迎える前の心にしみる華やぎ

昨日、今日、テレビでは紅葉の話題が報じられている。

関東では、なんといっても日光。まさに錦繍、にしきの織物だ。京都では嵐山・渡月橋あたり。かつての東京では、品川・海晏寺、滝野川、あるいは芝・紅葉山。

ぼく自身の体験では、奥多摩・日原鍾乳洞周辺の鮮烈な紅葉ぶりが、しばらくのあいだ、まぶたを閉じても網膜に焼き付いていていました。

今回は秋の季語のうち、動植物をチェックしてみましょう。

そうそう、ここしばらく、ジャケットの衿に、鶉《うずら》のバッジをつけていました。「鶉」は秋の季語ですからね。でも気付いてくれる句友はいませんでした。これも日頃のこちらのイヤミな態度への反応でしょうか。無視されても仕方がない。

ま、そんなことはどうでもいい、本題に入りましょう。

花札の「猪・鹿・蝶」のうち、蝶をのぞく、「猪」「鹿」は秋の季語。「蛇穴《へびあな》に入《い》る」、同じく、蛇に関わる「穴《あな》まどひ」も。

「百舌鳥《もず》」が秋を代表する鳥であることは、よく知られるところ。「百舌鳥が枯れ木で鳴いている……」という、かつての歌声喫茶で定番の歌もありました。

元総理の中曽根康弘氏の愛唱歌である、と知ったときは、ちょっと苦笑しました。そういえば中曽根さんもたくさん句を作っていますね。呆然とするような句が多かったような気がしますが。

また、横道にそれました。戻します。「百舌鳥」は「鵙《もず》」とも表記する。蛙やトカゲなどを木の小枝やとがったものの先に刺しておく「百舌鳥《もず》の贄《にえ》」も、もちろん秋の季語。「鶫《つぐみ》」「鶸《ひわ》」「鵯《ひよどり》（ひよ）」「懸巣・樫鳥（かけす）」「鶲《ひたき》」「鶺鴒・石叩き（せきれい）」「椋鳥《むくどり》」「啄木鳥《きつつき》（けら）」「鴫《しぎ》」「四十雀《しじゅうから》」「頬白《ほおじろ》」「眼白《めじろ》」「雁《かり》（がん）」もすべて秋。鳥の名を漢字で覚えるのも脳の体操にいいかも。

ただの「小鳥」も秋の季語。もうひとつ「色鳥《いろどり》」。それこそ、秋に渡ってくる色とりどりの美しい小鳥の総称。

渡り鳥そのものは春でも夏でもいるが、このごろの渡り鳥はふつう群れで飛ばないが、秋になってやってくる鳥は群れをなし、その泣き声とともによく目立つ。ただ「渡り鳥」といえば、秋の季語。これに対し「鳥帰る」となると、こちらは春。

では魚の類を見てみよう。こちらも、物知り漢字テストめく。ま、寿司屋の湯呑みによくありますが。「沙魚《はぜ》」「鰍《かじか》」「鰡《ぼら》」「鱸《すずき》」。「鰯《いわし》」「秋刀魚《さんま》」「鮭《さけ》」などは、よく知られる表記。

以上すべて、そのままで秋の季語。鯖の場合は「秋鯖《あきさば》」で秋。

秋は植物の世界も人の目や心を楽しませてくれる。印象深い香りの花もある。その代表、「木犀《もくせい》」「桂《かつら》の花《はな》」ともいう。金木犀、銀木犀の二種がある。「木槿《むくげ》」「芙蓉《ふよう》」も秋。「桃」「梨」「柿」「林檎」「葡萄」「栗」「石榴《ざくろ》」「無花果《いちじく》」「胡桃《くるみ》」「柚子《ゆず》」「橙《だいだい》」「檸檬《れもん》」「花梨・榠樝」（かりん）などのおなじみの果実はもちろん秋。

植物名の下に「実」とつけば、これも秋の季語が多い。「木の実」はもちろん、「椿の実」「南天の実」「蘇枋《すおう》の実」「藤の実」「杉の実」「橡《とち》の実」「櫨《はぜ》の実」「樫《かし》の実」「椋《むく》の実」「一《いち》位《い》の実」「檀《まゆみ》の実」「楝《おうち》の実」「柾《まさき》の実」「椎の実」「榧《かや》の実」「榎《えのき》の実」「枸杞《くこ》の実」「山椒の実」「茨の実」「竹の実」など。

そういえば梨のことを「ありのみ」などといいますね。「なし」は「無し」に通じるので、反対の「あり」に言い換えてる。

葦《あし》は「悪し」だから、反対の「よし」にする。「すり鉢」の「する」は、賭け事などの「する」を連想し不吉なので、「する」の逆の「あたり」で「当たり鉢」。「するめ」も「あたりめ」というのもご存知のとおり——。

などと、またもや横道にそれる。

秋といえば、やはり「紅葉」。紅葉関連では「黄葉」「黄落」「照葉《てりは》」もある。

それぞれの植物の紅葉、たとえば「柿紅葉《かきもみじ》」「葡萄紅葉」「漆《うるし》紅葉」「櫨《はぜ》紅葉」「銀杏《いちょう》黄葉《もみじ》」「桜紅葉」「白膠木《ぬるで》紅葉」「蔦紅葉」など。

では例によって、知らないと、つい間違えかねない季語。前にすでにふれたことがあると思いますが「竹の春」。竹は他の植物とは逆に春から夏にかけて葉が黄変し、落葉。秋には若竹が伸び、親竹も青山と葉を繁らす。

だから逆に「竹の秋」といえば春。ただ「若竹」といえば夏の季語。

もうひとつ、「草の花」。これだって知らなければ秋の季語と断定しにくい。「千草の花」ともいい、たしかアイルランド民謡を元にした唱歌に「庭の千草」という歌がありました。この歌詞の流れは晩夏から秋に至る季節が唄われていました。

「草の花」が秋の季語となっているのは、この季節、野に名も知れぬような草々の花が、冬を迎える前のひととき、美しくひっそりと咲き乱れるからでしょう。

例句を掲げましょう。

草の花ひたすら咲いてみにけり　久保田万太郎
名は知らず草毎の花あわれなり　杉　風
草いろいろおのおの花の手柄かな　芭　蕉
やすらかやどの花となく草の花　森　澄雄
草の花旅に糸針買ふことも　伊東余志子
旅に逢い別れしその後草の花　星野立子

新年

早いものでWEBでの連載「季語道楽」、スタートしてから、ちょうど一年がたちました。四季をひと巡りしたわけです。

と、いうわけで今回は、二年目の「新年」。

年明け、世界は、いや、私自身、前途多難を覚悟しなければならない状況ではあるはずなのに、元日からの、おだやかな日和の中で、昼から浅草花街散歩やら神保町、昼下がりの雑本漁りとビール三昧などと、能天気な松の内。気がつけば七草七日も過ぎて、八日の夕方前、スタバでモダン・ウェスタン（?）などBGMに、この原稿を書いています。

気分は、まったく、まだ正月。その証拠に、というかなんというか、夕方過ぎから、神楽坂で文士・A氏と新年会です。

皆さまの今年のお正月はいかがお過ごしでしょうか。初句会は、もうやってしまわれたでしょうか。もちろん「初句会」は「新年」の季語。「初」とついたら新年にきまってる。

「初暦」「初日記」「初硯《はつすずり》」「初湯」「初市」「初荷」――なんか字面だけ見ていても目出度

い気分になりますね。

「初荷」かぁ。最近は、さっぱり見かけなくなりましたが、問屋さんが小さなトラックに青果やお酒のケースを積み上げて、のぼりを何本も立てて小売店をまわったあの情景、「イヨーッ！」とか掛け声をかけて手拍子打ったりしていたのを思い出しました。

「初鏡」「梳初《すきぞめ》」「初櫛」「結初《ゆいぞめ》」「縫初《ぬいぞめ》」「俎始《まないたはじめ》」――これは女性用の季語でしょうか。まっ、男性でもかまわないのですが。女性用の季語といえば、「女正月《おんなしょうがつ》」。「女正月《めしょうがつ》」という季語があります。これは正月十五日のこと。関西の京都・大阪では、女性は松の内はなにかと忙しく、十五日から年始の御礼まいりを始めるため、「女正月」ということになったという。


似た季語で「女礼者《おんなれいじゃ》」があるが、こちらは正月早々、正月三日から、回礼に行く女性をさす。

「骨正月《ほねしょうがつ》」という、いかにも俳味に富んだ珍しい季語がある。正月二十日のことで、地方によって、「団子正月《だんごしょうがつ》」「二十日団子」などともいう。

正月用の魚もほぼ食べつくし、その骨で出汁をとって正月最後の食事をするという風習。この日が過ぎれば、客に対しても正月向きの応接をしなくてもいいという。東京育ちの私など、聞いたことがない言葉です。季語には、その地方の人にしか実感のわかない言葉がある。逆に言えば、その季語ひとつで、その地域の風習や行事の情景や気分を喚起することができることになる。

さて、「初」がつけば、まず、「新年」とはすでにふれたが、「寒」、これもまた「新年」の季語となる。

「寒造《かんづくり》」「寒稽古」「寒復習《かんさらい》」「寒見舞」「寒施行《かんせぎょう》」――なにか身の引き締まる凛とした雰囲気がある。

それでは例によって読みにくい季語、珍しい季語をいくつか。もちろん「新年」です。

「淑気《しゅくき》」「瑞雲《ずいうん》」、これは正月のめでたくも荘厳な気配という。

「注連飾《しめかざり》」、これを「七五三縄」と表記することもある。しめかざりのワラを七、五、三という順に垂らすため珍しい。名字で「七五三」と書いて「しめ」あるいは「しめなわ」と読ませる例もある。わたしが愛する瓢箪についての奇書を大正時代に著した七五三翠巖という人もいましたっけ。

「屠蘇《とそ》」「草石蚕《ちょろぎ》」「木偶回《でくまわ》し」「鷽替《うそかえ》」「土竜打《もぐらうち》」「楪《ゆずりは》」「野老《ところ》飾る」。

この中で、子供に印象深いのが「ちょろぎ」と「うそかえ」。「ちょろぎ」は例のおせちの黒豆の中に入っている、妙な形をした小さな赤い巻貝のような不思議な物体。食べはしないがこれが多年草の根っ子だという。

もうひとつ「うそかえ」。子どものころ、家から自転車で二十分ほどのところに亀戸天神（天満宮）があり、鷽《うそ》という可愛い鳥の形をした木彫りを買って帰る。一月末の行事ですが、本家の太宰府天満宮では一月七日に催されるため「新年」の季語となっている。

この「うそかえ」にせよ、藤の季節にせよ、亀戸天神へ行けば必ず寄るのが天神さまの鳥居の手前の藤棚のある葛餅の「船橋屋」でした。前にも書きましたが、ここの葛餅、好きだったなぁ。

いつのまにか「行く春」の、この不確かな感覚

やはり、桜が一つの境ですね。

桜が咲く前と、散った後とで、季節感がまったく違う。今はもう、八重桜も散ってしまった。桜が咲く前のことが、ほとんど思い出せない。

こうして原稿を書いていて、無理に記憶のページを捲ってみる。

早春は来たはずだ、もちろん。だから、今、春、しかも晩春。「行く春」である。一、二カ月前、ぼくはどう生きていたのだろう。何を見ていたのだろう。四月に出る本のゲラのチェックに追いまくられていたとはいえ……。

そういえば、人の家の塀から、人を招くようにユキヤナギの白い花がゆれていた。二階の窓にふとんが干され、春の陽の中にコブシの白い花。

アスファルトの幅六メートー道路脇のU字溝に沿って、ツクシが数本生えていた。歩いていて、それに気づいた人は何人いただろうか。

初夏のような暑い日があったかと思うと、冬に逆戻り。突風も吹けば、豪雨にも見舞われる。別に今年に限ったことではないのだろうが……。初唐の詩人・劉廷芝の、

「年々歳々花相似たり
　歳々年々人同じからず」
また、井伏鱒二の、
「花に嵐のたとえもあるぞ
　さよならだけが人生だ」
あるいはT・S・エリオットでしたっけ、
「春はもっとも残酷な季節だ」
こちらは、わが邦の梶井基次郎の、
「桜の樹の下には屍体が埋まってゐる！」
といったフレーズが頭の中を横ぎってゆく。
春は、浮かれる一方、凶事の予感がある。
いや、春は、凶事の予感があるから、浮かれるのか。

歳時記を手にすることは多いのだが「○○忌」の項は、ほとんど見ない。句を作ったこともない。いや、一回あったことを思いだした。自分の本の帯裏に、

「志ん生忌昼酔う人の浮沈《うきしずみ》」

といった句を添えたことがある。

これとても、なにも「志ん生忌」にする必然性はなく、「葉桜や」でも「藤の花」でもよかったのですが、本の奥付の刊行日が、古今亭志ん生の命日に近かったのと、「昼酔う人」が、この噺家を連想させたので、テキトーに上五に据えた次第。じつに、いいかげんな態度です。


ということで、今回は春の季節に逝った人々の名を思い起こしてみたい。

先ほど記した「行く春」や、「春愁」といった気分が、そんな気にさせたのかもしれない。歳時記を開く。

角川書店編の『新版俳句歳時記』（昭和四十六年初版）では「行事」の項の末尾に忌事関連の季語が列記されている。

「西行忌」「利休忌」「其角忌《きかくき》」「梅若忌」「人麿忌《ひとまろき》」「茂吉忌」「鳴雪忌」「三鬼忌《さんきき》」「虚子忌」「啄木忌」……。

なるほどなぁ、こうして改めて見ると錚々たるラインナップ。

「梅若忌」「人麿忌」「西行忌」は、かなりいにしえのことがらではあります。「梅若忌」はもともと梅若伝説ですよね。謡曲「隅田川」。東京・向島の北墨堤には梅若伝説に因む木母寺がある。今は、四月十五日には梅若祭が開かれる。

梅若忌日もくれがちの鼓かな　　飯田蛇笏

人麿（柿本）だって、相当昔の人、万葉集の歌人ですから、高校で「東《ひむがし》の野にかぎろひの立つ見えてかへり見すれば月かたぶきぬ」などといった歌を憶えさせられました。

灯ともればやさしき湖や人麿忌　　藤田湘子

この一句、一時話題となった梅原猛の『水底の歌――柿本人麿論』を思い起こさせます。西行の死は彼自身の歌によって強く人の記憶に残った。例の「願わくは花の下にて春死なむ　この如月の望月のころ」と歌って、実際、この季節に死に至った。

つぼみなる花かぞふべし西行忌　　五十崎古郷

江戸の俳人・其角の句には理解に手を焼く難句が少なくないが、明治以後活躍した鳴雪、虚子、三鬼となると、グッと身近な存在に思えてくる。

それぞれの忌を読んだ句を見てみよう。

花の戸や其角を祭る絵蠟燭　岡野知十

なるほど、絵蠟燭に江戸の華やぎが感じとれます。

子規知らぬコカコーラ飲む鳴雪忌　秋元不死男

そうか、子規はコカコーラを知らずに命を終えたのか。子規より二世代若い高村光太郎の浅草の牛鍋の老舗「米久」の詩にはコカコーラが出てくるけど。

その子規の「ホトトギス」を継いだ俳壇のドン・虚子の命日は、いかにもその存在にふさわしく、釈尊の誕生した日と同じ四月八日。「仏生会《ぶっしょうえ》・花祭《はなまつり》」の日である。

墓前うらら弟子等高声虚子忌かな　山口青邨

師がエネルギッシュなら、その忌に集う弟子たちも、ということか。「弟子等高声」にチラッと皮肉を感じるのはぼくだけだろうか。

西東三鬼も春に死すか、しかも四月一日。エイプリルフールの日だ。

水枕ガバリと寒い海がある
おそるべき君等の乳房夏来る

など、少しでも俳句の世界を覗いた人なら、まず知っている有名な句がある。

釘買って出る百貨店西東忌　三橋敏雄

茂吉忌、啄木忌の例句も見てみよう。

えむぼたん一つ怠けて茂吉の忌　平畑静塔

うーん、いかにも茂吉の雰囲気。「えむぼたん」はもちろん、ズボンの前のMボタンでしょう。ボーヨーとしたあの風姿と、「ふさ子」さんとの老いらくの恋が思い出される。啄木はといえば、上京はしたもの、その生活は失意の日々となった。

靴裏に都会は固し啄木忌　秋元不死男

ところで、もう一冊の文庫版歳時記を手に取る。角川学芸出版編『俳句歳時記』（第四版・増補　平成二十三年）をチェックすると、あることに気づかされる。忌事の項で新しい人物が登場しているのだ。これだから歳時記は買いたしして何種も持っていたほうがいい。新たに歳時記に登場、季語になったその人とは、永井荷風と寺山修司。浅草の荷風といえば、ラインダンスの太ももが目に浮かぶ。

レッスンの脚よくあがる荷風の忌　　中原道夫

いかにも、ですね。
寺山忌の方は、

青空に染めきらぬかもめ修司の忌　　遠藤若狭

なるほど、浅川マキの、あのハスキーな歌声を思い出しました。

その人の死も季語ともなれば、どこか親しげな気持ちが湧くのでしょうか。ところで昨日、今日は四月も下旬というのに都心でも朝は五、六度の冷え込み。季節感が狂います。いよいよ「今年の春」の記憶が混乱する。

ラテンを聴きながら、心は柳橋か神田明神か

いつの間にか梅雨が明けて、七月に入ってからの連続の猛暑日は、気象台の観測はじまって以来、だそうですが、どうもこのごろ「統計をとりはじめて以来」ということが多くありません？　異常気象が、こうも続くと〝異常〟が通常になってしまう。なんてことを書いても頭がボーッとしている。喫茶店の二階にいるのでクーラーは効いているのだが、窓から外を見ると、白熱したような炎天。日傘の人の影がネットリと濃い。街路の植込みのタチアオイの花が、なにか道行く人を嘲笑うかのように咲いている。

ＢＧＭが眠けを誘うのか、店内、少し前まではハービーハンコックかなんかのクロスオーバー系がかかっていたのに、今日は、ラテン。タンゴだ。実は好きなんですよ、子供のころに聴いていた、このての音楽、タンゴに限らず。「ラ・マラゲーニア」とか「ジェラシー」とか。いまかかっているのは「アモール・アモール」か……。気持ちよくて、眠くなる。半分寝惚けた状態で歳時記のページをめくっていく。ま、これもまた盛夏の昼下がり的な気分といえましょうか。

閑話休題、夏の季語。夏負けせぬよう食欲系からいきますか。

「麦飯《むぎめし》」これが夏の季語。麦飯なんて秋でも冬でも食べるぞ、などと言っても、これは夏

の季語なのです。理由？　ないわけではない。

最近はヴィタミン剤の普及であまり聞かなくなりましたが、脚気《かっけ》、この脚気予防として夏に麦飯を食べる。で、夏の季語。

「鮨《すし》」「鮓」だって、いつでも結構、いただきます、といいたいところですが、こちらも夏の季語。鮨はかつては保存食だから、夏。

例句を見てみよう。

蓼添へて魚新たなり一夜鮓　　三宅孤軒
鯛鮓や一門三十五六人　　正岡子規
鮓押すや貧窮問答口吟み　　竹下しづの女

やはり、この鮨は押し酢ですね。握りでは季節感が出ない。一句目、旨そうですね。蓼《たで》を添えるあたり。鮎かなんかの川魚の鮨でしょうか。

子規の句は、なんか目出たい感じがしますね。鯛鮓だからか、いや「一門三十五六人」の賑やかさだろう。

しづの女の句の「貧窮問答」は、もちろん、万葉歌人・山上憶良の「貧窮問答歌」。これを口ずさみながら鮓を作るというところに、そこはかとないユーモアを感じてしまう。

鮓をつくるつもりではないのに、この季節、ご飯がすえて、においを生ずることがある。「飯《めし》すえる」は季語になっている。もう少し俳味を感じるのが「飯《めし》の汗《あせ》」。

今日は、炊飯器ですぐにご飯がたけてしまうので「飯すえる」の実感がなくなりました。子供のころ、少しすえたご飯は水で洗って臭いをとってからたべたものです。なんか懐かしい。同じ「洗い飯」「水飯《みずめし》（すいはん）」、いずれも夏の季語。

夏といえば、「ビール（麦酒）」。もちろん、夏の季語です。ビールといえば、かつては、ビヤホールは別として、生ビールは夏しか飲めなかった居酒屋がほとんどでした。だから一年中、生ビールが飲める店は貴重で、人を連れていって自慢したりしたものです。たとえば湯島天神男坂下のTとか。

ところで「焼酎」、これが夏の季語。なぜって？　これも理由がある。つまり「暑気ばらい」。日本酒ではだめなんです。暑気ばらいといえば、キュッとアルコールの度数の高い焼酎でなければ。

かと思うと「甘酒」も、この季節の季語だから、知らないと間違ったりする。かく言う自分も、また肌寒い梅見のときや雛祭りに、甘酒が出たりするので、つい早春あたりの季語かなと思っていました。

もともと甘酒は、夏の季節、麹に粥を加えて発酵させ（六〜七時間ほど）甘味を出す、これを沸騰させて飲む。ひと晩でできるので「一夜酒《ひとよざけ》」ともいう。

本来は、甘酒はあたたかい飲み物なのだが、甘酒といえば神田明神の鳥居脇の甘酒屋・天野屋（糀店《こうじてん》）では涼し気なグラスに入った冷やし甘酒を飲むことができる。女性に絶対喜ばれます。

そうか！　この稿はこれくらいにして、人を誘って冷やし甘酒といくか！　いや、この季節、柳橋の「にんきや」の白玉も、いいなぁ。この店、安藤鶴夫先生のごひいきでした。

――ということで白玉求めて柳橋に向かったのですが、念のためと、途中から電話を入れてみたら通じない。なになに⁉　ブログに「閉店」の書き込みが……。しまった！　遅かりし！

「いつまでもあると思うな親と老舗」

駄文を書いている場合ではなかった秋の空に……

今回の、竜巻き共連れ台風、すごかったですね。ひとつの台風に、これだけ各地で竜巻きが起きたのは、やはり観測始まって以来とか。

豪雨と竜巻き――竜巻き被害の光景はちょっと慣れっ子になってしまったけど（当事者の方々にとっては、とんでもない話でしょうが）、京都の豪雨、嵐山・渡月橋に押し寄せる濁流。あんなニュースの映像を見たのは初めてです。もうすぐ嵐山ならではの紅葉の季節になろうというのに。

しかし、台風が去って、本当に、やっと秋の気配が。というわけで秋の季語をひろってゆく気分になりました。生活関連の季語を見てみよう。

「毛見《けみ》」あるいは「検見《けみ》」。

室町、江戸時代からの言葉。その年の年貢（税）を徴収するために、役人が稲の実り具合を検《けみ》してまわること。もちろん今日、そんな税のかけかたなどしないが、かつての稲作行事のひとつとして季語に残ったのだろう。

これからこの季語で新しい句が生まれるとは思えない。新しい歳時記には収録されにくい季語ではないでしょうか。例句を挙げておこう。

不作検見声なく莨《たばこ》火をわかつ　豊川千陰
力なく毛見のすみたる田を眺め　高浜虚子
軒雀時々下りる毛見の庭　川島寄北

そういえば、総武線に「新検見川」という駅がありました。

「古酒」「新酒」「新走（しんばしり・あらばしり）」「今年酒《ことしざけ》」などが秋の季語というのはよく知られているが、では「古酒」は――というと、これも秋の季語。新酒が出るころとなっても前の年にできた酒のことをいう。左党にとっては、新しい酒もいいが、古酒もまた珍重したい心持ちになる。

一盞《さん》の古酒の琥珀を讃ふる日　佐々木有風
岩塩のくれなゐを舐め古酒を舐め　日原　傅
古酒の壺筵《つぼむしろ》にとんと据え置きぬ　佐藤念腹

「夜食」。秋の夜長、農家や商家は夜遅くまで仕事をしていると、当然、小腹が空くので軽い食事をとる。いかにも秋の季語といった気配がある。「夜業」「夜学」も秋。それぞれ例句を挙げる。

黙々と人のうしろに夜食かな　和田嘯風
梟が鳴けば夜食となりにけり　青木月斗
時計みる顔のふりむく夜なべかな　西山　誠
親方の影の大きな夜なべかな　三宅応人
雨のバス夜学おへたる師弟のみ　肥田埜勝美
くらがりへ教師消え去る夜学かな　木村蕪城
悲しさはいつも酒気ある夜学の師　高浜虚子

いずれも秋の夜ならではの、ひっそり、しんみり、人懐かしい一景です。

寂しい気持ちに沈んだときは、美味い物を食べるにかぎります。食べて口の周りがかぶれる人はお気の毒ですが「とろろ汁」は字を見ただけで腹がへってくる。もちろん夜なべしての夜食にも大歓迎。

生家には凭《よ》る柱ありとろろ汁　小原啄葉
トロロ薯擂る音夫《つま》にきこえよと　山口波津女
くらくなる山に急《せ》かれてとろろ飯　百合山羽公

「扇置《おうぎお》く」。「秋扇《あきおうぎ》」「忘れ扇」「捨て扇」「団扇《うちわ》置く」。

夏の季節、身のまわりで活躍した物が秋の到来とともに脇役にまわり、あるいはつい忘れられたりする。といっても、そこに置かれた扇や団扇には、その物のもつ気配が残る。物の気、物の怪の磁気を発したりすることもあるのでしょう。

一文字に秋の扇の置かれけり　野村喜舟
人の手にわが秋扇のひらかれぬ　井沢正江
亡き妻の秋の扇を開きみる　佐藤漾人

と、ここまで事務所で書いてきたら、傍のW君が「月が凄いですよ。満月で」と。今日は九月の十九日。中秋の名月そのもの。台風一過のあと、雲を吹き去っての、まさに煌々たる満月。

「月々に月見る月は多けれど月見る月はこの月の月」という小倉百人一首、読み人知らずの歌を思い出してしまった。

秋の季語で「月」は、あまりにも当たり前すぎるかもしれないが、この良夜の思い出のためもあり「名月《めいげつ》」の句を見てみたくなった。名月とは「明月」であり「望月《もちづき》」であり「満月」。「十五夜」「今日の月」「月今宵《こよい》」、そして「中秋の月」「良夜」である。

名月や故郷遠き影法師　夏目漱石
生涯にかゝる良夜の幾度か　福田蓼汀
乳房にああ満月の重たさよ　富沢赤黄男
眉秀でし人と隣りて良夜なる　松崎鉄之介

さて、このへんで歳時記を置いて、仕事中のW君を誘って、近くで、月の見える外飲みのできる居酒屋へでもいくこととしますか。それこそ生涯このような良夜が何度あることか。駄文など書いている場合ではないかもしれないじゃないですか。

そういえば井伏鱒二に「逸題」と題する中秋の名月の詩がありました。この二節のみを記して本当に筆を置いて出かけることにします。

「逸題」（新橋よしの屋にて）

今宵は仲秋名月
初恋を偲ぶ夜
われら万障くりあわせ
よしの屋で独り酒をのむ

春さん蛸のぶつ切りをくれえ
それも塩でくれえ
酒はあついのがよい
それから枝豆を一皿

悄々たり、カマキリとミノムシの秋の暮れ

なにか、この「季語道楽」では、毎回書いているような気がしてきたのですが、なんなんですか？　この気象。先月のいまごろは、三十一度を超える日があったというのに、今朝なんかは十度を下回った。少し前まで、アロハでふうふう、夏バテでヨロヨロしていたかと思うと、いきなり、マフラーはもちろん、手袋が欲しい寒さ。もう、なにやら心細くてオロオロしてしまう。気分は、寒気に襲われて、少しでもあたたかいところへ、と陽なたをさがすカマキリの如し。

実際にカマキリがいたのです。家を出るとき玄関の扉を閉めようとすると、陽の当たる扉の隅にカマキリが取り付いている。その、細いギザギザの肢《あし》が扉を閉めるとき挟まりそうなので、玄関わきの南天の細枝を折って、ツンツンと突っついて移動させようとした。

カマキリの動きは、もともと鈍い。ほら、そこにいたら、肢が扉に挟まれちゃうよと、南天小枝で、そっと突っつくのだが、なかなか動こうとしない。

「うるさいなぁ、ヒトが――といってもカマキリなのだが、――せっかく陽なたぼっこしているのに」と、いう感じなのだ。

こちらだって出がけで、気分は急いている。ホラ、ホラ、動けよ！　と少し乱暴に突っ

つくと、ゆっくり、例の斧《おの》を振り上げながら、やっとソロソロ移動し始めた。で、安心して扉を閉めて駅へと向かったわけだが、面白いことに、このカマキリ、翌日の昼も、扉のほとんど同じところにいた。

というわけで、歳時記でカマキリの項をチェックした。

カマキリは「蟷螂《とうろう》」「鎌切《かまきり》」「斧虫《おのむし》」「いぼむしり」とも表する。あまり頭のよさそうではない三角形の小さな頭と、不釣り合いなほど大きな——鎌のような前肢、怒ると、その鎌をふりかざして向かってくる。これすなわち「蟷螂の斧」である。「自分の力の弱さをかえりみず、相手に刃向かってゆく」のたとえ。

たしかに人間にとってはカマキリの斧など恐ろしくもないが、周囲の小さな昆虫にとってはたまらない。その鎌で捕らえられバリバリ食べられてしまう。つまり、カマキリは害虫を餌とする益虫。

また、カマキリのメスは交尾を終えたオスを食べてしまうことでよく知られるが、それは正しくない、という説もある。交尾を終えたオスだけを食べるのではなく、目の前に動いている虫はなんでも食べてしまおうとする習性があるというのだ。

「蟷螂の斧」とかいって、人間はカマキリのことを馬鹿にしているけど、あれが人間と同じくらいの大きさだったら、そんなノンキなことは言っていられないはずだ。目の前にバルタン星人みたいのがいてごらんなさい。あわてますぞ。

それはともかく、秋の季語、カマキリの例句を見てみよう。

かりかりと蟷螂蜂のかほを食む　山口誓子

ほら、恐いじゃないですか。「蜂の顔を食む」ですもの。カマキリが人間と同じ大きさだったら……、もういいか。

霞に乗りてかまきり風を聴き澄ます　小松崎爽青
風の日の蟷螂肩に来てとまる　篠原温亭

こちらのカマキリは可愛い。次の、

堕ち蟷螂だまって抱腹絶倒せり　中村草田男
蟷螂の目に死後の天映りをり　榎本冬一郎

なにか、滑稽でもあり、悲劇的でもある。カマキリの大きな複眼に映った「死後の天」は澄みきった青空だろう。人の死よりも尊厳があるような……。

カマキリが出たので、ついでに秋の虫を。実は「虫」といえば、それだけで秋の季語。ただし、「秋鳴く」「すだく虫」。ちなみに鳴くのはすべて雄という。

「虫」の類語は、（関連語）には「虫時雨《むししぐれ》」「虫の声」「虫の秋」「虫の闇」「昼の虫」「雨の虫」「残る虫」「すがれ虫」「虫売」などがある。

虫鳴くや会いたくなりし母に書く　井上兎径子
其中に金鈴ふる虫一つ　高浜虚子
虫売りと夜の言葉を交わしけり　高木丁二
虫籠に虫ゐる軽さゐぬ軽さ　西村和子

虫といえば、作句をする人には親しい「鬼の子」がある。なにやら恐いような、あるいは、ちょっと可愛いような……。これは「蓑虫《みのむし》」のこと。あの、枝から細い糸でぶら下がるミノムシを、なんで「鬼の子」などと呼ぶのだろう。清少納言の『枕草子』には、あの虫は「鬼が捨てた子」とあるらしい。この「鬼の子」が「チチヨ、チチヨ」（これは「父よ、父よ」ということでしょう）と鳴く、という。「簑虫鳴く《みのむしな》」は、次に紹介する芭蕉の句にもあるように、秋の季語にもなっているが、ミノムシは本当に鳴くのだろうか。知っている人がいたら教えて下さい。

蓑虫の音を聞きに来よ草の庵　芭蕉
蓑虫は悄々弧々とぶら下がり　細木芒角星

蓑虫の父よと鳴きて母もなし　高浜虚子
蓑虫の留守かと見れば動きけり　星野立子
鬼の子の宙ぶらりんに暮るるなり　大竹多可志
芭蕉以後みのむしの聲は誰も聞かず　島谷征良

カマキリもミノムシも、どこか寂しげではあるが愛嬌もある。暮れゆく季節、秋の気配の中で生きるからか。

季語について書かなければ、と日頃から思っていると、やはり自ずと自然の現象に注意が向く。永井荷風の旧宅の近く、千葉の市川市八幡から本置き場を移動、越して来た習志野市の実籾は、ちょっと信じられないほど地形に高低差があり、崖が多い。

その崖に竹林が生い繁ったり、葛の花が垂れたり、彼岸花が咲いたりする。また、崖の途中の、わずかな平地には、どこから種が飛んでくるのか、季節ごとの草花が色とりどりの花を咲かす。

引っ越して間もない、目新しい住宅地なので、歩きながら人の庭にも目が行く。今、目につくのは、赤い南天の実、ザクロの実、あるいはピラカンサのおびただしい金赤の実など。

ハナミズキの赤い実も少し前まではなっていたが、冷たい風が吹き出して、実は目立たなくなり、葉も赤紫に変色しつつある。これを〝紅葉〟というのはちょっとツライ。イチョウなどは、早めの寒風に付き合ってられるか、という具合で、依然としてまだ青い葉をつけている。

先日、本置き場の部屋へ行くために、本のつまったビニール袋をぶら下げてアパートの階段を上がって行こうとしたら、鉄の踏み面に、小さな赤い実が一つ、落ちていた。南天の実だ。しかし、このアパートの植込みには南天はない。もちろん、階段の上の通路にプランターなどない。

そうか、多分、鳥がくわえて、なにかのひょうしに落としたのだなと思った。

また、舗装された道に、これは楓（トウカエデ）？　の葉が落ちている。近くの街路樹にこの木はない（一本裏のビル街の植栽にあった）。

変調はなはだしい、近年の季節の移り変わりだが、すでに一の酉は過ぎ、この原稿を書いている今日は二の酉。次の三の酉が来れば、確実に年の暮れの気分となる。

一カ月前の三十度を超したころ、ぼくは何をやって日を過ごしたのだろう。今年の夏の、あの暑くて長い日々の記憶がほとんどない。ただ、自分なりに精一杯の毎日であったような気はするのです……。

第２章

変わりダネ歳時記に「俳諧の志」を見る

ゼツメツキゴシュウ（絶滅季語集）を楽しむ　その1

我が「季語道楽」、18回で勝手に中絶、しばらく間が空きましたが、第二章のつもりで歳時記や季語集の面白あれこれについて語っていきたいと思っております。で、その初っぱなは「ゼツメツキゴシュウ」——絶滅危惧種ではありません。絶滅に瀕した季語集について。

ところで、超人気ですねー、夏井いつき宗匠！　現代の俳人の中で一番名の知られている人……と言ったらこの方でしょう。

あまりテレビを見る人間ではないのだが、たまたま合わせたチャンネルで、芸能人が俳句を作り、それを、いかにも元気のいい、明るいキャラクターの女性の俳人が添削、アドバイスして、級や段のランク付けを決定していた。

自分の作った句をコテンパンに批評されたり、ホメられたりしたときの芸能人の、一喜一憂のリアクションがまた、さすがにプロ。そんな海千山千のタレントたちを相手取って、一歩もひけを取らず、見事に番組を仕切っている俳人、それが夏井いつき先生。

真面目でストイックな俳句結社の人たちの中には、そんなバラエティ気分の句会に顔をしかめる人もいるかと思いますが、ああいう番組が俳句世界の窓口を広げていることは確かでしょう。

それに、テレビのバラエティ番組であれ（――だからこそ、ともいえるか）出演者たちは、もう一所懸命、句作に苦闘している気配が伝わってくる。自らのタレント（正しい意味での〝才能〟）としてのプライドがかかっているのかもしれない。

さて、その夏井いつき先生に関して――今日の俳壇や結社の状況に、まったく疎い僕なのだが、「まてよ、この名は？」と、なにか頭の片隅にひっかかるものがあった。

そこで、しばらくチェックしていなかった本棚の俳句関連のところに目を走らせると、やっぱりそうか！　ありました。夏井先生の本が。久しぶりに手に取る。

もう数年前になるか、たまたま書店で出会って「面白い企画だなぁ」と思って入手していたのだ。文庫版（ちくま文庫）で二冊。

一冊は『絶滅寸前季語辞典』（二〇一〇年）。もう一冊の続刊は、一年後の『絶滅危急季語辞典』（二〇一一年）。

たまに人に誘われて句会に出たり、人の句作に応えるかたちで句を作ったりするせいか、歳時記、季語辞典、季寄せの類を気がつけば入手してきた。いや、意識的、気合いをいれて歳時記をチェックしようと思い立ったのは、今日、身近な生活の中ではすでに絶滅した〝焚き火〟の句を集めてみようと思ったときからである。

戦後に育った人間にとって、焚き火は、ごくごく身近にあった。落ち葉や枯葉を集めては焚き火をしたり、紙屑なども焚き火で処分していた。人によっては、密かな手紙や写真を焚き火にくべることもあったかもしれない。

それがダイオキシン発生？　の地球環境問題なにやらで焚き火はご法度となってしまった。子供のころに歌った「垣根の垣根の　曲がり角　たき火だ焚き火だ　落ち葉たき――」という歌は頭に残るものの、あの〝焚き火〟という行為は今日、あっという間に絶滅してしまったのだ。となると、リアルタイムの焚き火の句は作りたくても作れない。

それならば、焚き火供養の意味もあるかと、手近な歳時記から焚き火の句を拾い集めてみよう、と酔狂なことを考えてみた。大部な大歳時記や国語大辞典で、一気にチェックするのではなく、ごくごく一般向けとして編集された種々の歳時記に当たってみようとした(著名な大辞典が収録できなかった言葉やその解説も、こういう類の本で見つけだすことができたりする)。

この、焚き火句コレクションについては拙著『神保町「二階世界」巡り及ビ其ノ他』(二〇〇九年　平凡社)の――「焚き火系」俳句二百句コレクション――」として収録したが、その一部をここに転記したい。

ところで、文庫本として収められている歳時記でも「焚き火」の句の収録数、にかなりの差があることに気づかされた。

たとえば新潮文庫『俳諧歳時記』（一九八六年版）では四句のみ。ハルキ文庫『現代俳句歳時記』（合本版　一九九六年版）では十八句、角川文庫『俳句歳時記』（一九九八年版）では二十句、河出文庫『新歳時記』（一九九六年版）では二十四句であった。

そして、それぞれの歳時記に収められている句にはダブりがあるので、数をかせごうとしても、途中からそうそう作業ははかどらなくなる。

といった愚痴をこぼしつつも。結局、二百句を収集し「この二百作品で、焚き火に対するわれわれのイメージは、ほぼカバーできたのではないかと思われる。歳時記こそは、イメージの百科事典であると改めて感じた」と記した。

話を元に戻そう。夏井先生の二冊の絶滅季語辞典だが、その前に、これに関連しそうな本が手元に三冊ほどあった。

『難解季語辞典』（中村俊定監修　関森勝夫著　昭和五十七年　東京堂出版）
『古季語と遊ぶ』（宇多喜代子著　平成十九年　角川学芸出版）
『俳句難読語辞典』（宗田安正監修　二〇〇三年　学習研究社）

この三冊と本命の夏井先生の絶滅季語本についてふれてゆきたい。これら、ページをめくるごとに自分の無知ぶりに唖然、呆然！　また夏井先生の文章の遊び心に満ちた〝生き〟と〝粋〟ぶりに脱帽。

とはいえ、季語本、あるいは俳句辞典系の本を読み進めるのは、かなりタフな知力と体力が要求されるのです。この、誰に頼まれたのでもない苦役、いや道楽にしばし没頭してみようと思っています。

夏井先生も『絶滅寸前季語辞典』の「まえがき」でおっしゃっています。

「読んでも役に立たないことにかけては、右に出るものはないかもしれない。が、もともと俳句なんぞは役に立つはずもないものであって、むしろ役に立たないものとしての誇りを胸に、堂々と詠まれ続けていくのが俳句だと思っている」と。

生涯一役立たずの身としては、実にありがたいお言葉であります。役立たずなりに、励まされ、元気になります。その余勢をかって、絶滅季語本、読破のスタート！

ゼツメツキゴシュウ（絶滅季語集）を楽しむ　その2

夏井いつき先生の『絶滅寸前季語辞典』を都心の大型書店の俳句コーナーで見かけたとき、なにかと、めんどうくさがり屋のぼくが、つい手を棚に伸ばし、この本を手にしたのは、いま思えば理由があったようだ。

ひとつは、この本が、ぼくの好みの「ちくま文庫」であったということ。そして、もうひとつの、この本のタイトルが、なにやら〝面白オーラ〟を発しているように感じたのだろう。

もちろん、カジュアルな季語辞典、歳時記を見ると、つい入手してしまう性癖からのことだったのかもしれない。

さて、ページをパラパラとめくって飛ばし読みしてみると、予感した面白オーラは勘違いではなかったことに気づかされる。

しかつめらしい季語の解説書などではなく、忘れられつつある季語をネタとしつつ、遊び心満載の言語遊戯のエッセー集であったのだ。その、洒脱にしてシャープな数例を紹介してゆきたいが、その前にまず「まえがき」を見てみたい。

前稿でさらっと、この「まえがき」部分を紹介したが、夏井先生の俳句への姿勢というか、〝思想〟表明がされているのであらためて引用、紹介したい。

その冒頭、一行目の書き出しが、

要は、歳時記を読むのが好きだったという単純な動機から、すべてが始まった。嬉しいですねぇ、この書き出し。ちょっとも偉そうじゃないし、まるで俳句初心者のぼくらと同じスタートラインに立ってくれている。

そして、この自著に対して、

読んでも役に立たないことにかけては、右に出るものはないかもしれない。

といいつつ、

が、もともと俳句なんぞは役に立つはずのないものであって、むしろ役に立たないものとしての誇りを胸に、堂々と詠まれ続けていくのが俳句だと思っている。（傍点、筆者）

と、サラッと俳句というものの、本来の姿、価値（無価値の価値）を訴えている。カッコいいですねぇ。毅然としているじゃありませんか！

で、「まえがき」の肩書きが、

絶滅寸前季語保存委員会委員長　夏井いつき

とある。

この「まえがき」と、著者の肩書きで、本文の内容が十分に期待できる。

本文を開く。季寄せ、季語集、歳時記の類は「新年」から始まるものが多いが、この本は「春」からだ。

まず一番目に出てくる絶滅寸前季語は「藍微塵《あいみじん》」。

なんだ、なんだ? この藍微塵とは? あのサックス奏者にして、微塵子《ミジンコ》研究者の坂田明(広島大学・水産学部卒)さんの好きな? 藍色をしたミジンコのこと? あるいは中国大陸の奥の砂漠から吹いてくる粒子の細かい藍色の青い砂塵とか?

いや、いや、じつは、これは「忘れな草」の別名だそうな。「忘れな草」は英語で(forget-me-not)を直訳したのが名の由来、ということを知っている人も多いだろう。

ぼくらの若い頃「忘れな草をあなたに」という青春歌謡がありました。歌っているのが、手こねハンバーグのようなカンジの菅原洋一(ソフトな声で「知りたくないの」「今日でお別れ」などをヒットさせた)さんが、妙に心に響きました。

そこで紹介される句が、

百人の恋な忘れそ藍微塵

おののき小町

続いて――「愛林日」（「緑の週間」の副題）、「青き踏む」（「踏青」の副題で、春に戸外で楽しく過ごすこと）、「翌《あす》なき春」（「四月尽《しがつじん》」の副題で「四月の最終日」）などとあるが、少し飛ばして、「従兄弟煮《いとこに》」といういかにも絶滅寸前、いや、ここしばらく発見者がなく、すでに、ほぼ絶滅してしまったかという季語が登場する。

「従兄弟煮」、いとこ煮？

なんだか、新宿二丁目あたりのマッチョな男二人がやっているオカマバーで出す、自慢の手づくりの煮物？　なんて感じなんだけど、もちろん、本当の意味は、まったく分からない。

さすがの夏井先生もギブアップ？、先生が常に愛用しているという『カラー版新日本大歳時記』（全五巻　講談社）を引くことに。

「従兄弟煮」とは「事始《ことはじめ》の副題で、「事」は祭事を意味する、という。で、農事を中心とする考えでは、二月の八日が事始で、そのときに供せられる食べ物が「従兄弟煮」であり、「従兄弟煮は醤油汁」とのこと。しかも『大歳時記』にも「例句が載っていない」という。

う～む、まさに〝絶寸季語〟！　いや、〝絶寸完了〟季語？　夏井先生はこの季語を前に呆然と立ち尽くし、また、先生、頼りの『大歳時記』にも例句の紹介がない――となると、俄然、好奇心が刺激されたぼくは、この「従兄弟煮」なる季語を、自分もちょっと調べてやろうと思い立った。

『大歳時記』ですら、例句が載っていないというのだから、あたりまえの歳時記を何種類チェックしても無駄だろう。

しかし、前回の稿でちょっと触れたが、ぼくの手元に『難解季語辞典』（東京堂出版）がある。ずいぶん昔、入手したはずだが、ほとんど読んだことも使ったこともない。珍しい季語辞典だなぁと思い入手したのだろう。

「従兄弟煮」あるかな、ページをめくってゆく。

おっ！　あったじゃないですか！　すごいぞ『難解季語辞典』。引用する。

従兄弟煮〔春〕芋・大根・人参などの野菜、赤小豆、豆腐、蒟蒻などを入れて煮込んだみそ汁、またはすまし汁。正月事始め、事納めなどの行事に食した。（中略）雑煮と同じ風習である。

とあり、しかも「いとこ煮」の言葉の由来が、それらの野菜や豆腐を煮込むとき、〃おいおい〃（追い追い、徐々に）煮る、〃おいおい〃（甥々《おいおい》、つまり従兄弟）というわけ、とか。つまりは駄洒落、江戸好みの言葉遊びが由来だったとは。

ところで、この解説の最後に――（栞草《しおりぐさ》）――の文字が。

（栞草）は曲亭馬琴編、青藍補の『俳諧歳時記栞草』の略記。江戸時代、嘉永四（一八五一）年の刊行で今日の歳時記の元祖であり、本家のような存在。

文末に（栞草）とあったとなると、この『俳諧歳時記栞草』に「従兄弟煮」が出ているはず。

ぼくは手元の岩波文庫、全二巻の「栞草」に当たることにした。こうなると、まるで季語探偵、いや季語ストーカーじみてくる。

「栞草」（下）の巻末、季語字引で「従兄弟煮」をチェックする。出てない。では、春の季語というので「事始め」の項目でさがす。やはり、ない。

そういえば、先の解説の中で、関連用語のひとつとして、地方によっては「事納め」ということもあるとあったので「冬の部」の「事納め」のページを開く。

あった、あった！「従兄弟煮」でも「事始め」の項にもなかった「いとこ煮」の解説が「栞草」の「事納め」の項に。『難解季語辞典』に記されていた「従兄弟煮」と、ほぼ同様の解説があったのだ。

夏井先生の信頼篤く、愛用されている『大歳時記』では「醤油汁」とあり、「この醤油汁が、どんな場面でどう使われ、どう食されるのか、チンプンカンプンである」とされていた「従兄弟煮」のことが三百五十ページに満たない『難解季語辞典』で説明され、さらに出典の『俳諧歳時記栞草』で、どのような行事のときに食され、その食材から「いとこ煮」の言葉の由来まで解説されていたのである。しかも『大歳時記』の説明にある「醤油汁」だけとは限らず、「みそ汁」で供せられることにも、ふれられている。

『大歳時記』ならぬ、ハンディな小歳時記の存在も馬鹿にならない。雑多（?）な歳時記集めの労が報われた気がして、ぼくは（だろ!）と、ひとり納得し、ほくそ笑んだのである。

ま、そんなこんなで夏井先生の奇書にして貴書、絶寸季語辞典読みを楽しんでいると、（おや?）ということに気づかされた。

各季語の説明のあとには、毎回、例句が示される（夏井宗匠の創作句が圧倒的に多い）のだが、他の人の句の、その作者の俳号を見ていると、……「黛まだか」「寺山修辞」「大福瓶太」「キム・チャンヒ」「尾崎ほうかい」「たかが修行」「石田ハ行」「夏目僧籍」「坪内でんねん」「徒歩」といった号に接することになる。ナンダコリャー?　という気になる。そう思いませんか。つい、ニンマリしてしまう。

どうでもいいことだが、ここに夏井先生の、また、この本の豊かな遊戯性が示されていると思われるので、ちょっと蛇足してみよう。

「おののき小町」――これは「枕草子」の小野小町。可愛い。

「黛まだか」――黛まだか?　って、もちろんこれは人気俳人の「黛まどか」のもじり。しかも黛まどか氏は夏井先生の師匠筋にあたる方ではないですか!　いいんでしょうか、こんなイタズラをして。

次の「寺山修辞」――はもちろん、詩人にして、その短歌や俳句にもファンの多い、また劇団「天井桟敷」の主宰者、「寺山修司」から。にしても、「修辞」がいかにもピタッとはまってます。

「大福瓶太」――これは、ちょっと難易度が高いかも。まえの二者のような人の名前からかと思うと、由来がわからない。わかりますか？　これは、この氏名を単純に読み下してみる。「大福瓶太」――「おうふくびんた」。つまり「往復ビンタ」。人の左右の頬を平手で叩く例の行為。しかし、かつての軍事教練や、今日、体罰が禁じられている教育の場では、これはご法度になっている。つまり、「往復ビンタ」という言葉そのものが死語というか絶滅に近くなっているのではないか。ま、それはそれで結構じゃありませんか。あまり、歓迎されない言葉でもありますしね。

続く「キム・チャンヒ」――はもちろん「キム・キョンヒ」、金正日の妹で今日、北朝鮮の最高指導者、金正恩の叔母。

「尾崎ほうかい」「たかが修業」「石田八行」「坪内でんねん」――は、それぞれ人気の著名俳人……といえば、少しでも俳句の世界に親しむ人なら、すぐに分かるでしょう。「尾崎ほうかい」は「尾崎放哉」、「たかが修業」は「鷹羽狩行」、「石田八行」は「石田波郷」、「坪内でんねん」は「坪内稔典」……。

上手いですねぇ、とくに「たかが修業」とか、「石田八行」とか「坪内でんねん」も、つい笑ってしまいます。

「夏目僧籍」「徒歩」もいいですねぇ。禅寺で座禅を組んだ漱石が「僧籍」。あの中国の、唐の時代の詩人・杜甫の「春望」と題する「国破山河在　城春草木深　感時花濺涙　恨別鳥驚心……」――「国破れて山河在り　城春にして草木深し　時に感じては花にも涙を濺《そそ》ぎ　別れを恨んでは鳥にも心を驚かす――」の一節はあまりにも有名ですが、その杜甫にちなんでの「徒歩」。まさに、自在の言葉遊びをやってのけています。これぞ、俳諧精神の発露。

というわけで、ひきつづき、もう少し、この、ちくま文庫の『絶滅寸前季語辞典』と続刊の『絶滅危急季語辞典』にふれてゆきたい。

ゼツメツキゴシュウ（絶滅季語集）を楽しむ　その3

夏井いつき先生の『絶滅寸前季語辞典』の本文をさらに覗いてみよう。「歌詠鳥《うたよみどり》」が「鶯」の副題（別の呼び名）であったり、「貝寄風《かいよせ》」が陰暦二月二十日前後に吹く西風のことであったり、「風信子」がヒヤシンスの別名、などと、それこそ「クイズ雑学選手権」の問題に出そうなことがどんどん紹介される。

しかも、それら絶滅寸前季語の解説が、いつき先生ならではの頓智の効いた（この、とんち、という言葉も、ほとんど死語？　ずいぶん前から、この言葉を人の口から聞いたことが、まったくない。戦後、ＮＨＫの放送で『とんち教室』という超人気のバラエティ番組がありました。また、筑摩書房から、この「頓智」という言葉を雑誌名にした出版物がありましたが……）軽妙なエッセイとなっているのである。

例えば「風信子」の項では、季は初春、植物、の注があり「ヒヤシンス」の別名、の後に、こんな文章が続く。紹介させていただきます。

『大歳時記』には、「風信子」「夜香蘭《やこうらん》」「錦百合《にしきゆり》」が副題として載っている。こうやって見ていると、植物系季語における和名とのギャップは、なかなか面白い問題だ。

そんななかで、「風信子」という和名は、楚々としたヒヤシンスのイメージをかすかに引き継いでいるように思え、ワタクシ的好感度は高かった。

と、ここまでは、かなりまともな感想。しかし、続く一文がなつき先生の本領、というか地が出て、ついニンマリさせられる。

が、自作の一句「遺失物係の窓のヒヤシンス」を「遺失物係の窓の風信子」と置き換えてみたら、風に吹かれて迷子になった妖怪・子泣きジジイが窓口に座ってるような気がして、なんだかガッカリ。

例えが凄いですよ。「風に吹かれて迷子になった妖怪・子泣きジジイ」なんて。水木しげるの、あのキャラクターを読者が先刻承知のもの、と大胆にも判断しての表現なのだ。「わかる人にはわかってもらえる、わからぬ人はそれはそれでいい」という俳句の世界の人ならではの、フットワークの利いた、また思い切りのいい俳諧精神の発露の文と言えるでしょう。

で、最後に、

泣き虫のわけを知ってる風信子　　夏井いつき

と、なにやら可愛い句で、この一文をしめている。

だいたい本文全体が、こんな感じのユーモラスにしてエスプリに富んだ解説文なのだが、今の季節は夏なので、その季語をチェックしてみよう。

「安達太郎《あだちたろう》」が「雲の峰」の傍題で積乱雲の異名で、坂東太郎、丹波太郎、比古太郎も同様という。「妹背鳥《いもせどり》」は「時鳥《ほととぎす》」の異名とのこと。「時鳥」が「ほととぎす」であることは知ってはいたけど「妹背鳥」などという雅《みやび》な別名をもっていることは知らなかったなぁ。

それにしても「ほととぎす」は、あれこれ別の名で表されますよねぇ。正岡子規の「子規」は結核で血を吐いたことから「泣いて血を吐く子規《ほととぎす》」から子規と号したといわれるし、『不如帰《ほととぎす》』は徳冨蘆花の人気小説で、そのタイトルによって一般の人たちにも「不如帰」の文字が知られるようになった。

この物語の「あああ、人間はなぜ死ぬのでしょう！　生きたいわ！　千年も万年も生きたいわ！」という、結核を病む悲劇の女主人公・浪子の吐くセリフはなぜか子供ごころにも記憶がありました。

浪さんのセリフはさておき、この「ほととぎす」――「杜鵑」「杜宇」「蜀魂」「田鵑」「沓手鳥」「霍公鳥」などと表記されるかなりメンドウな季語なのだ。さらに、その非道で〝犯罪的〟ともいえる子育ての生態（托卵）を知ると、ほととぎすを憎む人がいても不思議ではない（興味のある人は「托卵」についてチェックしてみてください）。

「霍乱《かくらん》」というのも妙な雰囲気の季語だ。季は「晩夏」。「暑気《しょき》中《あたり》、食中毒によって起こる、吐いたり下したりする症状の総称」とある。簡単に言ってしまえば今日の「急性胃腸カタル」が一般的だがコレラや「日射病」をも「霍乱」といっていたという。と、なると最近取りざたされている「熱中症」なんかもふくまれるのかしら。

この「霍乱」、ぼくなどは「鬼《おに》の霍乱《かくらん》」という言葉で頭の中に入っている。「ふだんは鬼のように丈夫な人が病気になること」とおもって、近況報告の手紙などで、季節にかかわらず、体調を崩したときなど、自嘲気味にこの言葉を使ったりしていたが、正しくは夏、それも晩夏限定の言葉だったのですね。知らなかったなぁ。

もうひとつ、その実態を知って、つい笑ってしまったのが「土瓶割《どびんわり》」。なんだぁ、この季語は？　しかも「夏」でしょう？　これが実は「尺取虫《しゃくとりむし》」の異名という。あの妙な動きをする尺取虫をなぜ「土瓶割」などというのか？　その理由が笑えるのだ。

あの尺取虫、じっと木の枝の途中などで静止しているときは、色といい、ピンと張った形といい、まるで細い枝、そっくり！　その細い枝の擬態に、そそっかしいのが土瓶を掛けようとし、当然、土瓶は落ちて割れてしまう——から、「土瓶割」という次第。

落語的見立て世界のオカシサですね。そこで思い出したのが季語ではないが、「半鐘泥棒」。これは、やたらと背の高い人を、からかって、こう呼んだりした。背があまりに高いので火の見櫓の鐘を盗める、という見立て。かつては、こんな言葉遊びの世界が生活の中で生きていたのですね。

「土瓶割」、イッパツで覚えた「夏」の季語となりました。

以上は『絶滅寸前季語辞典』からの紹介だが、この続刊と言える『絶滅危急季語辞典』も見てみよう。こちらも「夏」の季語をチェックする。「牛の舌」が魚の「舌鮃《したびらめ》」「金鈷《かなとこ》雲《ぐも》」が「雲の峰」同様の「積乱雲」「高野聖《こうやひじり》」がなんと水の中に棲む凶暴な昆虫のタガメ、「こころぶと」は「心太」と書いて「ところてん」などと、こちらも難解季語や珍季語が列挙されているが、ぼくが好きなのは「三尺寝《さんじゃくね》」「昼寝」の副題という。もちろん、これも知らなかった。夏の日足が三尺（約九十センチ）動くあいだほどの昼間の短い眠り、というわけ。なんか粋ですね、たとえの表現が。

心中のやうに愚妻と三尺寝　　徳永逸夫

という例句も「心中のやうに」という言葉がかえってユーモアというか、心ゆるした夫婦のおだやかな関係を伝えてくる。

「夏《なつ》の霜《しも》」もきれいな季語だ。これは「夏の月」の傍題。「月の光が地上を照らしている夜景を、霜が降りたと見立てたもの」とある。「夏の霜」という季題そのものが、すでに装飾的な言葉なので、いつき先生は「危険性」があって「近づきたくない」といいつつ、

夏の霜いま林立の摩天楼

という、ブロードウェイのミュージカルの一シーンのような情景の句を添えている。

「はたた神《がみ》」の「はたた」は「霹靂《へきれき》」と書き「晴天の霹靂」、つまり「雷」の副題なのだが、いつき先生はここで、高校時代の憧れの先輩との出会いと、この「はたた神」、つまり「雷」との遭遇によって、その淡い（というか、たった二日の）小さな恋が、あえなくも幕を閉じたことを、オモシロオカシク回想している。で、先生の例句が、

はたた神には恋してはなるまいぞ

などと、もう、全文紹介したいくらいなのだが、それではまるで完全パクリになってしまうので、このくらいにしておこう。上・下巻二冊、ご自身で入手して楽しんで下さい。

と、下巻の『絶滅危急季語辞典』のページを閉じて、ふとカバーの帯のコピーに目が行った。「アレも季語　これも……季語？」とだけある（うん!?　ハハーンこれは、多分、あの歌詞のパロディか！　いや絶対そうだと勝手に確信した）。

もう四十年ほど前？　松坂慶子がテレビドラマの中で妖艶なタイツ姿で歌った「愛の水中花」（五木寛之先生作詞！）の「あれも愛　これも愛」という一節。ま、どうでもいいことですが、いつき先生の文章に接していると、頭脳が妙な活性化を示し、あらぬことに神

経が反応する。

ところで、いつき先生の著書を楽しんでいるとき、「週刊朝日」の人気連載、林真理子の「マリコのゲストコレクション」につい最近、先生がゲストとして登場、林真理子とのトークを披露していた。(二〇一九年五月二十四日号)

例の「プレバト!!」の俳句コーナーのことを中心に、いつき先生の俳句への思いが、あの、飾らぬ口調で語られる。「あんなヘタクソな句を添削したことがないんです(笑)」「梅沢富美男さんは、向こうが突っかかってくるから、払わないわけにはいかないので」「俳句はつくることも楽しいけど、読み解くことが楽しいんですよ」「『ポケット歳時記』を持っている生活と、持っていない生活はぜんぜん違いますよね」……。

いやー、いつき先生の、人間力そして、俳句への愛、素晴らしいですよね。そして、古来より俳諧の重要な根幹のひとつ、自由と遊びの精神!

その、いつき先生が、今日のようにブレークする二十年近く前から、俳句を楽しむための活動から結実した『絶滅寸前季語辞典』『絶滅危急季語辞典』、快著にして、怪著、いや疑いなく名著であると確信するのです。

買っててよかった!

次稿は、これまた、不思議な歳時記、季語辞典、季語集の類をズラリと紹介したい。たとえば沖縄の俳句歳時記ですよ。いやいや、沖縄どころではなく、ハワイ歳時記もあるんです。しかも、かなり立派な造本の。

ちょっと変わった季語集・歳時記

○『難解季語辞典』中村俊定監修・関森勝夫著（昭和五七年　東京堂出版　三二八頁）

夏井いつき先生の著書にふれた項で、すでにサラっと紹介した変わりだね季語辞典。この辞典で、たまたま遭遇した「従兄弟煮《いとこに》」という、いまでは珍しい季語をチェックでき、「いとこ煮」という季語の由来が「あづき、牛蒡、豆腐、芋、大根、焼き栗、くわいなど」を追い追いに煮てゆく、甥甥《おいおい》に煮る――といったナゾナゾ、言葉遊びから発生したような季語であることを知った。また、このことが江戸の歳時記、滝沢馬琴・青藍による『俳諧歳時記栞草』（略して『栞草』）に収録されていることも。

そこで改めて、この『難解季語辞典』を手に取り、ゆっくりとページをめくってみる。まずは、監修を担った中村俊定による「序」にあたる。冒頭から引用、紹介したい。

古典俳諧を読む場合、もっとも不便を感ずるのは難解な季語に出会った場合である。（中略）その季語がわからないかぎり一句の鑑賞は不可能である。その多くは当時の年中行事や、故事によって作られたもので、生活様式の変遷にともなって、用いられなくなったものが大部分である。

とし、「普通の古語辞典では引けない俳諧特有の語」などを「一々典拠を求めて解明しようとしたのが本書である」と、この季語辞典の特色を説明し、「著者の関森勝夫氏は古俳諧の研究家であるが、また現代俳句の作者としても、長年大野林火氏に師事したベテランである」と著者のプロフィールを紹介、「関森氏はその最適任者として私は大いに期待するものである」と、この一文を閉じている。

そこで、監修者の中村俊定と著者の関森勝夫両氏の略歴を奥付他で確認する。中村俊定は明治三十三（一九〇〇）年の生まれ。早稲田大学卒業、同大学他教授。著書に『俳諧史の諸問題』『芭蕉七部集』等。一方、著者の関勝夫は昭和十二（一九三七）年生まれ。早稲田大学卒業、静岡県立大学名誉教授で『文人たちの句境』『近江蕉門俳句の鑑賞』『時季《とき》のたまもの——季語35を解く』等。

こうしてみると監修者と著者は同じ早大の卒業生で三十二歳の年齢差があり、中村は俳諧研究者。収集された俳書のコレクションを早稲田大学に寄贈「中村俊定文庫」となる。中村による『芭蕉俳句集』（岩波文庫）は今でも入手可能。また、著者の関森勝夫は中村の「序」にあるとおり、実作者として俳誌「濱」を創刊、主宰した俳人・大野林火に師事、複数冊の句集を持つ。

では、著者・関森勝夫による「はじめに」を見てみよう。「最近は俳句を作るための歳時記から、読むため、見て楽しむための歳時記に変化して来ている」と、「百科事典のようなカラー図説の歳時記」の刊行にふれつつ「現代に合致するように季題が整理され」てしまい「現在では見られなくなった季題を大幅に削除してしまう傾向がある」と指摘。そして、「本書を編んだ意図」を訴える。

衣食住の生活習慣が変化し、行事が廃止され、自然破壊によって動植物が消滅し、これらを代表する言葉が現代に通じなくなることはあっても、過去幾多の人が関心を寄せて詠み、磨きあげた言葉や、畜積した時間の構造物を私は見捨てられない。氷山のごとく、海面下に隠れた文化の重さを尊重するからであり、これらを正しく理解することで、現代を生きる知恵ともなるであろうと確信するからである。

と、この季語辞典編集の意図というか〝志〟を述べている。

本書の内容を、ざっと紹介すると、本文の他に「凡例」は当然のこと、「引用文献解題」「四季別項目一覧（配列は五十音順）」「歳時記等一覧」「俳人等忌日表」「季語異名一覧」「総画索引」等が付されていて、江戸俳諧へのさらなる門戸が開かれていて、かつ、これら難季語の現代俳句での復活に供せられている。

この江戸時代に読まれた歳時記、文献探索とはほとんど無縁で、また、このような古い季語を用いての句作の機会がなかったので、この季語辞典をしっかり読んだ記憶はなかったのだが、小さな付箋がところどころに付いている。なにかのことで、本文の項目を引いた痕跡だ。

「秋津虫　あきつむし〔秋〕とんぼの古名（以下略）」。今は、この秋津虫が「勝虫《かちむし》」同様、蜻蛉《とんぼ》の異名であることは承知しているが、この時は知らなかったのだろう、付箋がつけられ、項目にラインが引かれている。

「菖蒲酒　あやめざけ〔夏〕菖蒲の根に約三センチ程に刻んだものに酒をつけ、五月五日の節句に飲む。邪気を払うといわれた」。この菖蒲酒のすぐ近くの「菖蒲《あやめ》の枕《まくら》」にも付箋が付いている。例句として「相伴に蚊もさわぐなりしゃうぶ酒」一茶（八番日記）。

「安居　あんご〔夏〕寺院で、一定期間僧達に外出を禁じ、講経や坐禅に専念させることをいう。安居は夏を第一とした」。この言葉にラインを引いたのは、もちろん坂口安吾の名が頭にあって。

しかし、「心安らかに暮らす」「安居」という言葉が、夏の季語というのはこの時初めて知った。例句「夏百日墨もゆがまぬこころかな」蕪村（蕪村句集）。この句の「夏百日」は夏期に百日修行する「安居」のこと。

「虎杖　いたどり〔春〕たで科の多年生草本。春に宿根から芽を出す。かむと酸い。茎は中空で節がある。葉は長卵形。煙草の代用とする」。「時珍本草に曰。杖はその茎をいひ、虎はその斑をいふ」とあり、例句「虎杖や至来過ぎて餅につく」一茶（九番日記）。この「虎杖」は、知らなければ読めない文字だろうが、築地の場外の寿司屋で「虎杖」という、いい店があって、その名で覚えていた。また、貴俗各種のステッキのコレクションをしてきたので「杖」の字に反応したのかもしれない。

「虎杖競（いたどりくらべ）」の季語もあり。

他に、「稲の殿　いねのとの　〔秋〕　稲妻の異名」。ただし「雷《かみなり》」「いかづち」「はたた神」は夏。

「隠君子　いんくんし　〔秋〕　菊の異名」

「白朮花　うけらがはな〔夏〕　きく科の多年生草本。蒼朮を焚く（そうじゅつをたく）」

「卯杖　うづえ〔春〕　中古、正月上の卯の日に、桃・椿・梅などの木を五尺三寸（約一六〇センチ）に切り、二本または四本を一束として天皇・皇后・東宮・中宮に大学寮・衛府から奉ったもの。年中の悪鬼を避けるといわれた」

これなども「杖」に関連した季語としてチェックしていたようだ。等々とかつての日本文化のあれこれになんとも好奇心を刺激される辞典です。まさに座右の一巻。

○『俳句難読語辞典』　宗田安正（二〇〇三年　学習研究社　二六六頁）

手帳サイズのハンディな、難読と思われる俳句関連の言葉を収録した初心者向けの俳句辞典。監修者・宗田安正による「はじめに」には「たとえば、礁《いくり》、溶岩《ラバ》、瞑《めつむ》る、簷《のき》といった語を一般のどれだけの人が読み、理解できるであろうか」とあり、この小辞典は「難読語・難語の類を集め、意味と例句を付し、さらに読めない漢字は総画索引から調べられるよう配慮したもの」。

例によって、すでにラインの引いてある項目をチェックする。まず「気象」関連から。

秋黴雨《あきついり》　秋　「秋入梅」とも。秋の長雨。秋霖。「夕景のやゝに明るく秋黴雨」柴田白葉女、「秋黴雨咳《しわぶき》落し家を出て」角川源義。

糸遊《いとゆう》　春　かげろう。「糸遊をみてゐて何も見てゐずや」齋藤玄、「糸遊へ誘はれ給ふ仏かな」澤木欣一。

海市《かいし》　春　蜃気楼。「海市立つ噴ける未来のてりかへし」加藤郁乎、「海市消ゆ恍惚として子守唄」八木三日女。

虎《とら》が雨《あめ》　夏　陰暦五月二八日の雨。曽我兄弟の兄十郎の愛人・虎御前の涙雨による。「家にゐることの珍し虎が雨」宇多喜代子、「グラビアにピカソの背中虎が雨」皆吉司。

などなど、難読語、難季語が収録されているが、例句のほとんどが現代俳人によるのが、読んでいて楽しいし、親しみやすい。

紹介すると、きりがないのでこのくらいにするが、〔虎が雨〕の例句作者、宇多喜代子の名が出たので、次稿は、難季語に関連する彼女の著作『古季語と遊ぶ』からさらに、手元の、変わり種、俳句辞典を紹介したい。

絶滅寸前の古季語との交歓

『古季語と遊ぶ』宇多喜代子（平成十九年　角川学芸出版）

ついには死語という扱いで歳時記から消えてゆく、解説がなければ理解できない、（中略）それらをもう一度、死語の淵から引き上げて、かつて生きてその季語に則した暮らしをしていた人々に近づいてみようと、古い暮らしに裏打ちされた季語を持ち寄っての句会を始めたのです。（「あとがき」より）

俳人の宇多喜代子による『古季語と遊ぶ』の動機と目的は、この「あとがき」の中のひと言で明らかにされている。

かつて日本人の生き死にや、身のまわりの自然とともにあり、大切に扱われ磨きこまれてきた、かずかずの言葉が、生活や自然環境の変化（破壊）とともに消滅しかかっている。この状況を前にして、

歳時記からその一つ一つを抜き出して検分してみますと、何気ないものが、いかに人々の暮らしのための重要な役目を担っていたかがわかってくるのです。

という思いからのスタート、この「古季語と遊ぶ」句会から生まれた即興句会のレポート、冒頭に出てきた古季語は「新年」の季の――「氷様」。

「氷様」？　もちろん、見たことも聞いたこともない季題だ。それに、どう読んでいいかもわからない。「こおりさま」？「ひさま」？「こおりよう」？……本文の解説をすぐに見るのを禁じてみる。とにかく、手近の合本歳時記などをチェックする、が出てない。では、件《くだん》のハンディな『難解季語辞典』では？

さすがです、ありました！　ここでは「氷様奏」。「春」の季語で読みは「ひのためしそう」。

「元日の節会に、宮内省から、昨年の氷室の収量、氷の厚薄、一昨年の増減などを奏し、あわせて氷様を天皇にご覧に入れた儀式」とあり、例句として「君が徳これも厚きに氷の様」政信（題林集）。

えーっ、知らなかったなぁ。しかも、元日、宮中で、そんなことを行っていたのですか！氷室の厚さや量などをあらためたりとか……。興味津々。

そこで、ふと一冊の文庫本があったことを思い出し、本棚の年中行事関係のコーナーからひっぱり出す。『宮中歳時記』入江相政編（二〇〇二年、小学館）。入江相政は昭和天皇の侍従長。なにかの催事のとき昭和天皇が居眠りをしたので、天皇の足を蹴って起こしたというエピソードをもつ人物。（事の真偽は未確認）。『入江相政日記』は昭和史の第一級資料といわれている。この人の編による『宮中歳時記』だが、「氷様」は載っていなかった。あつかわれているのは主に昭和の御世の宮中行事らしい。

では、ということで、人からいただいた鈴木棠三著『日本年中行事辞典』（角川小辞典16昭和五十二年）を手にする。

出てましたねぇ。「歴奏《れきそう》」の付属項目として「氷様の奏」。「中古、元日節会に、宮内省から去年の氷室《ひむろ》の氷の模様厚薄の寸法を奏上する儀式」で「氷が厚ければ豊年の兆しとし、薄ければ凶年と占う」。そして、「薄いときは氷池《ひいけ》の祭りという法会が行われる」、つまり凶を吉に変えてしまうというのだ。

そうか、「中古、元日節会に」とあるので、いつのころからか、この「氷様」は行われなくなったのだろう。

「氷様」――この興味深い、儀式のあらましはわかった。しかし、ものはついでということもあり、ダメもとで平凡社の『俳句歳時記』の「新年」の項にも当たってみる。出てましたね。「氷様」「氷様奏」。「元日節会《がんじつせちえ》」の傍題（副題）としてある。かなり満足。

ところで――この「氷様」という季語に『古季語と遊ぶ』で初めてお目にかかったことにより、好奇心のおもむくまま各種歳時記、季語辞典（『難解季語辞典』も含む）、年中行事辞典、そして文庫本とはいえ『宮中歳時記』まで手に取り、ページをめくることとなった。たった一つの季語で、これだけの探索散歩ができる。これこそ、まさに古季語と遊ぶではないかと、調べごとに熱中して、原稿のなかなか進まないことに、自ら少々あきれつつ、納得したのでありました。

ずいぶん道草を食いましたが、宇多先生の本にやっと戻る。「氷様」の季語のあとにすぐ例句が紹介される。

縄尺をあてたてまつり氷様　　西村和子

なるほど、これまで、あれこれ「氷様」の解説を見てきたので、この句はスッと理解できる。続く文章を読むと、宇多先生も「馴染みのものでもなければ、いまの歳時記に採用されている題でもない。なんと読むのか、それすらわからない」と、嬉しいことに、ぼく同様の困惑ぶり。しかし、続いてこの古季語の、きちんとした説明があり、

青檜葉のへばりつきたる氷様　　大石悦子
氷様去年にまさる厚氷　　宇多喜代子

といった、珍しい古季語にビビることなく、身にひきよせて、この宮中儀式を見てきたような句にしている。恐るべし！　句を作る人たちの言語吸収力。

「新年」の古季語では、いくつものまったく初見の古季語が紹介されるが、なかでも「ひめ始《はじめ》」は、とくに気になった。というのは、「姫始め」、江戸川柳の世界ならば、かなりお

なじみのエロティックな言葉だから。

ただし古季語としては、本文でも紹介されるが、この「ひめ始」「ひめを飛馬として乗馬始とするとか」「ひめ糊の使用始めとするとか」いろいろ諸説あるようだ。宇多先生の、この句会では、「ひめ始」を「ひめ飯《いい》の食べ始めの日」として出題している。「ひめ飯」とは「柔らかで、いまの七分粥程度であったろうと察する」とし、例句として、

ひめ始米のとぼしき山国の　茨木和生
母刀自の差配したまふひめ始　大石悦子

を掲げて、「ひめ始」が、正月、吉日の特別な食の行事であったことを反映させている。

ただ……俳諧に近い江戸川柳も、品はあまりよろしくはないが、新年の風習としての一月二日の「姫始め」を重視している。この日は年の始めによい夢（初夢）を見るようにと枕の下に宝船を描いた刷り物を敷くことがあったが、この男女の「姫始め」（秘め始め）と宝船を川柳は、こう詠っている。

女房と乗り合いになる宝船
曲乗りはまず遠慮する宝船
宝船しわになるほど女房こぎ

という、おめでたい和事となり、それを年老いたしゅうと夫婦が理解を示しているのが次の一句。

やかましやするにしておけ姫始め

――こうしてみると、川柳ならではの笑句（破礼句）ではあるが、これもまた人の営みのうちの正月の祝いごとの表現といえる。

ちなみの、正月二日、枕の下に敷く宝船は初詣の神社で配られることもあるが、すでに記したように向島百花園の茶屋で常に入手することができる。木版刷り様の隅田川七福神が描かれた宝船が素朴で好ましく、たびたび入手して人に差し上げたりしている。もちろん自分の分もストックしてあるが、これまで宝船の出番があったためしがない。空しく、ファイルの中で舫《もや》っているばかりである。

例によって「夏」の季も見てみたい。一読、いきなり、じつに面白い古季語が出てきました。――「焦螟《しょうめい》」。

「句座の誰もが見るのも聞くのも初めて」という。では、ということで頼りにしている平凡社の『俳句歳時記』を見る。ない。そーか……ならば、困ったときの『難解季語辞典』で。ありましたねぇ、「蟭螟〔夏〕→かのまつげむし「蚊の睫《まつげ》に巣《す》をくふ虫なりといふ。（中略）小さき事たとへん方なき虫といへり。故に蚊の睫《まつげ》に集り居るといへり。」とあり

「せうめいのはらわた探る荘子哉」其角。

嬉しいですね、この『難解季語辞典』。いつ買っておいたのかしら。それはともかく、この「焦螟」という虫が面白いじゃないですか。あの小さな蚊の睫に巣を作る虫、だなんて。ミクロの生態圏ですね。しかも、ここに挙げられた例句が、そんな小さな虫のはらわたを超俗派の元祖・荘子が探る——というのですから、ナンセンスもここにきわまれり！さすが鬼才、其角宗匠。

焦螟のあらましがわかったところで宇多先生の本文をあらためて読む。この虫（もちろん空想上の）、すでに清少納言『枕草子』に「大蔵卿正光という耳敏い人が蚊の睫《まつげ》の落ちる音も聞き取ってしまう」という逸話が出ているという。もともとは、中国戦国時代の道教経典の一つ『列子』の中の挿話らしい。それを江戸人の「蚊の睫に巣を作るんだったら、これは夏でしょ、だから季語は夏！」という俳諧ならではの見立てにも脱帽する。

ところが、こんな珍奇な季語が、昭和八年の改造社版の『俳諧歳時記』に収録され、「眼をねむつて焦螟を見る学者かな　高浜虚子」の例句が紹介されているとのこと。

昭和八年？　虚子？　改造社版ではなく、もう一冊の歳時記が頭の片隅で点滅する。ガサゴソと虚子の編による『新歳時記』（三省堂）を引っ張りだす。やはり奥付が昭和九年。もしやと思って「焦螟」を探したが、残念ながらなかった。

ならば、ということで岩波文庫『増補　俳諧歳時記　栞草』（曲亭馬琴編、藍亭青藍補、

堀切実校注　二〇〇〇年）』を手に取る。ありました。「蟭螟《せうめい》　蚊の睫《まつげ》に巣くふ虫なりといふ。〔伝燈録〕仰山洪恩禅師に問《と》ふ、如何《いか》にして見性《けんしやう》を得ん。師《し》の云、たとへば蟭螟虫《せうめいちゅう》の、蚊の睫《まつげ》にありて巣を作るがごとし」――そして下段の注に蟭螟＝「焦螟」。「めに見ぬ鳥」の項参照とある。この原稿入稿のあと、ゲリラ豪雨の中、本置き場として借りている「散漫洞」に行き、あらためて昭和八年刊改造社版をひっぱり出してチェック。確かに「蟭螟」の項がありました。そこには前記の虚子の句のほかにもう一句、

蟭螟の目には見えぬ人の顔　　雨謁人

が掲げられていました。

こう見てくると、この「焦螟」、なりは微少でもかつてはかなりメジャーな虫だったよう。しかし、こういう愛嬌のある（空想上とはいえ）生き物も世知辛い世となっては、すでに絶滅してしまったか。それを宇多先生の句座に、随分とお久しぶりに登場する。

焦螟のその睫毛にもさらに虫　　辻田克巳
焦螟をきはめんといふ虫眼鏡　　山本洋子
焦螟が乗り天秤のゆれやまず　　澁谷　道

と、いずれも諧謔の効いた即興句で応じている。

それにしても、本家の中国では、この「焦螟」という言葉、まだ生きているのでしょうか。この現代、日本でこの言葉を使って句を作っていることを知ったら、本家は、どう思うのでしょうか。

すごいですね。アジア全体の正倉院たる日本の文化装置と日本人の感性。そして、その一典型たる俳句と、その歳時記の世界。その中で、レッドリスト必須の季語を持ち寄り、味わい、楽しみ、ともに戯れているのが『古季語と遊ぶ』なのである。これは素晴らしいことではありませんか。

そしてまた、そういう死語に近い言葉、あるいはすでに死語となってしまったかつての日本語を、季語として収録してきた歳時記も本当にすごい!

変わり種、歳時記（その1）——海外編その他、〝特化歳時記〟を覗いてみる

季語集、歳時記の中には、おや、こんなものも！　という異種もある。例えば、『沖縄俳句歳時記』『ハワイ歳時記』、また歳時記と題されていないが、外来語を使った俳句だけを収録した『俳句外来語事典』、さらには〝平成〟の句だけに限った『平成新俳句歳時記』。あるいは、著名俳人の出身地や住んだ地域、また研究テーマから生まれた〝特化歳時記〟の類。

たとえば、東京下町関連では石田波郷『江東歳時記』、安住敦『随筆東京歳時記』、また、江戸の文人好みとなると、加藤郁乎『むらさき控——新編江戸歳事記』などなど。

これら、一般の俳句（あるいは俳諧）歳時記とは異なる歳時記を覗いてみよう。

まず、なんていっても驚いたのが『ハワイ歳時記』である。函から本体を取り出すと、緑色のクロースの地に原色で『ハワイ歳時記』と題字が刷られ、欧文で「Hawaii Poem Calendar」の文字があり、Calendar の部分には花束のレイが掛けられている。いかにも南洋風の、可愛いデザイン。

それにしても〝常夏《とこなつ》の島・ハワイ〟じゃないですか。歳時記といったら、ふつうは春夏

秋冬（そして新年）でしょう。われわれ日本で暮らしている人間からしたら、ハワイに四季があるのかしら？　また、ハワイに歳時記が必要なのかしら？　歳時記が成り立つのかしら？　と思ってしまう。このことは、日本国内でも北海道に歳時記の季語と季節は一致するのかしらと思われるが、これについては別項で記す。

『ハワイ歳時記』に戻ると、この不思議な歳時記はもう数年前になるだろうか、この文源庫・遊歩人ブログでぼくが「季語道楽」をスタートした直後、同じブログ内で「新・気まぐれ読書日記」を連載していらっしゃる石山文也こと阿部年雄氏から贈られた一冊である。

阿部年雄氏とは、当サイトを主宰する文源庫の石井紀男氏の紹介でお会いし、京都で酒席を共にしたりする間柄。ぼくはこの人を、好奇心旺盛な一種の奇人としてみている。奇は貴に通ず。奇人は、とかく珍本と出会う。阿部氏は京都のどこかの古書店か下賀茂神社境内での納涼古書市あたりの、しかも均一台で、この『ハワイ歳時記』などという本を見つけ、必要もないのに珍しさにひかれ、つい出来心で入手してしまったのではないでしょうか。

閑話休題。この本の概要を。まず、奥付を見る。一九七〇年九月　博文堂。五十年ほど前の本。版元の博文堂の住所は日本ではなく、ハワイ州ホノルル市内「ゆく春発行所」。編者・元山三代松。総ページは四百三十二。定価は明記されていない。ということは一種の「私家本」か。

本文巻頭にあたる部分。題して「ハワイの俳句」。筆者は「ゆく春発行所　平川巴竹」。文章はこう始まる。

昨夏ハワイ訪問旅行をした折、ホノルルの元山玉萩さんから「ハワイ歳時記」の草稿を渡された。(中略)一読『よくもまあこんなに詳細に、こんなに完璧にあらゆる事象を集められたもの』と玉萩さんの本書に示された熱意と努力に只々頭の下がる思いであった。

文中、元山玉萩とあるのは、編者、元山三代松氏の俳号だろう。この元山氏のプロフィールに関しては「序」の大原性実の文で紹介されるが、それは後でふれるとして平川巴竹の文をもう少し紹介したい。

ハワイにおける歳時記の存在理由や、ノーベル賞受賞後、川端康成のハワイ大学での講演で「夜の虹」や「冬緑」というハワイ特有の季語について語ったことが記されている。(ハワイに歳時記?)と思う、こちらの認識が貧しかっただけで、俳句に親しむ感性は、日本国内はもとより、海外の地にあっても生き生きと生き続けていたのだ。

玉萩氏の文を、次稿でもう少し読み進めていきたい。

変わり種、歳時記（その2）——海外編その他
渾身の刊行『ハワイ歳時記』の意義

京都在住の知人、阿部氏より『ハワイ歳時記』を贈っていただいたとき、ハワイで歳時記ですか⁉ 〝常夏《とこなつ》の島ハワイ〟に四季などあるのかしら？ 歳時記が必要なのかしら？と、この本が、日系ハワイの人同士の、ちょっとした洒落というか、ハワイに住む日本人の交流のための刊行物かと思ったのだが、本を手にし、本文を読みだして、自分の軽々しい認識を改めることとなった。

前回、少しだけ触れた、巻頭の「ゆく春発行所」の平川巴竹氏による『ハワイの俳句』をみてゆきたい。ここには、一般に通用してきた歳時記が抱えてきた問題点が示され、明らかにされている。引用する。

先日「文芸春秋」七〇年二月号「俳句」の欄を読んでいたら『ローカル歳時記を集めて地方別大歳時記を作れば面白いし、またそれはそれなりに意義のある仕事と思い』とあり、続いて『従来の歳時記は京阪や東京を中心に編まれており（中略）薄弱であった点は否めない』

という意見を紹介している。確かにそうなのだ。僕なども東京生まれ、東京育ちの人間なので、これまで、歳時記を開いていて、特別、何の違和感ももたずに来た。しかし、あるとき、この季語は、たとえば東北での句会では通用するのだろうか、その時節と合致するのだろうか？　と思ったことがある。

たとえば、東京での吟行で桜散る光景を句に読んだとしても、同じころ東北では、〝散る〟どころか、まだ開花にも至っていないだろう。しかし、歳時記では一様に〝桜散る〟とあるから、東北での句会では、季題として提出され、この季題をもとに、いろいろ句作をしなければならなくなる。

と、すると現実の散る桜からの発想はありえなく、その体験は、もっとも近くでも昨年、さらには過去の記憶やイメージからの句作りとならざるを得ない。

もう少し、「ハワイの俳句」の本文に当たってみよう。

また昨秋芸術院会員に推された山本健吉先生は「俳句の歳時記が、だいたいに於て京阪と東京を結ぶ緯度を中心として編纂されているため、たとえば北陸、東北の俳人が自分の住んでいる地方の季節現象によるよりも中央の季感によって句を作っている例は非常に多い……」

と、山本健吉編『新俳句歳時記』新年の部の文章から引用、紹介している。従来の歳時記がずっと抱えてきた問題点とは、この、季題・季語の地方差による気候差、また、生活行動、習慣の差異である。従来の歳時記は、いわば、季語の季題における「中華思想」によるもの。もちろん、ここでの「中華」とは「京阪と東京」中心である。

仮に小学生が梅の花という季題で俳句を作ることとなったら、北海道の子は、従来の歳時記の季語に対し、「ここ北海道では吹雪の真っ最中で梅なんか咲いていないもん！」と言うだろう。こんなわかりきったことが従来の歳時記では無視されてきた。その地方差、どころか、国の差が『ハワイ歳時記』では否応なく現れる。

先にノーベル文学賞を受賞せられた川端康成先生はハワイ大学での講演の中に、ハワイ特有の季語としての「夜の虹」や「冬緑」についてお話しがあったと聞くが、実際にハワイの冬を訪れた人でないと「冬緑」という様な季語についての鑑賞は難しいだろうし、またあのハワイに於ける七彩の美しい虹に直接接したことのない人は「夜の虹」というハワイ特有の季節の持つひびきは味読出来ないかも知れない……

と、ハワイならではの季語の例を挙げている。

そうか、ハワイには「冬緑」や「夜の虹」という、季節による現象が身近にあったわけだ。それが句に詠まれて、季語、季題、として定着してゆく。

見たいじゃないですか！　夜の虹、なんて。そんな光景を目にしたら、俳句を作る人間だったら、まず、それを句にしてみたいと思うでしょう。
この『ハワイ歳時記』の巻頭の文や、この歳時記の刊行に寄せられた献辞を読むと、版元の句誌「ゆく春」発行の平川巴竹氏の本業は弁護士、編者の元山玉萩（三代松）氏は広島県の出身、ハワイで俳人にしてビジネス界での成功者、また本願寺の信徒と知れる。『ハワイ歳時記』は、これらハワイ在住の俳句仲間によって貴重な出版物となった。総ページ四百三十二、ハワイの動植物や地形といった自然や風習のカラー写真が二十四ページにわたって掲載、豪華にして本格的な本づくりである。この歳時記紹介の最後に巻頭文の平川巴竹氏の選句による「ハワイ情緒を味解し易いと思った句など」の中から、引用、紹介したい。

冬緑ラバに添ひつつ海に入る　静雅
カハラオプナの恋の色とも夜の虹　玉萩
丘枯るる果てに続けり海の青　ひさ子
降り降りて我を埋めよ花マンゴ　小春女
コーヒーの花を呼びたる朝の雨　月嶽
ウクレレに和してライチー熟れにけり　春芳

本文、夏をめくってゆくと、全く未知の動植物の名前や催事の言葉がたびたび出てくる。

観光で、この地を訪れたことはある。まったくの異国なのだが、その世界が五・七・五の俳句で表現される。

この歳時記は現地に住む人にとってはもちろんのこと、いわゆる部外者にとっても一句一句が事物、事象がもの珍しく、また、同じ日本人ならではの感性が共有できるのである。ハワイに暮らしたことがないのに、ノスタルジー、郷愁を感じてしまう。

そして、また、この歳時記一冊を読み込み、親しめば、現地の人もびっくりのハワイ通、いや、一級のハワイ研究家になれてしまうこと、請け合える。やはり歳時記はスゴイ！

さて、もう一冊の変わり種、歳時記。こちらは沖縄。『沖縄俳句歳時記』（小熊一人著・昭和五十四年　琉球新報社）。この、沖縄に特化した歳時記は、たしか、もう二十年近く前か、かつての仕事場の後輩A君の招待で沖縄に遊んだとき、現地の物産店かなにかの書籍コーナーで出会ったはず。

そのとき思ったのは、やはり、えっ、沖縄で歳時記？　というものだった。『ハワイ歳時記』を知る、かなり前のことである。

カラー口絵に「竹富島風景」と「奥武島遠望」と題する写真が掲げられている、この亜熱帯海洋性気候の島・沖縄に、どのような四季、そして季語、季題がありうるのか見てゆきたい。

変わり種、歳時記（その3）――『沖縄俳句歳時記』と風土の喜び

著者の小熊《おぐま》一人《かづんど》は、著者略歴などによれば、昭和三年生まれ。東京電気大学工学部卒業、気象庁に勤務。昭和五十二年に第二十三回角川俳句賞受賞。大野林火主催の「浜」同人。琉球新報社「琉球俳壇」選者。

例によって著者・小熊による「はじめに」を見る。まず、「本歳時記は沖縄滞在三カ年の体験・見聞によるものである」とある。著者は千葉県我孫子市の出身。沖縄の人ではなく、仕事上で、この地に赴任（気象庁関連か）したようである。

もともとが沖縄、現地の人でなかっただけに、いわば中央の気候、風物とのギャップも沖縄滞在の間に、ことさら敏感に受けとめたのかもしれない。しかも俳人であるから、季語の受けとめかたは意識的にならざるを得なかっただろう。

「はじめに」を読み進めてみよう。

> 当初、作句はすべて夏の季感でと決めたものだったが、住みなれると亜熱帯海洋性気候の美しい自然、素朴な行事、風習のなかに季節の微妙な変化があると思った。

イメージの沖縄から、現地のデリケートな微気候に気づく。そして、中央での季語と沖縄の生活風土から生まれた季語の差の例を挙げる。「苦瓜《にがうり》」は一般の歳時記では「秋」だが、沖縄では「夏」。例のゴーヤである。関東でも最近、熱暑のときの日よけとして窓際に栽培されたりもしているが、沖縄では、早いところでは三月には「走り」が出るという。

著者は「この地に住んで二年目あたりから、風土に慣れると次のような体感になる」と、体感と気温の関係を示している。

●「酷暑」三五度〜三二度、●「かなり暑い」三二度〜三〇度、●「暑い」三〇度〜二八度、●「暖かい」二八度〜二四度、●「涼しい」二四度〜二〇度、●「うすら寒い」二〇度〜一八度、●「やや寒い」一八度〜一六度、●「寒い」一六度〜一四度、●「かなり寒い」一四度〜一二度、●「寒波」一二度〜一〇度（度数は摂氏）

俳人にして気象の専門家による記録なので信頼できるが、こと、夏の時期の体感と気温の関係は、たとえば関東とも大差はない。ところが「暖かい」「涼しい」「うすら寒い」という感じになると、えっ？　その温度で？　ということになる。まして「寒波」が一二度〜一〇度となると「さすが、というか、やはり、〝亜熱帯海洋性気象〟の地だなぁ」と改めて認識する。

具体的に各季節ごとの例句を見てみよう。「新年《しんねん》・元旦《がんたん》」から。

正月も常のはだしの琉球女　條原鳳作
二日はや闘牛角を研がれをり　新城太石
御降りや大サボテンの棘光る　柳田綾子

「若水《わかみず》」では

島に汲む若水やはらかくあたたかく　矢野野暮

「正月も常にはだし」、昔の東京だったらシモヤケやヒビだ。また、正月の二日になったばかりなのに、沖縄ならではの「闘牛の角」が研がれる、「御降り《おさが》」はよく季題に出る新年の季語、元旦や三が日に降る雨や雪。当然、寒く冷たいイメージだが、沖縄ではサボテンの棘の光に目がゆく。元旦の朝に汲む水「若水」だって、この地では「やはらかくあたたかく」なのだ。

「二月」の候となると、もう「田植《たうえ》」の季語だ。二月の末の頃ともなれば「菜の花が咲き乱れ、鶯が鳴き、「甘蔗《さとうきび》の最盛期」となる。「田植」の句を一句だけ紹介しておこう。

田を植うる憩ひ芭蕉の風のなか　荒川正隆

沖縄の二月は、もう、田を植え、芭蕉の葉が風にそよぐ季節なのか……。同じ俳句世界の季節感でも、日本列島の　南の島と京阪・関東とはこれだけの差がある。著者の言葉を聴こう。

沖縄は四季の区別が判然とせず、季感が乏しいと思われているが、美しい自然、素朴な行事・風習を細かく観てゆくと、ある意味で無尽蔵であると思うが、それは亜熱帯沖縄というところに住む人だけが知る喜びのようだ。

そして、自身の俳句への心構えと沖縄に在住したことによって獲得したことについて、なぜ俳句を作るかといえば、それはものに触れて発する感情の発露を、私を通して詠いあげることであり、それを私の生の証（あかし）とするためである。このことは沖縄に住み馴れるにしたがって、いよいよその想念を深めたようである。

と「私と俳句」の項で語っている。この小熊一人の句を一月からざっと拾っていってみよう。

「一月」　正月月夜琉舞の扇ふところに
「二月」　一寸のたんぽぽの炎え日脚伸ぶ

「三月」　啓蟄や素足ひらりと琉球女
「四月」　花梯梧星を殖やして夜も炎ゆる
「五月」　星砂にふれる五月のたなごころ
「六月」　熱帯夜遠き鶏鳴きこえけり
「七月」　台風の来る夜迷へるハブ臭し
「八月」　極楽鳥花赤土畑にひそみ咲く
「九月」　夕月の首里にあがりて千鳥とぶ
「十月」　落鷹のごとくに風邪の夜を嘆く
「十一月」　錦鯉寄せてブーゲンビリア炎ゆ
「十二月」　一ト啼きの守宮の闇に年うつる

挙げた句の中の言葉を蛇足的に説明すると、三月の啓蟄《けいちつ》は最近、よく紹介される二十四節季の一つで、冬ごもりの虫が春の訪れとともに土より出てくること。四月の「花梯梧」の梯梧《でいご》は沖縄の県花。十二月の「守宮」はヤモリ、ルビをふる必要あり?

前に紹介した句にも「正月も常のはだし」とありましたが、ここでも三月の句に「素足ひらり」とあります。夏ではない沖縄の女性の素足が印象的のようです。また「炎え」「炎ゆる」「炎ゆ」と偶然、三句を拾ってしまいましたが、沖縄の花の美しさを句で詠いたい気持ちは、わかります。たとえばタイに旅行するとふんだんに咲き乱れる蘭の花にうっとりしてしまいます。

中央集権的な季節感や、そこから生まれた季語、歳時記だけではなく、日本列島の北から南、さらには海外のどの地においても、俳句を作る人がいるかぎり、そこでの生活や風土、風習、季節感から俳句は詠まれ、季語も生まれ、やがて定着し、歳時記に収められることとなる。

ここでは、たまたま手元にあった『ハワイ歳時記』と『沖縄俳句歳時記』を紹介し、従来の京阪及び関東中心の歳時記とは別の風土からの歳時記の存在意義を見てきたが、世の中には『ブラジル歳時記』あるいは『台湾俳句歳時記』という出版物もあるようである。

なにか気持ちまでもが広がる思いがするではありませんか。

カタカナ俳句だけを集めた『俳句外来語事典』の楽しみ方

ハワイや沖縄の気候、風土や生活習慣から生まれた季語の用いられ方、また、その実作俳句の世界をのぞいて見てきましたが、これまた、ちょっと変わった俳句辞典がある。『俳句外来語事典――外来語俳句を詠みこなすために』（大野雑草子編　一九八七年　博友社）。大きめの手帖サイズの判型で函入り、クロース装、総三百二十八ページの小辞典。本文はカタカナのアイウエオ順。

ちなみに、一番目は「アーケード」。〔英〕とあり「商店街などで屋根をつけた通路」〈昭〉と説明。〔英〕は原語の国名であり、〈昭〉は、この言葉が導入されたと思われる時代の省略記号で〈昭〉はもちろん昭和時代。例句は二句（ときには三句）ずつあげられる。

アーケードの街は海底五月来る　高橋晴子
アーケード出てもひとりの星月夜　檜　紀代

もう一例、見てみよう。

「アーメン」〔英〕　キリスト教で祈りの終りに唱える語。〈室〉

この、〈室〉という略記に注意がいく。ほう、「アーメン」という言葉は室町時代に日本に渡来したのかと知れるから。例句は、

アーメンで終る祈禱やクリスマス　　吉田　清
瞑目し唱うアーメン堂冴ゆる　　田続　明

こうして、カタカナ語の入った例句を見てみると、なかなか興味深く、また参考にもなりますが、はたして、この小辞典、他のハンディな季語集や季寄せのように、句会や吟行などの実作の際に役立つのだろうか、と思うと首を傾げざるを得ない。

ときどき、友人たちとの句会で、このような外来語が兼題として出されたとすると、周りから、まぁ、ずいぶん奇をてらった題を出したなぁと思われること必定だろう。なにも、わざわざカタカナ語の題を出さなくたって、他に季語や題は山ほどあるでしょうに、とか。ま、それが、たとえば、その地方に関連する言葉（地名や地形——大河「インダス」や「キャニオン」）であれば必然性もあるだろうが。

参考までに例句を挙げてみよう。「インダス」は

驟雨あとインダス河を見はるかす　　室賀杜桂
インダスの秋の朝焼けひとの言葉　　高須ちゑ

「キャニオン」は

キャニオンはいにしへの色雪やなぎ　ガルシア繁子
キャニヨンの風迎へ入れ夏座敷　アレン圭江

「インダス」の二例句は、どうやらインダス河の付近への旅の途上での作句かと思われ、また「キャニオン」は、句の作者名から、海外の地に在住する人の句ではないかと推察される。

ところが、これがたとえば「キャッシュ・カード」となると……（こんな題で俳句を作らなければならないとすると、悩ましいことになるのですが）、ちゃんと例句はある。

キャッシュカード押して春愁軽くする　長谷部静舟
キャッシュカードの氏名凸凹夏瘦せて　百瀬虚吹

他に、たとえば「ティッシュ・ペーパー」などというのも困るでしょう。俗に流れてもいい川柳ならばともかく、この言葉で句を作るとなると……。しかし、これにも例句はある。窮すれば通ずというか。題を出されれば、苦しみながらも句にしてしまうのが、俳句を作る人間のおそるべき〝作句本能〟。

ティッシュペーパー引き抜き夜寒さざめかす　渡辺和子
ティッシュのみ当るくじ引き年つまる　藪中洋子

『俳句外来語事典』を手にし、ページをめくりだした当初、はっきり言って、このカタカナ語満載の俳句事典を、どう取り扱えばいいのか、ちょっと途方にくれる感じがしたのです。

たしかに珍しい俳句事典であり、項目や例句を読んでいけば、それなりに興味深く、納得したり、感心したりもするのですが、だからといって、一ページ、だいたい七〜八項目、その言葉の解説と例句二〜三句（計、十五〜二十句弱）で全体で三百ページ強、を通読する意図も意思もないことを実感する。しかも、例句の作者は、ほとんどぼくの知らない名前――と思ったら、これが自分の不注意だったことにすぐに気づいた。

俳句を作ったり、親しんだりする人だったら誰もが、その名を知っている著名俳人の例句もところどころに、いや、ページによっては二、三句、紹介されたりしている。「なるほど！」とちょっとしたイタズラ気分が生じた。著名俳人のカタカナ俳句の腕前拝見、といこう！　と思い立ったのであります。

さて、その例句と作者の俳人名は？　ということになるのですが、その前に、いつもとは順序が逆になりましたが、例によって、この俳句事典の著者による「はじめに」をチェッ

クしたい。途中からですが、

〈外来語俳句を詠みこなすために〉という副題のごとく、日本語化した外国語・日本語化しつつある外国語にスポットを当てて、現代俳人の参考作品を〈作例〉として具体的に示しているのが特色であり、ポイントになっている。

と、編集者自ら、この事典の概要を説明したあと、これまた、ご多聞にもれず、俳句事典、歳時記の制作にかかわったことの困難さを、

執筆の途上で幾度も投げ出したい衝動にかりたてられたが、

と、愚痴というか、心情を吐露しつつも、末尾には協力者の名前を挙げて謝意を表している。

ン？ と、文末の二行ほどに目が留まったのは、その氏名の中に——森喜朗、宇野宗佑、中曽根弘文、中曽根康弘——という名を見たからである。他の歳時記や俳句事典などでは、まず登場しない人物の名ではないだろうか（ただ、中曽根康弘氏が折にふれて自作の心境句などを披露するのを〝興味深く〟、受けとめていたことがありますが）。

と、いった人脈も含んでの成り立ちによる、この『俳句外来語事典』。あらためて興味津々、ページを開いていこう、という気持ちになったのであります。

まず、「アカンサス」。和名では「葉薊《はあざみ》」、もちろん夏の季語。この例句「アカンサス凜然として梅雨去りぬ」の作者が吉村公三郎。この人、俳人ではない。映画のオールドファンなら、この名は親しいに違いない。戦後、女性をテーマにした映画を多く手がけた監督で、ぼくも、山本富士子主演の『夜の河』や、これまた山本富士子と京マチ子が共演した『夜の蝶』といったタイトルの映画は見ている。

「アダム」の項は、中村草田男と鷹羽狩行の句が。「凍等し鉄の燭台アダムの首　草田男」。「花栗の園アダムゐてイヴがゐて　鷹羽」。

「アルコール」の項では、書家の町春草の名もある。「アルコール匂ふ医局のスヰートピー」。

おや、同じ書家の金子鷗亭が「アンチーク」の項で。「アンティックの親子亀手に藤の花」。「イデオロギー」では、ここでも草田男「黥文《いれずみ》はイデオロギーや片肌脱」。「イブ」では鷹羽「イヴのもの一枚落ちて葡萄園」という、なかなかキワドイ句。

「ウォツカ」では角川春樹が、いかにもの「騎馬の民ウォッカ浴びて月の宴」。

「エキストラ」には山口青邨が登場。「矢絣を着てエキストラ秋晴に」。

「エスカルゴ」では稲畑汀子「エスカルゴ料理に秋のパリの夜を」。

「オアシス」も同じく稲畑で「澄む水も深き色持つオアシスに」。

水原秋桜子も「ガード」で、「梨売にガードの日影映りけり」。

こうして見てゆくとキリがないので、適当に、はしょるが、どうやらカタカナ語に、あまり抵抗がない、というか、むしろ自ら興を示して作句する傾向のある俳人がいるらしい、とアタリがついた。外来語もなんのその、というか。
草田男、鷹羽、青邨、稲畑、春樹——例句は挙げなかったが石原八束、富安風生などなど。

「はじめに」で謝意を表された中曽根康弘の句は「コーラン」。「コーランを誦《とな》う産毛も汗ばみて」。うーむ、この俳句を嗜《たしな》むという元首相は、コーランを誦う人（産毛というのだから、多分、若き女性だろう）のどこに目を走らせていたのだろう。なかなか隅におけない御仁のよう。いわば〝久米仙俳句〟というか。

……とまあ、この、カタカナ俳句事典、思わぬ著名人の句が紹介されたり、〝外来語ウエルカム〟の俳人の作例が挙げられたりして、読む俳句事典として実に面白く、また興味深い

作例の中には、失礼ながら、えっ？　こんな句でいいのと思われる句もあるが、それもまた、ご愛嬌。正岡子規だって、高浜虚子だって名句ばかりではない。メモ代わりのような句もある。
考えてみれば、これもまた俳句の効用かもしれない。そのときの〝覚え〟としての、カ

メラのいらないスナップ俳句。その、きっかけが、たまたま外来語であったのにすぎないかもしれないのですから。

愛蔵の変わり種・俳句小事典。

『季語の誕生』の前に、笑える〝必読奇書〟にちょっと寄り道

前回、『俳句外来語事典』に収録されている、中曽根康弘元首相の句を〝久米仙俳句〟では？と〝邪推〟したのだが、この〝久米仙俳句〟というユニークな造語は『俳句——四合目からの出発』（阿部筲人著　昭和五九年　講談社学術文庫）に登場する。

この、文庫といえ五百ページを超えるボリュームの俳句書は、句会に参加したり、句のやりとりをするような立場にある人なら必読、と言われてきた作句のための指導書であり、なによりタブー集である。

実際、句会に参加しはじめたころ、「四合目からの出発を読んだ？」と人から質されたこともあったし、後には、僕自身が「あの本を読まなきゃ、必読ですよ」とエラソーにのたまわっていた。

この『俳句——四合目からの出発』、ここで内容のごく一部だけを紹介すると、〔お涙頂戴俳句〕〔おのろけ俳句〕〔水増し俳句〕〔めそめそ俳句〕〔分裂症俳句〕〔独り合点俳句〕〔出歯亀俳句〕といった項目が目次に見える。その中に〔久米仙俳句〕もある。

「久米仙」とは正しくは、あの「久米の仙人」。俗界を超越し、雲の上の人となったはずの久米仙人が、川で洗い物をする女性の白いふくらはぎ、あるいは太もも（襟足という説

もあり）を見て、法力を失い雲から墜落してしまったという、『徒然草』や『今昔物語』でも語られている、情けないというかユーモラスな逸話です。

「久米仙様ァと濡れ手で介抱し」という川柳は、この久米仙人をネタにして詠んだもの。彼女は川で作業していたので、仙人を助けるときは、当然に〝濡れ手〟となるわけですね。

そして、現代の〔久米仙俳句〕の例として、

春昼のバスに乗る女「脛白し」
水仙に「うなじ見られて」粧《よそお》えり
「美しく長き襟足」浴衣《ゆかた》着て
羅《うすもの》を透《す》かしてすがし「腰の線」
薄着して「腰の曲線たのもしく」

といった例句（悪例？）を挙げつつ、「何がすがし、でしょう。何がたのもし、ですか。何が曲線美ですか」と、きついダメだしをしている。

まあ、女性の色香に心をうばわれ、それを素直に句にしてしまった男の本能？　もわからぬではないが、著者の阿部筲人は、そんな恥ずかしい、みっともない、下心みえみえの句を作ってはいけません、とたしなめているのである。

著者は、結社を主宰する現代の著名俳人はもとより、俳聖と言われる芭蕉の句までも、

ときには批判している。舌鋒するどく、しかも物言いがキツイ、ユーモアというか、ウィットというか、毒が効いているので、「なるほど！」と合点しつつ、つい微笑を誘われるが、槍玉に挙げられたほうは、たまったものじゃありませんね。
外国語俳句にも言及していて、こんな指摘が。

外国語は俗語以上に、俳句を俳句らしさから遠ざけます。（中略）要らざる所に乱用する作者の軽薄さが露出することになります。
得意になって用いると、鼻持ちなりません。素養なく用いると、作者の間抜けさが見透かされます。

といい、例句を挙げている。その一部を書き添える。

藁屋《わらや》に「アンテナ」触覚のごとく春を待つ
昼は孤独な社宅アンテナの触覚のび

前句は著名な俳人、後句は先鋭な俳誌の同人欄にありました。アンテナは、動物学などで触覚そのものの意、それを無電工学に利用しただけです。言葉をおうむのように用いるから、こんなことになりました。比喩になりません。

と、指摘し、さらに例句を挙げたあとで、

ところが俳人は外国語に誠に弱い人種ですが、それなのに気取って使うので、外国語の弱さを暴露するのです。外国語が使いたかったら、夜学に通って、しっかり勉強することです。

と言い切る。わざわざ〝夜学に通って〟と言い添えたところが、啖呵をきる勢いにブレーキがかからなかったのかもしれません。

『俳句外来語事典』に収録されていた中曽根元首相の「コーランを誦《とな》う産毛も汗ばみて」の句から〔久米仙俳句〕という言葉を思い出し、本来なら『季語の誕生』（宮坂静生著 二〇〇九年 岩波新書）を紹介する予定が寄り道をくってしまいました。

さて『季語の誕生』、この新書の一冊こそ、題名どおり季語の誕生から、京都、東京の季節が念頭におかれた、これまで通用してきた歳時記の季語と、他の地方（場合によっては国）の気候、風土、生活習慣などのギャップに関して言及した書なのである。「はじめに」で紹介されるエピソードが、この事情をわかりやすく伝えてくる。「はじめに」の一行目からの引用。

二〇〇四年五月、北海道の稚内《わっかない》に近い浜頓別《はまとんべつ》に住む俳句作者から歳時記について質問が来たことがある。その主旨は、用いている市販の歳時記は、どれも浜頓別の季節には合わない。

という、日本の北端近くに住み、句を作る人の悩みというか疑問を訴える。つづけて今まで私はすべて俳句を歳時記の季節に合わせ空想で作ってきた。しかし、もうこれ以上そんなことを続けていても意味がないと思うようになった。これから私はどうしたらよいか教えてほしい、というのである。

この言葉を受け取ったときの著者の反応、

私はこの手紙を受け取り、衝撃に近い思いがしばらく消えなかった。そこで、改めて、この手紙から受けた思いを考えてみた。

——という一節から、この書の論は始まる。次の行は「歳時記に囚われた俳句づくり」というゴシックによる小見出しである。

ところで、先日、たまたま手にした高浜虚子の『俳談』(一九九七年　岩波文庫)で、この問題に関してはいかにも虚子らしく単刀直入にズバリと答えているが、その紹介は『季語の誕生』の内容にあたってからにしたい。

この、これまでの歳時記、そこに収められた季語に対する新たな考え、提案は〝地貌〟というキーワードが主役をつとめる。

次回は、少しくわしく『季語の誕生』を見てゆきたい。そしてまた高浜虚子の歳時記、季語と、地域差の現実に対する考えも紹介したい。

第3章

季語はどのように生まれ育ったのか

宮坂静生の〝地貌〟論と『季語の誕生』と虚子の横綱相撲

北海道の最北端、稚内《わっかない》に近い浜頓別《はまとんべつ》に住む俳句作者からの、自分の住む土地と一般歳時記の季語感のズレに対する悩みを訴えられた『季語の誕生』の著者、宮坂静生は、あらためて歳時記と実景の関係について考えざるを得なくなる。

そして、

私たち俳句を作る者はいつのまにか、歳時記に囚《とら》われてしまっているのではないか。歳時記を開き、季語を探し、季語の解説と現実に見たものとを比べ、そこに違いがあれば現実の実景よりも季語の解説を優先し、一句にまとめる。

と、〝中央集権的〟歳時記優先で、作者の立つ目の前の実景がおろそかにされてしまってきたことを指摘する。

「市販の歳時記はどれも浜頓別の季節には合わない」という一言がズシリと私の胸にこたえた。

という言葉と、そして、

私自身、実景よりも歳時記の季語から連想される世界の方がいつか実感が伴って感じられていたことに気づかされた驚きである。

と、自らのこれまでの作句態度と歳時記の関係を明かしている。

「実景と詠まれる世界との関わり」に関して、著者は、明治期「写生」を提唱した正岡子規の「実景第一」の姿勢を伝えるエピソードを紹介する。

それは、みちのく盛岡の俳人からの問いに対する子規の対応である。――盛岡では、梅も桜も同時に咲く、桜が散るまえにホトトギスが鳴き、卯の花の中に桃、菜の花、バラ、スミレも一斉に咲きはじめ、この実景を読もうとすると、(歳時記的には)春夏混同の句となってしまうが、それでも差しつかえがないのだろうか――という盛岡在住の句作者の悩みに対して、子規は、少しも差しつかえがない、

「盛岡の人は盛岡の実景を詠むが第一なり」

と答えた、というのである。

なんともスッキリとした、子規らしい答えである。というか、それまで、実景に対することをおろそかにして、約束事のイメージになれ親しんだ江戸末期から明治中期に至る月並み俳句を批判し、「写生」の重要性を訴えた子規にとっては、当然といえば当然の言葉といえる。

この、子規は、句友でもあった夏目漱石の句にも、ズケズケと、指導というか口出しをした、直言居士の句界のリーダーである。

著者は、盛岡の俳人と子規のやりとりを紹介し——盛岡のようなふるさとを「地貌」と称している——と、その土地、土地の実景、実感を〝地貌〟という言葉で、あらためて見直そうとし、一般には見慣れぬ用語を採用した理由を説明する。

地貌とは地理学で、地形が陸か島か、地表が平坦か斜面かなど、土地の形態をいう用語である。俳人前田普羅《ふら》が句集『春寒《しゅんかん》浅間山』（増訂版、昭和二一年刊）の序文で「自然を愛すると謂《い》ふ以前にまづ地貌を愛すると謂はねばならなかつた」と述べていることに感動し、私も使わせてもらっている。

と〝地貌〟使用の由来を語っている。さらに、

「自然」と称して風景を一様に概念的につかむのではなく、それぞれの地の個性をだいじに考える見方である。風土の上に展開される季節の推移やそれに基づく生活や文化まで包含することばとして私は地貌を用いてきた。

とし、先の浜頓別の句作者に対しては、

歳時記の季語の解説や季節分類よりも、浜頓別の地貌をだいじにしてほしいといいたい。

と、地貌重視の考えを伝えている。

子規の「盛岡の人は盛岡の実景を詠むが第一なり」、また、これにならった宮坂の「浜頓別の人は浜頓別の実景を詠むが第一なり」という言葉に接して、ぼくは、ある俳句書を思い出しました。それは高浜虚子の『俳談』(一九九七年　岩波文庫)。主宰する俳誌『ホトトギス』誌上における大正末から昭和十年代中ごろにかけての、虚子による発言を抜粋、編集した俳句に関連する談話集は昭和十八年、虚子の古稀にあたって刊行されている。

『俳談』を読んでいて、印象に残ったテーマの一つは、他でもない、季語、歳時記と地域性の問題である。虚子もまた、北海道を例に出す。さらに、日本列島ばかりでなく、遠くブラジルの地まで視野に入れる。剛腕・虚子の面目躍如というところか。引用する。タイトル「国際歳時記」の項。

俳句というものは、もと日本の風土から生まれた文芸であるのだから、歳時記というものは日本の風土の気候を基準として出来て居るものである。だから北海道とか九州とかいうやや辺鄙《へんぴ》な処になるといくらか本土を基準とした歳時記では不便を感じるということは今までもたびたび聞いておった事である。

とのべている。虚子の発言は戦前の昭和十年、時代ということもあってか表現に多少、違和感を抱かせる部分もあるが、意だけを読み取れば、従来の歳時記を是としている。それは当然で、虚子自身が歳時記を編み、季寄せ（季語集）を刊行しているのですから。

しかし、この言のすぐ後に、「しかし」と虚子は言葉をつづく。

しかし、北海道の梅と桜と一緒に咲くということを句にすればかえって其処《そこ》に面白い味があるとも考える。

革新的姿勢というか、したたかな虚子の懐の深さを見せつつも、

――やはり北海道に住まっている人々も、内地の気候によって編まれた歳事記に拠るということは、俳句を統一する上において必要であると考える。

と、あくまでも従来からの歳事記が基であるという考えを語っている。「しかし」と、またここで「しかし」が出る。引用します。

しかしこれが北満州とか台湾とかいう処になるとその不便が多くなってきて季題を内地の歳事記通りに考えることができない、という事が悩みの種となってきたのである。それが赤道以南のブラジル辺りになると、気候が如何《いか》に変化しているか想像の外に思っておったのであった。

ブラジルですか。たしかに日本からの移民も多いブラジルでは、ハワイにもまして句を読む人が多かったのかもしれない。遠つ国にあって、歳事記に収められている言葉は、母の国の季節や風土を思いおこさせてくれるものでもあったろう。

もう少し虚子の言葉を聴こう。

今ブラジルの新聞を見ると六月が秋である。（中略）七月十日締切の題が冬の蝶《ちょう》であり、八月十日の題が枯芝である（中略）ブラジルはブラジルの十二ヶ月に割り当てた歳事記を新たに作ればいいわけである。

と、言ったうえで、さらに、

俳句というものは、時候の変化によって起こる現象を詠う文学であるから、春夏秋冬の区別は必ずしも重きを為《な》さない。ただ、時候の変化その物が重要な物である。

と、あたりまえといえばあたりまえ、しかし作句のもっとも重要な肝《キモ》を伝えているように思える。

虚子の、この「国際歳事記」と題する一文は、次のような一節で締められる。

アメリカ人のブロバン・一羽《いちう》という人は日本字で書いて雑詠に投句して来ますが、読んで見て向こうの景色が現われている句は面白い。私はアメリカを知りませんがね。想像するアメリカが現れているから面白い。

……うーむ、余裕ですね。まるで北の富士親方の相撲解説を聞いてるみたい。他の項でも、虚子は、ブラジル人の句に、

鸚鵡《おうむ》が群れをなして渡るというのがあった。鸚鵡が渡り鳥とは面白いですねとブラジルならではの鳥の生態で、それを詠んだらしい句に興味を示している。

――と、『季語の誕生』での〝地貌〟に少しくわしくふれるつもりが、例によって、横丁に迷い込んでしまいました。迷い込みついでに、神保町で見つけた一冊『無季俳句の遠心力』（Ｓｅｒｉｅｓ俳句世界3　一九九七年　雄山閣出版）の本扉には――

オランダでは、「月」は絶対に冬のものなのだ　　佐佐木幸綱

（『本号・鼎談』より）

とあった。

僕の感じるところ、無季俳句の人達の方が、季語・歳時記に関して、かえって敏感で意識的なのではないのだろうか。

ひょっとして、今後、スルドイ歳時記を編むのは、むしろ無季派の人たちではないか……と思ったりして。

そんな歳時記、季語集があっても面白いじゃありませんか。

季語はどのように生まれたのか
——そして「縄文の月と季語」

〝地貌〟論を提唱する宮坂静生の『季語の誕生』に戻りたい。

くりかえしになるが、宮坂は〝地貌〟とは、「風土の上に展開される季節の推移に基づく生活や文化まで包含することば」とし、〝地貌〟と、季語の重ね合わせを説く。

まさに、すでに紹介した正岡子規の「盛岡の人は盛岡の実景を詠むが第一なり」ということになる。

しかし、その上で宮坂は必ずしも現実をそのまま詠んだところで、当然のこと、それがそのまま俳句にはならない、とクギを刺すことを忘れない。本文から引用する。

私はその一方で、俳句を作るとは現実の世界から一尺（三十センチ）上がったところに舞台を設けて、そこでドラマを演じることだとつねづね説いている。

俳句を——現実世界から三十センチ上に舞台を設けて、そこでドラマを演じること——という俳句世界を説明する宮坂の比喩は解りやすく、また的を射ている。カッコイイ。

さらに言葉をつづけて、

俳句という詩形は十七音ときわめて短い。ことばを選びぬき短く集約して表現することは、すべての対象から少し距離をおいて反リアリズム、フィクションの世界をことばで構築することだ。

と、実景（や、実体験）というリアリズムと、俳句という短詩であり、フィクションの関係を確認する。

〝地貌〟という概念は、おおよそ理解できたとして、季題、季語の誕生に移ろう。研究者でもなく、句作に精進する俳人でもなく、ただ楽しみで句を作ってみたり、興味ある俳句関連書を手にしてきたぼくなどは、「季語」というものは、なんとなく、俳句や俳諧連歌とともに生まれた言葉だとずっと思っていた。

ところが、じつは、そうではなかったのですね。

このことは、歳時記の「まえがき」や「あとがき」に寄せられた山本健吉の季語論の文章などで、すでにうっすらとは知っていたものの、本書によって、しっかりと頭にたたき込まれることとなる。自分の〝おぼえ〟のためにも、本書の「季語（そして歳時記）誕生」の歴史を簡略にメモしておこう。

●平安後期（ほぼ一〇〇〇年ころ）勅撰和歌集が出されるまでに〝雪・月・花〟に代表される主な「季の題」（のちに「季題」という）、つまり、その言葉によって喚起される〝共通の情感〟が成立していたとされる。

これらは当時の、貴族らの美意識から生まれたもので、季節の移り変わりの実景に対しながらもより美しい言葉で表現し、またそれを理解しようとした優美な約束ごととして作り上げられてきた。

そして、この一〇〇〇年ころに形成された、季節の主な題目と、それ以後増殖、追加されていった季題を集め、季題ごとに分け、編集したものを「季寄せ」といった。この季寄せの季題に、さらに解説を付し、ときに例句を示し構成したものが、すでにわれわれが知る「歳時記」である。

●平安後期、季の題が成立する世界は、主に京都、また畿内であった。だから〝雪・月・花〟といっても、それらは京都や畿内の貴族の感覚の中から生まれ、洗練されてきた〝雪・月・花〟なのであった。

●それが時代を経て、和歌、歌謡から俳諧が成立する江戸時代となって江戸や東海道の季語や、その土地や文化の理解が加わり、今日の歳時記の姿をとりはじめることとなる。

●その、もっとも本格的、充実した編集内容の歳時記として曲亭（滝沢）馬琴により『俳諧歳時記』（亨和三年／一八〇三）が刊行され、さらに藍亭青藍により馬琴『俳諧歳時記』の増補版『俳諧歳時記栞草』が出版される。

この、通称『栞草《しおりぐさ》』こそ、今日のほとんどの歳時記のネタ本であり、以後、明治、大正、昭和と、さまざまな形で復刊されている。（今日、もっとも手に入りやすいのは岩波文庫の堀切実校注『増補　俳諧歳時記栞草』上・下）

この『季語の誕生』では、さらに「季語はどのように生まれたか」で和歌から連歌、そして俳諧に至るまでに季語の〝成長〟〝変化〟の過程に、詳しく触れていく。

そして「雪・月・花という季語はどのように生まれたか」の項では、「雪」は「吉事の象徴として」。「花は」は「霊力の象徴として」。「月」は「いのちのあり方を規定」つまり――「人間の出産と月の結びつき」「人間の原初から生存の本質に関わり」「月以上に人間の生存を規定するものは存在しない」（以上本文より）――と、月のイメージの重要性を説く。

続く節では「雪」「花」「月」の季語のそれぞれの初源的イメージからの歴史的変遷がさらに解説されて、門外漢であっても知的な好奇心が存分に刺激される。たとえば漢詩からの影響からか和歌の世界では、「雪を花と見立てる」一方、「花を雪に見立てる」ことにより、冬ごもりのとき草木にとどまった雪が「春に知られぬ花」とするならば、晩春、はらはらと花の散りゆくさまを「空に知られる雪」と見立てたこと。

和歌に詠われた「月」の季題が主に中国の古典や民間伝承の知識に由来すると説きつつ「月」という季語のイメージの誕生を、なんと縄文土器の文様を手がかりに考察する。となると、われわれ二十一世紀の文明肥大社会。コンピュータが新しい神となった時代でも、夜、月を仰ぎ、その光を浴びて、ものを思い、何か無窮の時間や生命のあり方を感じつつ句を作るときは、ひょっとして縄文時代の人間と共通の感覚や意識を抱いているということになる。

たとえば、二人の人間が並んで夜空の月をボーッと眺めているとき、その一人がぼくであり、すぐ隣に立つ人が縄文人であっても不思議ではないのではないか。これは愉快である。

そんなことまで人に思いおこさせる宮坂静生による労作『季語の誕生』、余談ながら、実は自分で買い求めたものではない。ちょっとしたことで知遇を得た岩波書店のH氏から発刊のときに、贈られたものなのです。この書の「あとがき」（二〇〇九年八月）にはH氏の名が挙げられている。

ずいぶん後になって気づいたのだが、やはり岩波新書の坪内稔典著『俳人漱石』（二〇〇三年）の「あとがき」にもH氏への謝辞が記されていた。H氏はすでに岩波を退職されているが、どのように日々を送っておられるでしょうか。お目にかかって、いろいろお話をうかがい、ご教授をお願いしたいものと思いました。

『季語の誕生』は、ぼくの中の〝季語意識〟の誕生をたすける一冊となりました。なお、『季語の誕生』を読み進めるあいだ、しばらく前に入手していた井本農一著『季語の研究』（昭和五十六年　古川書房）をそばに置いておいたものの、ほとんど未読。ページを開くのがさらに楽しみとなった。

次稿は、『歳時記』と名は冠した、手元にある種々の書物に触れてみたい。まずは、いわゆる本格的な歳時記ではなく、ジャンルをしぼったいわゆる企画ものから。あれも歳時記、これも歳時記、これがなかなか興味深いのです。妙な歳時記もありますよ。

『歳事記』というと、つい手が出てしまうが

サイジキ——といえば、俳句の世界に親しい人ならば、当然のこと、春・夏・秋・冬そして新年の季語に、解説や例句が添えられ編集、構成された「俳句歳時記」を思い浮かべるでしょう。

しかし、これもまた、世によく知られているように、本のタイトルに「歳時記」という文字はみえるものの、また、たしかに、季節の移り変わりに関わる内容のものではあったとしても、俳句とはまったくか、あるいは、ほとんど無縁の書物であったりする例も少なくない。

たとえば——ということで、二歩ほど歩いて、我が貧しい書棚の前に立って手を伸ばす。まず、困ったことに、歳時記ならぬ「歳事記」と表記した本が目についてしまった。目に入ってしまったからには、これに触れないわけにはいかないでしょう。手に取る。

『「半七捕物帳」大江戸歳事記』(今井金吾著　ちくま文庫)

これは、『定本　武江年表』(ちくま学術文庫)ほか江戸物の著作で知られる今井金吾による、岡本綺堂『半七捕物帳』に描かれた——江戸の人々の生活ぶりを、四季の月別に綺

堂の文を引用しつつ解説したもの。

江戸・明治の本から図版も多く転載され、半七ファン、また、江戸マニアには嬉しい編集ではあるが、本文に俳句の紹介は、四月の「卯の花くだし」で久保田万太郎の「さすも卯の花腐しもちおもり」や江戸中期の俳人、山口素堂の、あまりにも有名な「目には青葉　山ほととぎす　初鰹」などが、ごく、たまに。

というのも、著者による「追記」をチェックしてみると、原本の原題は『江戸っ子の春夏秋冬』で「文庫化」にあたり書名を『「半七捕物帳」大江戸歳事記』とした、とある。

そして、このタイトルは「『東都歳事記』にならったものである」とあった。

改題で「歳事記」とはしたものの、初めは「歳事記」でも「歳時記」でもなかったのである。となると、「ならった」という『東都歳事記』が気になる。すぐに棚から引き出す。

もちろん「歳時記」ではなく「歳事記」本。

『新訂　東都歳事記上・下』（市古夏生／鈴木健一校訂　ちくま学芸文庫）
これは江戸・天保の時、斎藤月岑《げっしん》によって著された、江戸の年中行事、四季の物見雄山、庶民の生活等を正月から月ごとに豊富な図版を添えて案内する——「詳細なイベントガイド」（下巻・帯のコピーから）。
著者・月岑は、かの『江戸名所図会』を著した祖父・斎藤幸雄、父・幸孝を父祖とする。

つまり、この祖父、父、幸成（月岑）は三代にわたって江戸名主という任務のかたわら詳細な江戸の地誌、歳事本の刊行にそれぞれその生を費やしたことになる。

ところで『東都歳事記』には、『江戸名所図会』同様、本文中のところどころに、俳句が挙げられ、また挿絵の中の詞書の中にも江戸漢詩とともに俳句も添えられている。つまり、この本は「歳事記」とは銘打つものの江戸の「俳諧歳時記」の性格も大いに備えていることになる。

——とここまで書いてきて、何か気になることがある。このちくま学芸文庫版『新訂東都歳事記』、いつか同様のものを手にしたような心おぼえが……。わが悪癖、関連本探索症の気持ちを抑えかねて（ここか？）と思う箇所を前列の本、積み重ねた上の本をどかしながら探しはじめる。二十〜三十分も経過しただろうか。見つからない、ということは、ぼくの思いちがいだったのかとほとんど諦めかけた時、ふと、明治二十〜三十年代の『風俗画報』の臨時増刊シリーズを思い出す。たしか『風俗画報』の臨時増刊の中に、明治の歳事記があったはず。その挿絵は『風俗画報』の特派画家といえる山本松谷。とすると、この上下巻本と一緒にセロハンの袋に入れたのは……東都歳事記の類だったのでは？　と、思いついて、重ね積んだ『風俗画報』の臨時増刊本を一束ずつチェックしてゆく。

ありました！　まず、明治の歳事記、正しくは『新撰東京歳事記・上・下』（明治三十一年　東陽堂）。そして、もう一束、やはり臨時増刊、『江戸歳事記　上・中・下』（明治二十六〜二十七年　東陽堂)。

この明治の東陽堂版で『江戸歳事記』と表題された刊行物が、じつは江戸に刊行された月岑の『東都歳事記』そのものだったのだ。

東陽堂刊のものには、編者・渡部乙羽と大槻修二(如電)の序が巻頭に付されているが、本文は『東都歳事記』と、挿絵も含め全く同様(ただし、先のちくま本には『江戸名所百景』からの挿絵も随所に加えられている)。

江戸の『東都歳事記』が明治版の『江戸歳事記』に変題された理由などは序文でも他でも明らかにはされていない。多分、東陽堂の意向で「東都」から、もっと購読者に受けやすい「江戸」としたのではないだろうか。

と、まあ、とにかく目出度く探し出せた『東都(江戸)歳事記』と『新撰東京歳事記』を久しぶりに手にしてページをめくったのでした。

に、しても、こういう経過もあり、関連資料の探索、また本文のチェックに費やされる時間と執筆に費やす時間は8、いや9：1の割合といったところでしょうか。これは愚痴、また執筆遅延の言い訳でもありますが、執筆の1より本との触れ合い、9の方が、きっと九倍楽しいためでもありましょう。

とはいえ、俳句のほとんどが登場しない明治刊行「歳事記」の興味深い図版等を楽しいからといつまでながめていても原稿が進まない。時代は現代、昭和、それも戦後に出版された「歳時記」と銘打たれた本なのに俳句の登場しない本もあげてみよう。

『東京生活歳時記』（社会思想社編）

「歳時記」と書名にあるものの、四季の年中行事や生活祭事を構成し編んだ本で俳句の登場しない本は数限りなくある。たとえば、この一冊、昭和四十四年刊　社会思想社編とあり、「年中行事」「生活風俗」を宮尾しげを、「東京の味」「たべもの」を多田鉄之助、「歴史メモ」を川崎房五郎といった、懐かしい名の執筆人によるものだが、パラパラと見た限りでは俳句の気配すらない。むしろ東京の四季折々の伝統行事、風俗習慣の事典という趣き。

次に昭和ではなく平成の例を出してみよう。

『歳時記考』（長田弘・鶴見俊輔・なだいなだ・山田慶兒著　岩波書店）

共著者の名前を見れば、最初から？　と疑問を抱く人もいただろうが、そそっかしいぼくは、これは、いわゆる俳諧歳時記に関わる本だろうと勝手に思い込み入手した。神保町の古本屋のワゴン売りの一冊だったせいもある。

ところが、季語はもちろん俳句もほとんど出てこない。詩人と哲学者と精神科医と科学史家の四人による座談シンポジウム、つまり、四賢人による話の饗宴（シンポジオン）。

なんだよう、『歳時記考』と題しているので、高浜虚子や山本健吉のような歳時記周辺の考察かなと思うじゃんと、少々、肩すかしを食った気分ながら気をとりなおして読んでみると、これが当然と言えば当然のことながら面白い。しかも、あれこれ好奇心が刺激され、また、蘊蓄満載でためにもなる。

　構成は三月、つまり春の章から始まり、二月、冬の章で終わる。たとえば、三月は「卒《そつ》業《ぎょう》」「春眠《しゅんみん》」「猫《ねこ》の恋《こい》」「多喜二忌」と、一応、四つの季語が各項の見出しとなっている。

　小林多喜二が築地警察署で拷問の末、命を奪われたのが二月二十日、つまり多喜二忌は歳時記的に言えば早春。

　しかし、季語がタイトルとなっていても、話は俳句のこととはほとんど関係ない。談論風発というか、それぞれの知見と語り口で、いうなればジャムセッション風に進行してゆく。とはいえ、着地すべきところには、ほぼ共通認識で着地する。

「卒業」では、日本の学校での卒業は資格を意味するのではなく、「身分証明」でしかない。また優等生というのは、「服従する能力の証明」であり、「春眠」では、寝ないこと、休まないことを重視されるのが近代合理主義の理想で、革命もまた「不眠の思想」だから困る。『「眠ろう!」という第三の勢力』が必要と説く。

　と、まぁ、こんな調子で、――まさに「四季の移り変わりにかこつけて語る知的で愉しい四賢人一大座談会」(本書、背表紙コピーより)一冊で、歳時記という俳諧用語にかこつけて編まれた好企画。

とはいえ、道草ばっかり食ってはいられない。所期の目的の、きちんと季語、例句の収められたテーマ別種歳時記のルートに戻らなければ。

「歳時記」という文字はないものの……

前回、タイトルには「歳時記」という言葉は入っているものの、まったく（か、ほとんど）俳句そのものとは関係のない〝歳事記本〟のことについてふれた。「歳時記」とあると、つい手を出してしまう、ぼくの歳時記フェチを告白しつつ。

しかし、逆のパターンもある。「歳時記」とタイトルに表示されていないものの、実際には、春夏秋冬、新年の季節ごとの自然や生活、また折々の年中行事のことが語られ、さらに、例句が示されている書物。いつのまにか、そんな類いの本が他の歳時記本に交ざって、ざっと取り出しただけでも、五、六冊。

いずれもエッセー、随想としても名手と思われる執筆者によるもので、興味がそそられる。例えば、
●『風物ことば十二カ月』（萩谷朴　一九九八年　新潮選書）
この萩谷朴《はぎたにぼく》という著者の本は、いままで一冊も手にしたことがない。本の袖の著者略歴を見る。一九一七年大阪市の生まれ。東京大学文学部、国文科卒。二松学舎大学教授他で教鞭をとる。『土佐日記』『紫式部日記』等中世日記文学専攻。

知らない著者のはずだ。平安王朝の女人による日記文学の世界など、ほとんど無縁な読

書生活をしてきたのだから。それに雅やかな王朝の貴族の生活と、のちの、武士や町人の滑稽や諧謔を旨とした俳諧の世界とはギャップがありすぎる。

本文を読みはじめる前に、表1と表4の文章によって、この本のあらましを得る。ぼくは、本の帯のコピーや、表紙、表紙裏に示されている、いわゆる〝売りコピー〟を読むのが好きで、そこに、その本を生み出した編集者の思いや、センス、力量を味わうことにしている。ま、本読みとしては邪道かもしれませんが。

で、この『風物ことば十二カ月』、戦後の「打ち挫かれ、日々の糧を得るのに汲々としていた日本人の心に、自然を愛し環境を慈しむ人間性を育てることを念願して、毎日書き続けたNHKラジオのお早う番組『今日この頃の風物』が、本書の前身である」という。

そうでしたか……、ラジオ番組のための原稿が元となっていたわけですね。そして、「経済大国が、欲に眩んだバブルと共に崩壊した今日、今一度、人間としての自覚を取り戻して欲しいと願って」の出版となった由。

多分、担当編集者による表1の、志のあるコピーに対し、表4、俳人・中原道夫氏による紹介は、さすがに、ゆったりとくつろいだ口調。一部、引用させていただきます。

その柔らかな語り口から、どこか辻嘉一氏の「美味三昧」を彷彿とするものがある。小見出しを見ていても、何かの句の酒肴が並べてある趣で愉しい。「焼野の雉子《きぎす》」「濁り鮒とごみ鯰」「お彼岸さん」といった具合。(中略)しみじみと日本古来の、紛れもない文化の匂いが漂ってくる。

とあり、つぎの締めが、さすが俳人ならではの一節となる。

季語の〝本意〟などという言葉も実は、この深い洞察力、体験の中にこそ棲んでいるのだと思われる。

その『風物ことば十二カ月』の本文を開いてみよう。第一章は「一月」。冒頭の項目は「初日の出」。この書も、すでに何度もふれてきた「地貌」のことから始まる。

○初日の出　一口に初日の出といっても、北東は、北海道根室半島の突端、納沙布岬《のさっぷみさき》から、南西は、沖縄尖閣《せんかく》諸島の魚釣島まで、長々と続く私共の日本列島は、大晦日の夜の闇から目覚めて、新年の曙光をあびるのには、約一時間も早い遅いがあるのです。

と始まり、

草の戸の我に溢るる初日かな　　瓢亭《ひょうてい》

の句で終わる。

次の「事始め」では、「初夢」「書き初め」の、

初夢に古郷《ふるさと》を見て涙かな　一茶
心こめて筆試し見ることしかな　白雄《しらお》
書き賃の蜜柑見い見い吉書かな　一茶

といった句が紹介される。ちなみに三句目、一茶の句の「吉書」とは「書き初め」と同意、小僧がごほうびのみかん欲しさに横のみかんをチラチラ見ながら書き初めをするという、正月風景の一スナップ。

この稿を起こしているいまは、まだ年あけ早々の寒風吹く時期だが、心はすでに春を待っている。二月の「梅薫る」の項を開く。ここでは俳句ではなく和歌が挙げられている。梅が季題というわけだ。

わが国に梅の花散る久方の
天より雪の流れ来るかも

太宰府長官であった大伴旅人《おおとものたびと》が、官舎の庭に咲いた梅を詠んだ歌という。なるほど、「花といえば雪」を想い、「雪といえば散る花」を想う心の動きが、この和歌でも示されている。

下町生まれの歳時記的俳句エッセイを楽しむ

前回、本のタイトルに「歳時記」という言葉は入っていないものの、四季折々の自然や生活、あるいは行事についてふれられ、かつ、例句があげられている俳句関連の本、つまり実質は俳句歳時記の一例として萩谷朴の『風物ことば十二カ月』をとりあげた。

そして、二月の「梅薫る」の項で、ここでは俳句ではなく、俳句の季語の源となる和歌も紹介されていることを示した。もちろん「梅」が季題なのだが、「梅の花散る」さまを「天より流れ来る」「雪」と見る心の動きが、ここでも歌われている。

梅でも桜でも「花」といえば「雪」を想う、この約束事は「散る花」を「空に知られぬ雪」とし、また、「降る雪」は、「春に知られぬ花」ということについて記されている『季語の誕生』（宮坂静生著　岩波新書）を再度、手にとった。

再度といったが、本当のところは、この新書を、この間、再三再四、手にし、ページを開いている。ぼくの心の中では、この『季語の誕生』を、略して〝キゴタン〟とつぶやいているくらい親しい俳句解説書となっている。

そしてもう一冊が、これもすでに紹介ずみだが、季語の誕生について考えるとき頼りにしてきた井本農一による『季語の研究』（古川書房）。ここには、季語の成立に関して、万葉集の、中国詩の影響からやがて「我が国流に発展させた」『古今集』以後の和歌が、たとえば花を眺めるとき「花が散るのをはらはらと心を使いながら眺める」というのが文学的約束事とするようになった、とある。

「花」といえばかつての「梅」から「桜」へ、そして「散る花に心を惜しむ」ことが「花の本意」とされるようになったわけである。

同様に、「恋」といえば、「思いこがれる心」を詠うことに限定され、ハッピーエンド、成就した恋などは和歌の世界では認められない。「切ない慕情」「恨み」「思い切れないやるせなさ」、そういった心の動きこそ、和歌における「恋」の「本意」であったという。

和歌の「本意」は室町時代を最盛期とする連歌にも引きつがれるが、下って俳諧の世界となると、たとえば「桐（桐の葉）」という季の題は、和歌や連歌では、きまって「秋」とされてきたが、新たに「桐の花《きりはな》」も登場、これが夏の季題となる。俳諧の時代の文学的自然美の発見、つまり新季語の誕生となる。

萩谷朴の『風物のことば十二カ月』を手に取ったことによって、和歌、俳諧の「本意」を復習したくなり宮坂静生の〝キゴタン〟、『季語の誕生』と井本農一『季語の研究』〝キゴケン〟に寄り道、いや、すでに紹介しているので〝戻り道〟をしてしまいました。

そうそう、この本で「そうなんだ」と知ったこと、連歌の世界では「菜摘」はもちろん春だが、「野遊び《のあそ》」となると春とはかぎらないということになるらしい。しかし、今日の

俳句歳時記や季寄せでは、「山遊び」「野かけ」とともに、立派な春の季語となっていて、

野遊びの皆伏し彼ら兵たりき　西東三鬼
野遊びのため一湾をよぎ来し　鷹羽狩行

といった句が見える。

さて、つぎの歳時記書籍は——
枕辺に積んである本、数えると六冊、たしか、他にもあったはずだが……と思わせぶりをしておいて、まずはともかくこの六冊の著者、署名、版だけでも列記しておこう。
○能村登四郎『秀句十二か月』(富士見書房)
○今瀬剛一『季語実作セミナー』(角川選書)
○森澄雄『名句鑑賞事典』(三省堂)
○宇田喜代子『名句十二か月』(角川書店)
○柴田宵曲『古句を観る』(岩波文庫)
○長谷川櫂『日めくり　四季のうた』(中公新書)
ざっと、それぞれの歳時記的な本と、その周辺を見てゆこう。まずは能村登四郎の『秀

句十二か月』。版元は富士見書房。千代田区富士見にある出版社なので富士見書房。JR飯田橋近く富士見といえば角川書店のビルが建つところ。

そう、少しでも出版界を知る人ならば、富士見書房は角川書店と同系の出版社であることは承知のはず。しかも、その角川書店とそのグループこそは、俳句関連の書籍を数多く刊行、出版界随一と言っていい歴史と実績を持つ。

というのもこれまた、俳句界に関心を持つ人なら、角川出版の創業者、角川源義《げんよし》その人が名の知れた俳人であり、自ら編者となった俳句歳時記も刊行していて、その長男があの角川春樹（この人もあまりにも著名な俳人）、長女が歌人で作家、さらに出版社・幻戯書房を創立、社長となった辺見じゅん（本名・真弓）といったこともよく知るはず。

さて本題の能村登四郎『秀句十二か月』に戻ろう。著者の能村登四郎は一九一一年、東京生まれ（二〇〇一年没）。水原秋桜子の主宰する「馬酔木」に投句。一九四八年「馬酔木」新人賞を得て俳壇デビュー。翌年「馬酔木」同人に。一九七〇年に自らも「沖」創刊、主宰。一九八一年「馬酔木」を辞す。句境は

長靴に腰埋め野分の老教師
春ひとり槍投げて槍に歩み寄る
霜掃きし箒しばらくして倒る

といった教師として、教育の現場から生じたと思われる静謐な思索を感じさせる印象深い句や、主宰する句誌「沖」の由来となった、

火を焚くや枯野の沖を誰か過ぐ

など、多くの人に知られる句を持つ。

その能村の『秀句十二か月』のページをめくってみたい。

二月の「梅と涅槃会」の項。野沢凡兆、中村草田男の句と短い解説のあとに師の水原秋桜子の句、

伊豆の海や紅梅の上に波ながれ

の句が挙げられていて、
この句は、実景というより、光琳蒔絵のように、梅にその上を流れる波を配した。構成された美を感じる。リアリズムからくる卑俗性や庶民感情をあえて避けて、高貴な精神美を志した作家の代表的な作品である。（以下略）
と解説されている。
二月十五日は釈迦入寂の日、涅槃会である。と記したあと、後藤夜半、永田耕衣、平畑

静塔の涅槃像の三句を示し、つづいて「涅槃の翌日が西行忌になる」とあり、

花あれば西行の日とおもふべし

という、角川源義の句を挙げ、

「願はくは花の下にて春死なむそのきさらぎの望月のころ」という西行の心を踏んだ一句である。この句は「西行忌」というところを「西行の日」として固定化を避けて成功している。「花あれば」も軽い打ち出し方で、表現技術のうまさを見ることができる。必ず思い出す句である。涅槃会が過ぎるとようやく春のぬくもりが感じられるようになる。

次は八月、季題は「朝顔《あさがお》」。といっても、この季題は秋。これまた、少しでも俳句に親しむ人なら常識。

「朝顔や宗祇を起すおもひもの」というこの句は「おもひもの」が「想い者」、つまり葬儀の愛人となると、下司に勘ぐれば、バレ句ともとれる。作者の松江重頼は江戸初期、談林派を起こした西山宗因と同門、松永貞徳にも師事。俳句指導書『毛吹草』を刊行。登四郎はこの句を紹介したあと日野草城の、

朝顔やおもひを遂げしごとしぼむ

を引き、

何やらを思わせる句だが、表面から見てもうまい句である。そして「ミヤコホテル」よりはるかにエロティシズムが匂う。（以下略）

と感想をのべている。なお、「ミヤコホテル」とは、京都のホテル名であり、また

けふよりの妻と泊まるや宵の春
枕辺の春の灯《ともし》は妻が消しぬや、
春の灯や女は持たぬのどぼとけ
ちちろ虫女体の記憶よみがへる

などで俳壇に新風（淫風も？）巻き起こした。

この『秀句十二か月』は四季折々の句とともに、台東区谷中育ちの著者のエッセイがつづられ、同じく下町育ちのぼくとしては、走馬灯のような、かつての東京幻影に出会えて嬉しい読み物となっている。

なお、著者の代表句ともいえる、

火を焚くや枯野の沖を誰か過ぐ

は、焚き火好きだったぼくが今日、生活の中で禁じられてしまった焚き火の句を可能なかぎり集めてみようと思い立ったときに、当然、収録させていただいている。(「焚き火系」俳句の作品二百句と蛇足的注釈『神保町「二階世界」巡り及ビ其ノ他』二〇〇九年　平凡社)

季語の重要性が学べる懇切な実作講座

角川書店発行の月刊句誌『俳句』で三年間にわたる連載をまとめた今瀬剛一による『季語実作セミナー』(角川書店)。

まず、この本の袖に載っている著者略歴を見て、ちょっと驚いた。昭和十一年茨城県生まれ。そのあと、昭和四十六年「沖」創刊とともに参加、能村登四郎に師事——とある。俳句結社の動向にうとく、興味ある特集のとき以外は俳句専門誌などもめったに入手しないので、この『季語実作セミナー』の著者と『秀句十二か月』の著者が、句誌「沖」をともに立ち上げた同人で、しかも師弟関係であったとは気にもとめずにいた。ただ、目にとまった歳時記関連本として買いおいた二冊であった。ぼくは、少しでも興味あるテーマの本は、〝積ん読派〟以前に、とりあえず〝買っとく派〟なのだ。

ま、そんなご縁があった今瀬剛一の——「季語という俳句のもっとも重要な要素がわかりやすく学べる。総合誌『俳句』の大好評連載、待望の選書化!」と帯に謳われた、この『季語実作セミナー』を開いてみよう。

「はじめに」を読む。「五月、いま私の周囲は全くの青葉である」と、始まり、季節の変化の早さにふれてゆく。そして、こうした自然の変化、季節の移り変りのなかにいると、俳句は有季定型の詩であるという主張には全く疑いを挟む余地はない。たかだか十七文字の俳句、何ものを言えない俳句という側面に立つとき、この「有季」「定型」という二つのことが私にどれほどの力を与えてくれるか、このことを考えないわけにはいかないと思うのである。と訴え、さらに「とりわけ季語には歴史を経てきた力がある。膨らみがある」としたうえで、高浜虚子の、

遠山に日の当たりたる枯野かな

という、たしか教科書にも載っていた虚子の代表句の一つを提示する。そして著者は、「枯野」の力強さ、広がり、そしてその強さ広がりは単に表面的なものにとどまってはいない。それは清浄たるかつての人間全てが見聞した枯野、生きて泣いた枯野、歩き疲れた枯野……、そのような意味から人生そのものの象徴の響きも持っている。と解説する。とても説得力のある読みだ。さらに著者は、

ただ気をつけなくてはならないのは季語に纏《まつ》わる一種の既成概念であり、そうした意味からは、季語を一つ一つ洗い直してみることも大切であると思う。

と、この本の目的の一つが〝季語の洗い直し〟見直しであることを明らかにしている。さて、本文、第一章は「季節の移ろいを詠む」。早春の季語【二月】からスタート。〈さあ春だ、句帳を持って外へ出よう〉と始まる。例句として、

春なれや名もなき山の朝がすみ　芭蕉
枯枝に初春の雨の玉円か　高浜虚子

を挙げ、解説を付しているが、「『春だなあ』という感嘆の声は芭蕉の作品に比べて静かである。それは作品の背後から聞こえてくる」と語り、つづけて、

山深み春とも知らぬ松の戸にたえだえかかる雪の玉水

という『新古今集』式子内親王の和歌を引き、

古来こうした情景は短歌にも詠まれているが、「円か」とまではとらえていない。ここに物を確かに見るという俳句の特性、あるいはもっと大きく言えば実際に対象を

外に出てみているかいないかの違いがあると思うのである。

と同じ季節感の中で、それを詠むにしても観念でとらえる和歌と、実際の観察を通して表現する俳句の差を指摘する。

次が〈二　春を見よう、聞こう〉。ここで著者は「要は自分の目で春を見付けること、自分の耳で春を聞くこと」とアドバイスし、

鎌倉の古き土より牡丹の芽　　高浜虚子
みつけたる夕日の端の蕗の薹　　柴田白葉女
山川のとどろく梅を手折るかな　　飯田蛇笏

の三句を示し、虚子の句に対しては「この作品の全ては『牡丹の芽』を見付けたところから始まっている」とし、白葉女の句には、「作者は感動をまず『みつけたる』と直叙した……そして、『蕗の薹』を提示しているだけ……読者にその感動を自由に味わわせている」と解説し、この一文の締めとして、

俳句とは述べるものではない、これは俳句を作るときの鉄則である。

と、われわれ初学の人たちにとって、句作のもっとも重要な〝肝《きも》〟を伝えてくれている。

二作目の蛇笏の句に対しては、

山々に響き渡る川の轟音《ごうおん》の中、一枝の梅を手折ったのである。ぽきりという音は小さい音ではあるが確かに轟音の中に一瞬響いたことと思う。その確かな音。

と解説する。なるほどなぁ、春近く雪解けとなる季節、山川の大自然の轟音に対して、手折った梅の枝の、小さな、しかし確かな、生命の証のような音。俳句はたった五・七・五の十七文字で、こんな、真実の、臨場感のあるスケールの世界まで描き出してしまうのだなぁ、といまさらながらの感慨。

そして〈三　春を行動してみよう〉〈四　私の推薦する早春の季語〉〈五　その他の早春の季語、作句してみよう〉と、実作セミナーは進んでゆく。

また、初心者のための〈このような作り方はいけません〉〈晩春の作品の失敗例〉〈どんな時に失敗するか〉〈晩春の作品、失敗三つの例〉などと、それぞれ例句を挙げながら、その問題点と改良句（添削句）を示す。

親切な季語活用、まさに実作セミナーとして構成され、同時に歳時記であり、季寄せの俳句入門書となっている。

春夏秋冬、名句六十句をめぐる宇多さんの名ガイドぶりを堪能

●宇多喜代子著『名句十二か月』（角川学芸出版）

この著者の俳書はすでに一冊、この連載で紹介している。同じく角川選書に収められている好著『古季語と遊ぶ』である。この本では、珍しい季語と例句、そして遊戯的センスに富んだ実作の例句と文章を楽しませていただいたが、この『名句十二か月』も著者ならではの〝実感的エッセイ〟の中に、季節ごとの名句が数多く（約六百句）はさみ込まれ紹介、解説される。

この『名句十二か月』の最初に登場する季語は「去年今年《こぞことし》」、もちろん新年、一月。去年今年となると、それはもう高浜虚子の、

　去年今年貫く棒の如きもの

でしょう。この句は俳句と無縁の人でも知っている人が多いのでは。種々の歳時記の新年、一月の項で、この虚子の句が載っていなかったりすると、ぼくなどは（ほう……）と、

かえって、その歳時記の編者に妙な関心を抱いてしまったりする。
著者の宇多喜代子さんも、
　高浜虚子の代表句というより、新年の句の代表としてまず思い出すのが、この「去年今年貫く棒の如きもの」である。
といい、さらに虚子の同じく新年の季語「初空」二句を紹介する。

　初空や大悪人虚子の頭上に
　初空や東西南北其下に

そして、この二句の解説として、
　前句は大正七年の作、後句は昭和三十三年の作である。「初空」は元日の空のことだが、もっと限定して元朝の空のことと思いたい。それにしてもめでたい初空に「大悪人虚子」を取り合わせるとは、なんともすごい。
とし、さらに、
　そのすごさが歳月を経て自身より空の大きさのほうを立てた違うすごさに変わってゆく。

と、二句を並べた上での〝読み〟を披露する。このあたり、著者〝うだ〟（宇多）さんの力量の一辺を垣間見せますね。

ぼくは、虚子の自らの俳号の上に「大悪人」と付けたスタイルに、虚子の余裕というか、自然主義的なスタイルを借りて、その実オシャレなモダニズムをかぎとってしまう。ちょっとやんちゃなナルシズムというか。

ちなみに高浜虚子の本名は「清《きよし》」。それを先輩の正岡子規が——「きよし」だから「虚子」でいいんじゃない——と命名してしまったとか。俳句界の巨人、虚子の誕生が、いかにも青春のアバウトな（＝俳諧的な）感じがして、好きな逸話です。

逸話といえば子規が同郷の河東碧梧桐とともに虚子（そのころはまだ清）を自分のもとに誘ったのは、俳句の同人としてではなく、そのころ子規が熱中していた野球のメンバーとして、という話もいい。

ちなみに上野公園の一隅にあるグラウンドには、子規らがプレイした野球場跡という碑が立っている。

話が横道に入ってしまった、本題に戻す。

著者・うださんは先の虚子の二句と、その解説のすぐ後に、松瀬青々（ホトトギス派、ということは子規、虚子を師とする関西俳壇を代表する一人、明治二年生まれ）の、いかにも関西人ならではの剽軽《ひょうきん》な正月句を掲げる。

正月にちょろくさいことお言やるな

これに対する、うださんの評がまたいい。

マジナイのような口調の句でとくに名句というのではないが、知っておく便利である。「便利である」って——なるほどね、「知っておくと便利」な句って、あるんですね。うださんによる便利な教えでした。

さて、この稿を楽しんでいる今の季節は早春、小石川植物園の梅もほとんど終わってしまったが、桜の開花は例年より早いようで、今週末とか。早春から春にかけての句を見てみたい。

まず、「二月」から。

初っぱなに出てくるのが、こんな句だ。すごい！

寒からう痒からう人に逢ひたからう

子規の句だ。前詞が付されている。「碧梧桐《へきごどう》天然痘にかかりて入院せるに遣す」。「天然痘」に、失礼ながら、つい笑ってしまった。このころは天然痘という病気がまだ健在だったのですね。

句友というか、子規の弟子、虚子の盟友であり、後のライバルとなる河東碧梧桐が天然痘にかかり一カ月ほど入院した（明治三十一年一月のこと）ことを思いやっての——見舞い句。

うださんの解説。

前詞あっての句で、もしそれがなかったら何のことやらわからないという人もあるが、必要あって置かれた前詞なんだから、ともに吟味したらいいんじゃないの、と思う。「いいんじゃないの」が、いかにも〝うだ節〟。自在な精神の文体じゃ、ありませんか。ぼくは、この句、前詞がなくても全然いい。

寒からう痒からう人に逢ひたからう

——アトピーの思春期の娘（知り合いの娘さんでもいい）を思いやっての早春の句でもいいじゃないですか。しかし、子規、やっぱりすごいですね。「柿くへば鐘が鳴るなり法隆寺」だけの子規じゃないね。

おや、さっきの河東碧梧桐の句が出てる。

赤い椿白い椿と落ちにけり

これまたぼくでも知っている有名な句である。さすが俳句に写生句の態度を主張した子規の高弟の句である。うださんの評。

椿がポトリと落ちる様子を言葉で表現する場合、もうこうとしか言いようがないと思われるほどに贅肉をそいだ表現がなされている。

この後の椿の句が、またすごい。この本で初めて出会った。

老いながら椿となって踊りけり　　三橋鷹女

一読、ぞくっと鳥肌の立つような、女人俳人ならではの句ですね「老いながら椿となって」がコワスゴイ。作者、鷹女の作句に対する思い、も紹介される。

「一句を書くことは、一片の鱗の剝脱である。一片の鱗は、生きてゐることの証しだと思ふ」

一片の鱗ですか！　男性の表現者からは絶対に出てこない言葉でしょう。余計なことは書かず、次の句を見よう。これまた、不可解ながら、とても有名な句。

梅咲いて庭中に青鮫が来ている　　金子兜太

安易すぎる言葉で言ってしまえばシュールリアリズムの絵を見るよう。当てずっぽうに喩えていえばヒエロニムス・ボッシュかブリューゲルの版画と岡本太郎の初期作品の合体のような。ま、これまた半可通のコメントなど控えておいたほうがよいでしょう。

「三月」に入ってみよう。

うわぁ〜、なんか大丈夫？　感じようによっては、やたらエロくないですか？

戀びとは土龍のやうにぬれている　　富澤赤黄男

もちろん季語は「土龍《もぐら》」。「戀びと」「もぐら」「ぬれている」——落語、人情噺の傑作「芝浜」が寄席の客から受けた「よっぱらい」「財布」「芝浜」の三つのお題から即興で生み出した三題噺だったように、この赤黄男の句の先の三つのキーワードで、誰か艶笑噺を作れないかしら、なんて考えてしまったりする。

にしても「戀人は土龍のやうにぬれている」、初見ながら一発で憶えてしまう。

エロティックといえば、やはりこの人、日野草城。

をみなとはかかるものかも春の闇

ちょっと室生犀星の世界を連想してしまうが、草城、の例の「ミヤコホテル」の連作から。

草城、この「ミヤコホテル」が原因でか、「ホトトギス」同人から閉め出されることになる。昭和十一年、軍靴の音が次第に近づきつつあった時世。

この項の最後に、春、四月から。

さまぐ〵の事おもひ出す桜かな　　芭蕉

さすが芭蕉、貫禄相撲。

うださんの『名句十二か月』、読み出したらやめられない止まらない。

穏やかにして厳格な消極的達人・柴田宵曲『古句を観る』を観る
——とその前に急拠増刷の山本健吉『ことばの歳時記』を

高浜虚子の「ホトトギス」のもとにあって、メジャー、大御所の虚子とは、正反対ともいえる学究的句人、柴田宵曲。宵の曲とはなにやらロマンチックめかした俳号だが、自分の生き方が、どうにも消極的なので、その昔からショーキョク的＝宵曲としたという、いかにも超俗的俳人らしい話を、どこかの本で読んだ記憶がある。

なにかと表に立つこと、目立つことが苦手だったようで、これまた、どこかに出ていたエピソードだが、大正十一年、関東大震災の直前、丸ビルが建ったとき、虚子は、なんと、その、トレンドの先端、話題の丸ビルに「ホトトギス」の編集部を設けることにした。

そのとき、この柴田宵曲、「ホトトギス」を脱会する。その理由（の一つ？）が、「あんな新名所みたいなモダンなビルに、自分のような、いつも下駄ばきの人間が出入りするのはおかしいでしょう」と言ったとか。

これもまた、ぼくの好きな宵曲の関わるエピソード。まあ、ひと言で言ってしまえば、「じつにシブイ人。また、懐かしい感じのする人」。

この宵曲の著作が岩波文庫に六冊収められている。うれしい。

まず、この『古句を観る』から続けて列記する。『評伝　正岡子規』『俳諧随筆　蕉門の人々』『子規居士の周囲』『新編　俳諧博物誌』(小出昌洋編)、『随筆集　団扇の画』(同)。

ところで宵曲に俳句関連以外に、もうひとつの隠れた顔がある。あの江戸話の大家、江戸をテーマとする学者、研究者、あるいは江戸の時代物作家で、この人の本のお世話にならなかった人など百%ない、といえる——三田村鳶魚、この人の著作の多くが、柴田宵曲による聞き書きによって作られたもの、という。

そんな宵曲による『古句を観る』——タイトルは江戸の古い句の紹介本かと思われるが、これがじつは歳時記本でもあった。もっとも、本を手にして目次を見れば一目瞭然、目次は、「新年　春　夏　秋　冬」と巻末解説の森銑三による「宵曲とその著『古句を観る』」と、編著・小出昌洋「俳人柴田宵曲大人」。

と、ここまで書いて気分転換のため、近くの書店へ。文庫本の棚の前に立つと平台に一冊の俳句本が。山本健吉著『ことばの歳時記』(角川ソフィア文庫)。

この山本健吉の文庫、すでに持っていたはず。ところが帯に「上皇陛下と上皇后陛下がおふたりで音読している本——宮内庁「上皇陛下のご近況について(お誕生日に際し)より」とある。

ご皇室の人が「ことばの歳時記」とは題されているものの、俳句を、おふたりで音読⁉　和歌ならわかります。しかし、滑稽や諧謔を源とする俗なる俳諧とは！　新年「歌御会始」が催されることはよく知られるところではありますが、「新年投句会」などということは聞いたことがない。（ほう、ご皇室も、ここまで開かれたか！　あるいは？……）と、新しい帯によって、がぜん、この文庫に、あらためて興味がわくこととなった。

しかも、巻末の解説が、宇多喜代子さんではないですか！　まさに、本は人を呼ぶ。『古句を観る』をしばらく脇に置いて、『ことばの歳時記』を手にとらずにはいられなくなった。

くりかえしになりますが、ご皇室で俳句？　話はちょっと飛ぶが、ある時から、お茶や華道は、上流、中流家庭の婦女子のたしなみと思われるようになったが、とくに茶道などはもともとつわものどもの武士、あるいは豪商などがもてあそぶものであって、貴人の公家や、まして、やんごとなき宮中の方々が関わるものではなかったはずだ。

もとより、歌道は雅びだろうが、俳諧は俗をもってよしとする世界であった。茶道が、侘び寂びと言ったって、その大本は刀とかによる、しのぎのけずり合い、あるいは命のやり取りそのものがある。豪商の趣味としても〝豪〟の文字が付くように、物や金の収奪の結果でしょう。

ご皇室と俳諧――このへんのところ、一度、知り合いの歴史学者に聞いてみようかしら。いや、「余計なことを考えるな、日本の伝統や、四季の風物への思いがあって文化のひとつとして、ご皇室が俳句の世界にふれて何が悪い」と一蹴されるかもしれない。

もちろん、〝悪い〟などとはまったく思っていません。ただ意外の感を抱いたまでのこと。もう少し言わせてもらえば、日本の伝統文化というのなら川柳などはいかがなものかしら。それも、破礼句（バレ句）だったりしたら、江戸以来の庶民の赤裸々な姿、下々の情にふれることができると思うのですが。

戦後の粋人仏文学者・辰野隆先生や、仏文学者で川柳の事典の編集もされていた田辺貞之助先生、専門は中国文学の奥野信太郎先生、あるいは民俗学の池田弥三郎先生のような、下情に通じた碩学の方々が、この令和の世にいらしたら……。

閑話休題《あだしごとはさておき》、山本健吉『ことばの歳時記』にふれてみたいと思ったが、巻末に著者による「歳時記について」という、重要な一文もあることから、やはり、後の山本健吉の項で、他の歳時記関連の著書とともに紹介することとしたい。

またまた、すっかり道草を食ってしまったが、本題の柴田宵曲の名著であり貴書である『古句を観る』を見てみよう。

この本のあらましを手っ取り早く知るには巻末の書物の話といったらまず、この人、森鉄三による解説に頼ろう。

書き出しがいい。一行目の冒頭――

宵曲子は奇人だった。

いいですねぇ、囲碁か将棋の第一手。ピシリ！　と石か駒を置いた感じ。

柴田宵曲『古句を観る』の「後編」
——『古句を観る』の内容の〝こく〟

このエッセー自体が遊歩人（©文源庫）たるぼくの文章は路地、横町への寄り道が大好きなのだが、好もしい人、柴田宵曲に戻ろう。

俳句界の大巨人とも、魔人ともいえる、あの高浜虚子のもとで、俳誌「ホトトギス」の編集を担いながらも、虚子とはまるで正反対のような生き方をした人。

「権勢に近づかず人に知られることを求めずして一生を終えた」「だが残された書は人柄と博識ぶりを伝え」（岩波文庫『古句を観る』表紙より）、「決して声高に語ることのなかった柴田宵曲。その文章には常に節度と品格が湛えられている」（岩波文庫『随筆集　団扇の画』表紙より）——と語られる柴田宵曲の仕事『古句を観る』がまたシブい。

すでに前回、少し紹介したように、この書、内容は歳時記の構成をとるが、例句が、芭蕉の周辺の人々ではあっても、今日、ほとんどその名を知られない俳人の句が挙げられる。ま、言ってしまえば無名（現代のわれわれにとっては）。

芭蕉、蕪村、其角、嵐雪、去来あたりの句ならば多少は見当がつくとしても、まるで知らない俳人の句など見てもなぁ、と思いつつページをめくってゆくと、自分の浅はかな心得ちがいに、すぐ気づかされる。
著者・宵曲によって挙げられている例句が、じつに魅力的なのだ。しかも、江戸時代の作というのに現代でも、まったく違和感なく味わえる。それどころか、「この句は本当に江戸時代に作られたの？　現代俳人の作品じゃないの？」と思いたくなるような句も少なくない。例によって、この原稿を書いている、いまの季節、「夏」の章から見てみよう。まず、冒頭の一句。

湯殿《ゆどの》出る若葉の上の月夜かな　　李千

スッ、と分かりやすい句じゃないですか。この若葉の季節、どこかの温泉にでも行って湯上がりの、仲間との句会ででも出てきそうな句。
この句に対して著者は、
爽快《そうかい》な句である。湯上りの若葉月夜などは、考えただけでもいい気持がする。（中略）湯殿を出た人はそのまま庭に立って、若葉に照る月のさやかな光を仰いでいるのである。
と、この句の気持ちよさを認めている。その後で句の内容ではなく、この作者の号・李《り》千《せん》がときに、同じ音の「里仙」になっていることにもふれ、他の俳人の例として「珍碩《ちんせき》」

が「珍夕」、「曲翠《きょくすい》」が「曲水」などと「同音別字を用いた例はいくらでもある」と、これは今日とは異なる江戸時代ならではの慣行をも伝えてくれる。
もう少し見てみよう。季題は「牡丹」。

薄紙にひかりをもらす牡丹かな　　急候

この句の解説に、宵曲の地力、というか長年の蓄積をうかがわせる。本文から引用する。
子規居士の『牡丹句録』の中に「薄様に花包みある牡丹かな」という句があった。これも同じような場合の句であろう。「ひかり」というのは赫奕《かくえき》たる牡丹の形容で、同じく子規居士に「一輪の牡丹かゞやく病間かな」という句があり、
と、牡丹の花の存在を言い表す言葉として「ひかり」「かゞやく」があることが、示される。初学のこちらとしては、ありがたい知識を得ることになる。続けて、今度は同じく子規の短歌が掲げられる。

「いたつきに病みふせるわが枕辺に牡丹の花のい照りかゞやく」「くれなゐの光をはなつから草の牡丹の花は花のおほぎみ」などという歌もある。

蛇足ながら「いたつき」とは古語で語源は「痛つく」か。「骨をおる」とか「病気する」

「世話をする」という意味という。次歌の「おほぎみ」は「大君」で、「王」や「王女」で、ここでは牡丹なので当然「王女」だろう。

宵曲は子規の二つの短歌を引いて、先の江戸の俳人・急候の句について、牡丹に「ひかり」という強い形容詞を用いたのは、この時代の句として注目に値するけれども」と評価しつつも、子規の歌の「い照りかがやく」「光をはなつ」の方が、「その形容の積極的に強い点からいえば、まさっている」としている。

さらに、「言葉の側からいうと、元禄の句がやや力の乏しいのは、必ずしもこの句に限ったわけではない」とし、試みとして二句と虚子の句を挙げる（それも、三句とも「牡丹に雨雲」という共通項を選んで。さりげない所作だが、このへんが宵曲の知識量の凄みというか余裕というか）。

雨雲のしばらくさます牡丹かな　白獅

方百里雨雲よせぬ牡丹かな　蕪村

雨雲の下りてはつゝむ牡丹かな　虚子

そして、この一文の最後に、かなり色っぽい句が紹介される。

美しき人の帯せぬ牡丹かな　四睡

ただし誤解してはいけない。これは、牡丹そのものを、帯をしていない美人に見立てたものと思われる、と解説される。なるほど、牡丹の、あの花のつきようは「帯せぬ美人」か！　と説得されることとなるのだ。

もうひとつ、敗戦後に幼少期だったぼくたち世代には懐かしい「蚊帳」の季語の俳句。子供にとって、蚊の出る季節になって、蚊帳（家では蚊屋と言っていた）をつるのは楽しいイベントであった。もちろん、子供の我々は実際には、何の役にも立たないのだが、ただ金の輪を持って部屋の隅で立っているだけで、自分の役割を全うできた気がして、十分、満足だったのだ。

ずっと忘れていたけど懐かしいなぁ、蚊帳吊り。

　　つり初て蚊帳面白き月夜かな　　言水
　　一夜二夜蚊帳めづらしき匂かな　　春武

ぼくたちの子供のころ、家の蚊帳に二種類あり、白い柔らかな生地（上等の麻？）のものと、少しゴアゴアした緑（もえぎ）色の〝普及版〟。この緑色のほうは、寝汗などかくと顔に染料なんかうつって、笑われたりした。春武の句は多分、その、緑色の蚊帳だと思う。蚊帳の「匂い」では、

つり初めて蚊帳の薫《かおり》や二日程　花虫

の句が紹介されている。宵曲いわく、

花虫の句は一日二日の間、萌黄《もえぎ》の匂を珍しく感ずるところを詠んだのである。秋になって蚊帳を釣らなくなる時でさえ、「蚊帳の別れ」だの「蚊帳の名残」だのという情趣を感ずる俳人が、釣り初めの蚊帳に対して、普通人以上の感情を懐かぬはずはない。

と記している。

他の季節の句もパラパラと例句や宵曲の解説を拾い読みしているだけで、なにか、心と頭の中が、すうーっと広がってゆく気持ちになる。

深爪に風のさわるや今朝の秋　木因
はつ秋や青葉に見ゆる風の色　巨扇
桐苗の三葉ある内の一葉かな　己双
七夕《たなばた》や庭に水打日のあまり　りん
耳かきもつめたくなりぬ秋の風　地角

火燵からおもへば遠し硯紙　沙明
時雨るゝや古き軒端《のきば》の唐辛《とうがらし》　炉柴

挙げてゆけばキリもない。『古句を観る』、この岩波文庫によって、今日、ほとんど人に知られることのない俳文家の文（と文章からの人柄）に接することができる。

そうなんですよ、数多く出版されてきた俳書や近代俳句の流れを説く書でも、この宵曲にふれたものはほとんどない。

驚くべきは虚子や結社ホトトギスの歴史をテーマとした本でも、宵曲の顔は出て来ずだったりする。「俺が、俺が」「わたしが、わたしが」と自己をアピールすることがない人は、大声の中の小声、なきものと思われてしまうのが世の常とはいえ。

ところで自慢を少々。この間のコロナ騒動の、お上の「スティホーム」「外出自粛」に素直に従って、不謹慎にも、自分にとって、これは「コロナバカンス」ととり、本の大整理、追加処分（本の処分は、いまや日常的ミッション）の好機と、勇躍、実践に励んだ。

その作業の中で、その柴田宵曲の豆本（タバコの箱より少し大きいサイズ）と、箱入り文庫判の限定本を取り出すことができた。

豆本（古通《こつう》豆本）の方は『文学・東京散歩』。箱の貼り題簽《だいせん》は、切手代の銅版画に手彩色、絵柄は浅草ひょうたん池の脇に立つ、十二階。いいですねぇ、この雰囲気。奥付に「昭和五五年・特装版250部の内・第177号」とあり、ぼくの字で、エンピツでうすく2000、と記してある。ちょうど二十年前に入手したものらしい。

あちこちフセンが貼ってあるが、この豆本、拙著『ぼくのおかしなおかしなステッキ生活』(二〇一四年　求龍堂)にもステッキのことでチラッと登場している。

あとがきは「古通豆本」の発行人の八木福次郎によるが、この中に、

柴田さんはよく東京の町を歩かれた。いつも和服に下駄ばきで、冬になると、近頃は見ることも少ない二重まわしを着て歩かれた。

また、

本書の特装版の表紙の写真は、池上浩山人主宰「ももすもも」俳句文学散歩第一回(昭和三十一年十二月二日)の時のもので、諏訪神社台地から西日暮里方向に向かって立っておられる宵曲翁――

という一文に接し、出遊を愛した宵曲居士の――散歩中の貴重な一ショットをじっくり見つめていたとき、その〝二重まわし〟(トンビとも言った)スタイルの小さなシルエットにステッキの影がわずかに写っているではありませんか!　喜び勇んでわがステッキ文物

コレクションの一つとした次第。かつては散歩の伴にはステッキ携行が〝鉄則〟だったんです。介護用じゃなく。

さて、もう一冊の文庫本サイズの函入り限定本。タイトルは『煉瓦塔』。サブタイトルとして「近代文学覚え書」。発行は日本古書通信社。昭和四十一年刊。五百部限定発行のうち三五。98/10とエンピツで記されている。二十二年前だ。さきの「古通豆本」の〝こつう〟は、古書通信社の〝こつう〟というわけ。

豪華本というものではない。しかし小判ながら、なんとも美しい本だ。装丁が、〝明治懐古〟といったら、この人、木版画家の川上澄生によるレンガ塔の絵柄。小口は天金。タイトルは子規の「市中の山の茂りや連歌塔」に由来するという。本文は先の豆本同様、ほとんどが一ページにも満たない一口話。これがまた、古老の昔ばなしを聞く心地がして嬉しい。

ペラ一枚ほど（二〇〇字）の文章だが、この一カ所だけでも、どうしても引用、紹介したい。題は「露店」。

「梵雲庵雑話」によると、明治初年の浅草見附あたりの露店では、錦絵を選り取り一枚一銭で売って居った。その中には写楽の雲母摺なども慥かにまじっていたゐたそうである。「本の話」（三村竹清）には天草版の「伊曽保物語」を神田新石町の露店で見かけたが、それは大沼枕山に買われてしまった、といふ話が書いてある。吾々はこの種の話を決して譃だとは思わぬ。たゞ少し時代が遠いので、暗中の選考を見るやうな感じがするだけである。

と、まあ、これだけの話なのだが、この短い文章の中に登場する「梵雲庵雑話」「写楽の雲母摺」「三村竹清」「伊曽保物語」「大沼枕山」という文字を見るだけで、それこそ、遠く過ぎ去った過去の時間。「暗中の閃光を見るやうな感じがする」のだ。ディープな愛書家だったら、うおーっと声を上げるだろう（たとえば、この春急逝した坪内祐三さんだったら）。

ところで、野暮を承知で記せば、署名、登場人物については興味があればぜひ、それぞれ検索していただくとして、「雲母摺」は「きらずり」と読みたいし、「伊曽保物語」は、あの「イソップ物語」である。どこか地方の温泉町の歴史本ではありません。

じつは、この『煉瓦塔』スペシャル・サプライズの〝おまけ〟がついていた。なんと宵曲大人の生原稿付！

封筒の印刷に、

「煉瓦塔」に著者の署名が入る筈のところ、御病気のためそれが出来なくなりました。

いただきます。

「煉瓦塔」「紙人形」「漱石覚書き」の著者自筆原稿一編を添付して署名に替えさせていただきます。

と発行者の言葉がある。宵曲の生原稿ですよ！　これを自慢せずに、わがヨレヨレの俳句関連の雑文など書いていらりょか、という気持ち。もともとは柴田宵曲にさほどの関心のなかったはずのぼくが、なぜ二十年も前に、限定本を手に入れていたのかも不思議だし、自慢したい。

ところで、コロナバカンスの間、ほとんど連日、本の処分と整理の格闘を続けてきたのですが、その戦果は、やっと五分の、いや八分の一ほどかな。

お上や学者先生から言われなくっても、これから、このまま「コロナと共生したい」気分なんです。というのは、心おきなく本との、（心身ともにタフな作業ではあるが）心楽しいイベントが続けられるからである。

ただし、それで生活が維持できれば――という、いまさらながらの思いと現実の、ジレンマではあるのですが。

第４章

季節・風土と常に寄り添ってきた日本人

〝隠れ歳時記〟の自在さを楽しむ（その1）

「歳時記」とは銘打つものの、単なる随想、エッセイ集だったりする本も、ままあるが、一方、エッセイ集かなと思いつつも手に取ってみると、これが、きちんと四季折々の句が添えられていて、歳時記のバリエーションとして、無視できないこともある。いわば〝隠れ歳時記〟。

こういう事情は、目録やインターネット上での紹介ではなかなか、そこまではわかりにくいだろう。手に取って、本を開いてチェックするしかない。また、このように街を歩き、書店や古本屋さんの棚の前にたたずみ、本と接するアナログ感というんですか、身体感が、漁書の楽しみ、醍醐味でもあるでしょう。

手元にある、二、三例を挙げてみた。

○『やじうま歳時記』（ひろさちや著　一九九四年　文藝春秋）

まず、失礼ながらこのタイトルで本が出版されたというのが、今日の出版事情を知るぼくなどにとっては驚きである。刊行は一九九四年、二十六年前。もちろん著者に固定ファンがいたということでもあるだろうが、まだまだ出版界にパワーがあったということだろう。

閑話休題、その『やじうま歳時記』を読む。例によって、今の季節の章を開く。――夏――。扉には「夏はただ昼寝むしろに夜の月　成美」とある。

「成美」とは、もちろん夏目成美《せいび》のこと。江戸後期の俳人で、五代目井筒屋八郎衛門という浅草の札差、今日でいう金融業の人でありながら粋人として、また生涯、小林一茶（一茶より十四歳ほど年長）を援助しつづけたことでも知られる。

この『やじうま歳時記』の章扉の「夏はただ昼寝むしろに夜の月」も商人らしからぬ（いや、だからこそか）小ざっぱりした好ましい句だが、さらに「のちの月葡萄の核のくもりかな」「魚くふて口なまぐさし昼の雪」といった、ほのかに優艶ともいえる印象的な句も残している。

いきなり夏見成美に寄り道したが、『やじうま歳時記』の本文を訪ねる。

面白い。たとえば「紅一点」と題する項。「紅一点」という言葉はもちろん誰もが知る日常語だが、その「紅」について語られる。

女性に対してのたとえとされる、その「紅」とは？　紅梅ではなく、バラ？　でもなく牡丹、芍薬でもない、

となると――その紅とは、中国宋代の詩人、王安石を引きつつ、「柘榴《ざくろ》の花《はな》」という。

一説にインド（この場合は印度と書いた方が感じが出るか）原産とされるザクロ、punica granatum（この学名からグレナデンリキュールとかグレナデンシロップの名がついた）の花は、ご存知のように初めて口紅をぬった乙女の、くちびるのように紅い。

王安石の「詠石榴詩」の、これも知る人多き「万緑叢中紅一点――」が出どころ。この紅き柘榴の花の季語は仲夏。

五月雨にぬれてやあかき花柘榴　野坡
さあ来いと大口明けしざくろかな　一茶

花は夏、実は秋の季語としても、この紹介の二句、ぼくだったら、感じはわかるけど、いや、わかりすぎるから、取りませんね。とくに一茶の句は滑稽というより怖い。

「鮎《あゆ》」の項。この字が中国ではナマズを指すことを導入として、話はすぐにアイナメとなる。表記には「鮎魚女」あるいは「鮎並」とされるらしい。

さらに話は横スベリして、アイナメが「魚偏に〝69〟と表記するのだそうだ」と、不審なことを記している。で、〝六九〟より「〝69〟にしたほうがいいですね」と、おっしゃる。ガクッ！　とくる。この『やじうま歳時記』、〝目うろこ〟のウンチクが語られると思えば、所々に、かくのごとき色っぽいサービスもある。

気をとりなおして、「名月」の項を見てみよう。ここで掲げられるのは、まず芭蕉の、

名月や池をめぐりて夜もすがら

これに対して、「江國滋氏は、芭蕉でさえこの程度の句しか読めないのか、と慨嘆しておられたが」とあり、

たしかにそうだ。むしろ其角の、名月や畳の上に松の影　のほうがいい

とおっしゃっている。

う〜む。芭蕉の「名月や〜」の句、当然、〝名月を句にするために「夜もすがら」苦吟したと思うのがあたりまえだろう〟が、別の考えだってなくはない。

この五七五だけで、他の情報がまったくないとすれば、名月の下、池をめぐって、男と女（もちろん男と男、女と女でもいい）、月の光を浴びながら、何ごとかを語り合い、一晩中、池をめぐり歩いてもいいわけでしょう。つまり、恋の句でもいいわけだ。

ついでに、著者にほめられた其角の句だが「名月や畳の上に松の影」って、ちょっとした浮世絵にありそうな絵柄。それこそ〝月並み〟じゃありません？　って、ツッコミを入れますが、そんなことまで書きたくなるくらい、この『やじうま歳時記』は読んでいて楽しい。「夏」の部で他の本に移ろうと思っていたのが止められず「秋」の部「名月《めいげつ》」から

「熱燗《あつかん》」「年惜《としお》しむ」といった「冬」の部まで読みつづけ、コロナ下の自室で一日を過ごしてしまった次第。

そうこうしてはいられない、次の『美酒佳肴の歳時記』(森下賢一著　一九九一年　徳間書店)をざっと見よう。

ところが、これが困ったことにまた力作で面白く、じつにためになる。

ぼくの記憶ではこの『美酒佳肴の歳時記』の著者、森下賢一氏とは、二、三度しかお会いしたことがないと思う。ただ少なくとも一回は、よく記憶している。それは、浅草の吉田類さん主宰の句会に呼ばれてのことだったから。

もう二回は、それよりも前、たしか誰かのイベントかトークショーか何かのときだったのでは。

もちろん氏の名は存じあげていた。外国文学に通じ、銀座をはじめとして洋酒やBarに精通しているお方。こちらは、居酒屋での安酒と、ちょいとしたアテがあれば満足で、スコッチやカクテルなど、あまり普段は呑まないほうで、いわゆる守備範囲が異なるので、きちんとは話したことがない。

ただ、この森下氏が、いわゆる〝洋物文化〟ばかりではなく、俳句に対しても関心をもっていて、類さんの誘いではあったにしても、こういう素人中心の句会に顔を出す御仁であることに、意外な感を抱いたことである。類さんの交友範囲の広さ、深さを再認識するとともに、森下氏のフットワークの軽さを知ることとなった。

その森下氏の「浅く酌み低く唱え！　四季折々の酒と肴をうたって今日も酔う」と帯にコピーのある、つまりは〝浅酌低唱〟『美酒佳肴の歳時記』。「春の章」から始まるが、本文に入るまえに「あとがき」をのぞいてみたい。まず、冒頭の書き出し、

「歳時記に聞きて冬至のはかりごと――松本たかし」という句があるが、歳時記には、たんに俳句の季節の説明や例句が並んでいる、俳人のための参考書ではなく、日本的なライフ・スタイルのガイドブックのような一面をあわせもつ。（中略）人生の大きなたのしみである飲食についても、人は歳時記を読んで、自分がこの人生でまだ見逃している、ひじょうに多くの飲み物、食べ物や、その飲み方、食べ方、味わい方があることを知ることができる。

と、この、酒と肴に特化した歳時記を自己紹介、そして俳聖・芭蕉にも酒の句は多いとしながら、

俳句とは、花鳥風月とか、神社仏閣などを、きれいごとで詠むだけのものでなく、酒を飲みながらでも、また、悪酔いしながら、二日酔いに苦しみながらでも、作り、鑑賞出来るものであることを知ってもらえれば、ぼくとして、これ以上に嬉しいことはない。

と、酒飲み俳人ならではの、心強い（？）決意表明をしていらっしゃる。

本文を拾い読みしつつ、夏の「ビール」の項に至る。ここで著者は、ビールについてのうんちくを傾ける。日本におけるビールの歴史と、その製法と味の限られた特長。さらに、ベルギー、ドイツ、イギリス、アメリカ、オランダ、さらにメキシコやフィリピン、タイといった世界のビールをガイドする。ちょっとしたビール事典の一項目。これは歳時記かぁ？　といった力の入れようなのだ。

・・・

そして、その後に挙げられる例句の量もまた、特大ジョッキなみにたっぷり。数えてみたら六十二句あった。すべて書きうつす気持ちも、気力もない。失礼ながら選句するつもりで、これはと思う句に印をつけてみたら十一句になった。さらにふるい落として六句をえらんでみた。行きます！

やうやくに目処のつきたる麦酒かな　西山　誠

なんの技巧も見せぬようでいて、ビール好きには共感がわく。仕事に区切りがついて、仲間とでも、ひとりだとしても、「お疲れさま！」と杯をほす。こういう一見、素直な句を作るのは力量がいる。

ビールほろ苦し女傑になりきれず　桂　信子

ビールと「女傑になりきれず」の妙。

大ジョッキ奢りし方が早く酔ふ　田川飛旅子

川柳風味のユーモアというか、なるほど！　という〝うがち〟がある。俳号の「飛旅子」は本名の「博」から。

ビール酌む共に女の幸知らず　風間ゆき

ほろ苦い味の句だが、「共に」と一人ぎめしてよかったのだろうか？　ことによると相手の女性は密かに「幸」あったりして。

生ビール運ぶ蝶ネクタイ曲げて　池田秀水

いかにも繁盛しているビアホールの一景。黒い蝶ネクタイを見るだけで、ビールが一・五倍は美味くなる。ビアホールの句では「天井が高くて古きビヤホール」も捨てがたかった。二句とも銀座七丁目の「ライオン」を思い出させてくれます。

うそばかりいふ男らとビール飲む　岡本　眸

この句は、どこで見たのか、前から知っていて、ぼくのメモでは「嘘ばかりつく男らとビール飲む」とある。まあ、どちらにせよ、慣れた技巧で作ろうとして作れる句ではない。「男ら」と複数形が効いていますね。しかも、作者の世間智というか、したたかな社会的経験をうかがわせる。「男ら」は彼女に見すかされています。

と、ビール六句中、三句が女性の句だったのに、自分でもちょっとびっくり。森下氏の挙げた六十四句の中には、石田波郷、大野林火、久保田万太郎、山口誓子、石原八束、石塚友二、山口青邨、石川桂郎、楠本憲吉、富安風生、日野草城、平畑静塔等々、錚々たる俳人の名がならぶが、ぼくの選んだのは以上の六句でした。日本酒ならともかく、ビールはあまり好みじゃないのでは？　という句や、ビールの、その世界を避けての苦しい句も見られ、なかなか興味深かった。

ビールという、あまりに身近でイメージがかなり定着してしまっている題は、取り組みやすいようで、意外と難しいのかもしれない。一度、自分も参加している仲間うち句会の兼題で出してみようかな。

もう一つ二つ夏の季語から見てみよう。

「蛍《ほたる》」。

先日、仕事部屋近くの小さな酒場で、「蛍狩りをしてきた」というママの話を聞いて「えっ、もう蛍が出るの?」聞いてしまった。ぼくの、旅先での記憶やイメージでは、梅雨時のいまごろではなく、夏休みの真夏の頃のはずだった。

ところが、ママの話によると、この時期に見られるのは、大型のゲンジボタル。その一カ月ほどあとあたりから初秋頃まで飛んでいるのが小型のヘイケボタルという。ホタルに二種の名があることは知っていたが、出る時期や大きさが違うとは、このとき初めて知った。

森下氏の解説にも、もちろん、このことはもっとくわしくふれられている。九月の末の頃まで生きているヘイケボタルは「秋の虫」ともいうらしい。

このあと、夜の銀座通《つう》の森下氏ならではの一行。

今も銀座に出る虫売りは、秋の虫に先立ち、六月にホタルを売る。と記す。はたして、最近も銀座ではホタルは売っているのだろうか。ちなみにこの本は一九九一年に刊行されている。今から二十年ほど前だ。

それはともかく森下氏、「蛍」で六句を例句としている。句だけ転記する。

ほたる見や船頭酔ておぼつかな　芭蕉
蛍火やある夜女は深酔いし　鈴木真砂女
蛍籠酔ひたる父の息かかる　新谷瑠璃
蛍の川酔いのこる脚ひたしけり　後藤隆介
蛍狩一火もみずに酔ひにけり　藤中　和
蛍飛ぶ酔ひたる闇の旅路かな　遠藤帆碗

なるほどなぁ。こう書きうつしていると、蛍と酔うは、よく似合う。

夏の季語で「万太郎忌《まんたろうき》」も「桜桃忌《おうとうき》」も挙げられている。例句について、ひと言ふた言言い添えたいが、きりもないので、毛色の変わったところで七月十四日、「パリ祭」。ここでも、パリ祭についての解説の後半、銀座の話が出てくる。

戦前のパリを知る芸術家や、パリに憧れるインテリなどが、パリ祭と称して、銀座などの酒場で騒いだり、クラブやキャバレーが客寄せのイベントとして「パリ祭」を行ったりした。

「汝が胸の谷間の汗や巴里祭　楠本憲吉」は、酒場の冷房の性能もイマイチだったその頃の、その日本版パリ祭を詠んだ憲吉畢生の名作。

と楠本氏の句を絶賛だが、それほど？　とぼくは思ってしまう。銀座の「パリ祭」に無縁だったからか。例句は次の二句。

巴里祭の灯を背に酔語らちもなし　志摩芳次郎
酔えば唄う一曲ありぬ巴里祭　河野閑子

いやぁ、いまでもいるんですよ。パリ祭という言葉を聞いたら、すぐにシャンソンの、二、三曲を大声で唄う、横浜出身、船旅好きの元編集者の友人が。「浅酌低唱」にあらず「深酌暴唱」。彼の前で「シャンソン」「カンツォーネ」「ファド」という言葉は禁句です。

パリ大学で学び、銀座と酒と俳句に親しんだ森下氏は、二〇一三年、八十一歳で亡くなりました。もっとお話をうかがっておけばよかった。

〝死〟と〝笑い〟の歳時記

前回、太宰治、久保田万太郎の忌日が、夏の季題になっていることにちょっとだけふれて、先に進んでしまった。市販の一般的な季寄せや歳時記を手にする人なら周知のことながら、巻末の「付録」の項目の中に「年中行事一覧」や「二十四節気表」などとともに、歴史上の人物、著名文化人、作家、俳人等の亡くなった日〝忌日〟の一覧表が掲載されている（本によっては「宗教」の項目の中にあるものも）。〝忌日〟が、そのまま季語になったわけである。

ところで、ふと思い出して、本棚の俳句関連の本をチェックすると、ありました。文学者の忌日だけを収録したものが。佐川章《さがわあきら》『文学忌歳時記』（一九八二年　創林社）

著者の佐川章は、ぼくにとって初の名だが、略歴によると一九四一年、茨城県生まれ。法務省を経て、この本を出した時点では都立紅葉川高校で国語の教諭。論文として「長塚節の『家意識』に関する一考察」「太宰治『津軽』考」がある。

この『文学忌歳時記』（ハードカバー、二〇四頁）の概要だが、例によって、本を手にして帯を熟読する。その著作のあらましを紹介するときに、その本づくりを担当した編集者（ときには著者自身）が文案を考え、作成した帯の文を引用するというのは、いかにも安易なことのように思われるかもしれないが、同じく本づくりをしてきた人間としては、まったく、そうは思わない。

帯の文章は、そんなに軽々しいものではない。そこには著作の執筆における真意、本全体の構想、力説したい部分などや、編集者、出版社側としては読者にどうにか手に取ってもらい、購読してもらいたい、という気持ちがつづられているのだ。

まあ、オーバーにいえば帯（腰巻きともいう）は〝切れば血の出る切実なコピーである〟とぼくは思っている。ということで『文学忌歳時記』の帯を見てみよう。表1では、

樋口一葉から向田邦子まで、今は亡き代表的文学者二六五名の、死因、最後の言葉、縁故者の回想、墓所などを、死亡月日別に網羅した初の本格的点鬼簿。（付／主要文学忌案内、埋葬墓地一覧・死因ベスト五五他）

とあり、表4帯には、

ぶっ倒れても、
ペンと紙は忘れるな、
地べたの上で、血でもって、
豆のような字で、

書きつづけろ。

みんなそうして書いて、
書いて、
みんなそうして、
死んだのだ。
（高見順「自らに与える詩」より）

と、作家・高見順の言葉を引用、掲載している。では、本文を見てみよう。例えば八月初旬の項。

8月2日　三富朽葉忌。

〝天才象徴詩人〟。大正6年（一九一七年）のこの日、友人の今井白楊（詩人）と千葉県犬吠埼君ケ浜で遊泳中、溺れた白楊を助けようとしてともに波にのまれ溺死。二十八歳。死亡時刻、午後2時。

8月3日　吉田健一忌

評論家・英文学者・小説家。昭和五十二年（一九七七年）のこの日、東京・新宿区払方町の自宅で肺炎による心臓衰弱により死亡。六十六歳。死亡時刻、午後6時0分。（中略）墓・横浜市久保山の光明寺。

この二人の忌日の記載の少々特異なところは、死因や埋葬されている墓地名はともかく死亡時刻までも明記されているところである。そして、もうひとつ、忌の歳時記とはいえ、生まれ年や生地についてはほとんど触れていない。その人が何年生まれだったのかを知りたければ、死亡年から年齢を引かなければならない。

もうひとつ興味深かったのは、帯にも記されていた「文人死因ベスト5」。もちろん、この本の出版された一九八〇年頃までのことになろうが、第一位は癌、二位は結核、三位は自殺、四位は肺炎、五位は脳出血となっている。ここで目にとまるのは三位の自殺。これによって、かつて文学は、自らの命を賭した格闘だったことがうかがえる。

その他、「夭折の文人一覧」「長寿を保った文人」「文人二世一覧」など他の忌日記では、あまり目にしないデータも掲載されている。

ただ、惜しむらくは、〝歳時記〟をタイトルとしてうたいながら、その忌日に因んだ例句が一切掲げられていないことである。

たとえば、他の歳時記では芥川龍之介の「河童忌《かっぱき》」（「我鬼忌」とも）では、

河童忌の庭石暗き雨夜かな　内田百閒
河童忌や河童のかづく秋の花　久保田万太郎
河童忌や表紙の紺も手ずれけり　小島政二郎
娼婦来てベッドに坐る我鬼忌かな　角川春樹

といった印象深い句が紹介されている（角川春樹編『合本現代俳句歳時記』一九九八年角川春樹事務所）。

つまり、佐川章による、この『文学忌歳時記』は、文学者の〝死の博物誌〟に近く、俳味のある歳時記とは無縁というところが少々もの足りない。ただ「あとがき」にあるように、「取材からはじまって脱稿するまで二年の歳月を要し」、取材した文学者は遺族の方々をはじめ「二百六十余人を数えた」という労作である。

さて、次に控えている歳時記は、矢野誠一『落語――長屋の四季』（昭和四十七年　読売新聞社）のち『落語歳時記』と改題。ぼくが手にしているのは、ハードカバーの元本だが、和田誠のカバー画になる文春文庫が入手しやすい。

先の「死」のあとにこの「笑い」の歳時記を、ちょっとのぞいてみたい。例えば、いまの季節、「夏」の章では「酢豆腐」「鰻の幇間」「船徳」「洒落小町」「大山詣り」といった落語の題とともに「短夜《みじかよ》」「蚊帳《かや》」「暑さ」「祭」「川開き」「井戸替え」といった季題が並ぶ。

自らも俳号・徳三郎として俳句に親しむ（銀座の歴史あるタウン誌「銀座百点」の「銀座百点句会」の席で、何度かお目にかかっている）、いま、落語、講談など古典芸能ものを書かせたら随一といわれる、この粋人の粋筆を味わってみよう。

にしても、ご自身の俳号を、色男の代名詞みたいな、「徳三郎」とするあたり、さすが洒落がキツイ方ではある。そんな矢野誠一大人の『落語歳時記』『落語――長屋の四季』の夏の章。ぼくも子供のころから聞いていて、馴染みぶかい『酢豆腐』。これが季語の「短夜」と付けられている。

冷蔵庫などなかった時代は、豆腐なども夜の短い夏の季節、一晩でダメになってしまう。そこで「短夜」。「甘酒」が夏の季語であることはふれたはずだが、かつては「一夜酒《ひとよざけ》」といった。夏の時期は、やはり一晩で炊いた米と麹で甘酒となるからだ。

ところが〝酢豆腐〟――甘酒はショウガなどをすって美味しい飲み物となるが、すえて酸っぱくなった〝酢豆腐〟なんて、もちろん、食べられたものではない。これを、かねてから気障《きざ》と思われている少々浮世離れした若旦那の知ったかぶりにつけ込んで食べさせてしまおうという噺。

ぼくは八代目文楽・黒門町の師匠で聞いていた。文楽演ずる気障な若旦那、町内の若い連中から見れば、気障で鼻持ちならない存在ではあったとしても、演じる文楽の人柄だろうか、さほど嫌味な人物ではなく、むしろ、こんな人物が町内に一人くらいいたほうが罪のない話のタネになるという、印象を受けた。

知ったかぶりをしたために、カビが生えて腐りかかった豆腐を食べざるをえなくなった若旦那は、気障と思われても、むしろ世間知らずのお人好しという、愛すべき、とは言わないにしても、同情に値するキャラクターなのだ。

この落語の存在があって、国語辞典に「酢豆腐」という言葉が載り、「知ったかぶりをする人、きいたふう、半可通」などと解説されている。

著者は「酢豆腐」をめぐって、それこそ「酢豆腐」を地で行った国語辞典の説明や、この演目の東西のバリエーション、改作などを紹介、季語「短夜」として、次の四句を紹介している。

みじか夜や金商人の高いびき　　正岡子規
薄化粧して短夜の女客　　橋本静雨
明易き夜の夢にみしものを羞《は》ず　　日野草城
短夜のあけゆく水の匂ひかな　　久保田万太郎

子規の句は、現実に、どこかの旅の宿で体験したことか、いや、小説の一シーンから？三句目の草城は、ここでも女人（新妻？）にこだわる。「羞《は》ず」なんて言ってますが、本気で羞じてなんかいません。いわば、ノロケているんです、夢の中のことまで。次の万太郎の句は、「水の匂ひ」で、いかにも点が入りそうな句。それにしても繊細な感覚ですね、あの蟻のような微小な文字同様。さすが「湯豆腐や命のはてのうすあかり」「鮟鱇も我が身の業も煮ゆるかな」の作者。

「短夜」といえば、他の雑誌で永井荷風の世界を〝理系感覚の人〟の営みと見立てての連載をスタートさせたが、毎回、荷風作品のタイトルを読み込んだ句を小見出しがわりに作っている。次号は『問わずがたりに』ふれたので、「短夜や問わずがたりの杯二つ」という駄句を掲げた。余計なことでした。

さて隅田川、夏の噺となれば『船徳』。これもまた黒門町の師匠の持ちネタ。ダメな若旦那を演じさせたら、やはりこの人でしょうね。

噺はポンと、「四万六千日、お暑いさかりでございます。」で、この季節と舞台を浮かび上がらせる。季語はもちろん「四万六千日《しまんろくせんにち》」、浅草観音で「鬼灯市《ほおずきいち》」が開かれる。

矢野大人の解説から、

落語という芸は、ぎりぎりに煮つめられた、言葉の選択がなされているところに、魅力がある。余分な、わずらわしい表現を嫌うのである。そのへんに、同じ話芸でありながら、この芸が、講談や浪曲とは明確な一線を画している理由がひそんでいる。と、落語という芸の特質にふれたあと、うかがえる。

そうした、無駄のない、見事な手法がこの『船徳』の、

「四万六千日、お暑いさかりでございます」

という、原稿用紙にしてたった一行におさまる言葉による、あざやかな場面転換に

という。そして挙げられる句は、「四万六千日」といったら、まず、この句。久保田万太郎の、

四萬六千日の暑さとはなりにけり

そしてもう一句は、悪徳の人間関係を描いたら、この女流作家・山崎豊子の、

四万六千日の善女の一人われ

自分を「善女」と言う、無邪気さがあったのですね、この作家には。二句だけでは、ちょっと寂しいので、他の歳時記から引く。

炎立つ四万六千日の大香炉　水原秋桜子
鬼灯市に遭いし人の名うかび来ず　石田波郷
鬼灯市夕風のたつところかな　岸田稚魚

三句目は、夕方となって、やっと境内で売られる鬼灯の葉や実がゆれる風がわたる、猛暑の中の涼の気配をとらえている。

『鰻の幇間』は、世間ずれしているはずの野幇間《のだいこ》（略して〝ノダ〟）が、旦那とおぼしき人物から「うなぎ」をネタに、ひどい目にあう、という、聞いていて、笑いつつも、悪どいなぁ、こいつは！　とあきれた気持ちにさせられる噺。

と、詳しく紹介したいところでは、ありますが――「おあとがよろしいようで」――。

誠一旦那の次の歳時記本に移りたいので。

この著者の――『志ん生のいる風景』『戸板康二の歳月』『文人たちの寄席』『大正百話』『三遊亭圓朝の明治』『荷風の誤植』といった著作は、タイトルを知ったと同時に入手している。

ところで、先の『落語歳時記』と並んで、同じ著者によるもう一冊、『芝居歳時記』（平成七年　青蛙房）についても少しふれておきたい。「初芝居で酔うて顔見世を心待ち」――

春なら『道成寺』、冬には『夕鶴』。芝居にだって旬はある——と帯に。

例によって、この原稿を書いている季節の「夏の部」を見てみよう。ところで、今年の梅雨、なかなか明けなくて、コロナはははびこるし、部屋は湿けるし、手書きゆえの原稿用紙も文章も、なにやら湿りがち。

まっ、そんなことはどうでもいい。目次をざっと眺める。著者と違って芝居通ではないので知らない演目もある。まずは、おなじみのところで、『東海道四谷怪談』。季語は「蚊帳」、もちろん夏。

旅の温泉宿で「よかったら、蚊帳をお吊りしましょうか。久しぶりに蚊帳を吊って寝たいなんてお客様もいらっしゃるんですよ」と旅館の人に言われた著者は、〝蚊帳の季節には少しばかりはずれていたので〟と「ご遠慮」して惜しいことをしたと後悔した、と記したあとに、

わが影の身を起こしたる蚊帳の裡《うち》　山口誓子

「なんて気分を味わってみるのも悪くなかったはずである」

と述懐している。

仮にですよ、このとき、仮にですけど、著者がお忍びの女性連れだったら、どうだったかしら。

いいじゃないですか！　色っぽくて、蚊帳！　でも、女中さんの手前、下心が見透かされそうでと、やっぱり「けっこうです」とか断ったかもしれませんねぇ。ぼくだったらそんなシチュエーションの場合、根が素直なものだから「はい、喜んで」とか、どこかの居酒屋の店員さんみたいな応えをしただろうなぁ。

そう、話は「東海道四谷怪談」。

蚊帳を舞台の小道具として効果的に使った芝居として、すぐに思い浮かぶのが『東海道四谷怪談』。ご存知鶴屋南北の名作である。この芝居のハイライトというべき、雑司ヶ谷の民谷伊右衛門の浪宅の場面で上手に蚊帳が吊ってある。

この蚊帳は質草のためにはずされてしまうのだが……ここからが、ご存知、毒薬で変貌してゆくお岩のコワーイ怪談話となる。

矢野氏、この怪談、あまりにも有名ということもあってか、「昨今の質屋さん、こんなものでも預かってくれるのかしら」とさらっと収めて、

濡れ髪を蚊帳くぐるとき低くする　　橋本多佳子
旅の蚊帳書架すれすれに吊られたる　　稲柴　直

の二句を掲げている。

夏の季節なので、もう一つ怪談で行ってみよう。こちらもおなじみ『牡丹燈籠』。もちろん三遊亭円朝の作。

もとは中国、明の時代の怪奇小説『剪燈新話《せんとう》』。これを、日本の仮名草子『伽婢子《おとぎぼうこ》』がうつしかえ『牡丹燈籠』としたものを、円朝が自身の見聞なども交えて怪談話として高座にかけたという。このあたりのウンチクは高座での〝マクラ〟で語られたりすることもある。

ところで、この円朝の『牡丹燈籠』の聞き書き本（速記本　明治十七年）が、当時のベストセラーとなる。江戸の戯作文より、さらに話し言葉に近い言文一致の文体ここにはじまる、ということは日本近代文学史的には、かなり有名な話。

著者は、

いまさら幽霊でもという時代だが、いやそんな時代ならこそ、夏は怪談がふさわしい。

とし、「牡丹《ぼたん》」を季語とする三句を挙げている。

夜の色に沈みゆくなり大牡丹　　高野素十

あしたより大地乾ける牡丹かな　　原　石鼎

黒髪を男刈りせり牡丹咲く　　殿村莬絲子

三句目の「黒髪を……」の句がちょっと気になるが、深追いせず。

和物の演目ばかりではない。「競馬」は季語としては「競《くら》べ馬《うま》」で夏の季語。というのは、毎年五月五日、京都・賀茂神社では、五穀豊穣、国家安寧を祈る神事として「賀茂競馬」が行われる。また、今日、全国競馬ファンが手に汗にぎるダービーも、五月末の日曜日開催のため、当然、夏の季語とされている。この本の演目では、「競馬」は賀茂神社の「くらべうま」でも日本のダービーでもなく、本場イギリス、アスコット競馬場での『マイ・フェア・レディ』である。ご存知のごとく、オードリー・ヘップバーン主演で大ヒット、その後、日本の舞台にも。しかし、紹介の三句はいずれも「くらべうま」

くらべ馬おくれし一騎あはれなり　　正岡子規
競べ馬一騎遊びてはじまらず　　高浜虚子
競べ馬賀茂の川風樹々縫いて　　日高曲人

ちなみに手元の『俳句外来語事典』（大野雑草子編　博友社）のダービーの項をチェックしてみると、

ダービーの蹄馳け来るラジオの中　富永寒四郎
銀座雑踏ダービーに湧く群れもゐて　河野南畦

の二句があった。

もう一つ、洋物で『ベルサイユのばら』。で季語は「巴里祭」。一七八九年七月十四日は、パリの市民がバスチーユ監獄を襲撃しフランス革命の幕が開く。この歴史上の事件を背景に、漫画家・池田理代子が『ベルサイユのばら』を発表、それを宝塚歌劇団が舞台に上げ、空前の「ベルばらブーム」が起きる。

濡パセリ廚にひかり巴里祭　大町　糺
濡れて来し少女が匂う巴里祭　能村登四郎
巴里祭や神父の草の赤ワイン　戸板康二

と、さすがに三句ともハイカラな雰囲気。

以上、『芝居歳時記』から夏の季語とその演目を四つばかりピックアップしてみたが、はたして春夏秋冬、全部で何項目について語られているのか？　目次で数えてみた。七十二項目。つまり七十二の季語と、それに関わる七十二の演目。

この矢野誠一大人の、いつものことながら、たっぷり時間と体験を積み重ねてきたこの人ならではの大盤振る舞いの随筆的歳時記の一冊です。

〝隠れ歳時記〟の自在さを楽しむ（その2）

タイトルに歳時記とは銘打ってないものの、なんとなく入手していた俳句本を、手にしてページを開いたら、実際の構成は、歳時記だったりする。今回はまず、森澄雄編『名句鑑賞事典』（一九八五年　三省堂）を見てみよう。新書版より、わずか大ぶりでソフトカバー、本文、二百九十四ページのハンディな本ながら、ぼくは机の一隅に置いて、なにかと、事あるごとに手にしてきた。タイトルは『名句鑑賞事典』ではあるが、カバーに「歳時記の心を知る」とある。目次を開けば一目瞭然、「春・夏・秋・冬・新年」と、歳時記そのものの構成。巻頭は、編者・森澄雄のことばとして「名句を読む」。芭蕉の

春なれや名もなき山の薄霞
旅寝して見しやうき世の煤払ひ

の二句を挙げ、その解釈、諸説はあったとしても〝自分が、その句から何を、どう受け取るか〟ということの大切さを訴えている。

「名句は、意味だけでなく、いい果《おお》せない豊かな表情を持つ」とし、「故に名句、おのお

のの心でよみとることも、名句を読む必須の心がまえであろう」と説いている。つまり、名句への接し方は、単にその句の意味するところ、解釈・鑑賞だけではなく、その句から、自分の心に生じる思いを大切にすることが「名句を読む」心がまえではないだろうか、と記している。

つづけて、本書の構成と季語・季題の重要性について、さらっとふれられている。引用する。

本書は主要季題四〇〇を選んで、その代表の一句に鑑賞を付し、さらに例句をあげた。季題は単なる季物であるばかりではなく季節感であり、さらに一句が一句の世界をもつ重要な要素である。

——と。そして巻末には付録として「俳諧の歴史」「俳句の歴史」俳人百余人の紹介、年表、とさすがに三省堂、実に親切でゆきとどいた本づくりがされている。ヘタな専門書、学術書を編集するより、こういう入門書を作ることのほうが、編集者の力量が要求される。

本文を見る。それも、もっとも初学の人が「えっ?」と思う、定番の季語の句から拾ってみよう。まず「麦の秋」、いわゆる「麦秋《ばくしゅう》」ですね。俳句に無縁な人は「麦秋」という文字を見たら秋の文字が入っているので、当然、秋をイメージするでしょう。ところが「麦秋」とは、すでにふれたように麦の刈り入れ時。つまり初夏なのである。
鑑賞の句は、有名な

麦秋《ばくしゅう》の中なるが悲し聖廃墟《せいはいきょ》　水原秋桜子

作者が原爆投下を受けた七年後、長崎の浦上天主堂を訪れた時の句。そのころはまだ、天主堂跡には、崩れた煉瓦や天使の像などがころがっていたという。周囲は折から黄色に穂が染まる麦の熟す時期で、物悲しい廃墟と、盛りの麦の色と香のコントラストが俳人の心をとらえた。静謐で、心にしみる鎮魂の一句。

もうひとつ、これも初歩の初歩「夜の秋」。夏の終わり、夜になると秋の気配を思わせる時節もちろん夏も晩夏の季語。素人句会の座であっても、「秋の夜」と混同すると恥ずかしい。ここで挙げられる句は、とても印象的で、一度接したら忘れられない。女人の作る句には、こういう傑作がある。

西鶴《さいかく》の女みな死ぬ夜の秋　長谷川かな女

解釈は略そう。他に例句が四句付されているが、そのうちの二句だけ紹介して、次の〝隠れ歳時記〟に移りたい。

家かげをゆく人ほそき夜の秋　臼田亜浪
吊り皮を両手でつかみ夜の秋　原田種茅

俳句関連書を精力的に執筆している朝日俳壇選者・長谷川櫂の『日めくり　四季のうた』（二〇一〇年　中公新書）がある。これは「読売新聞」に毎朝、一つずつ句や歌や詩など取り上げ紹介したものを版元の編集部が選択、構成。いわば読売版「折々のうた」か。

これもまた歳時記本の一冊だが、四季どころか、タイトルにあるように〝日めくり〟、つまり一月一日の元日から十二月三十一日の大晦日までの日付ごとに詩歌句が挙げられている。

うっとうしい長い梅雨が終わり、梅雨明け宣言されたのが、ほんの二日前。例年よりも十一日遅い梅雨明けとかで、この書の「八月五日」は一茶の句、

月かげや夜も水売る日本橋

ここでの水はただの水ではないことが解説され、「白玉を入れ、砂糖で味がつけてあった。江戸ではこれを冷や水と呼んで売り歩いた」とある。そして、この一茶の句について「夜風の立ちこめるころ、月光を浴びた水売りの影法師が見える」と説く。

次の「六日」は、旧暦の七夕とあって、

天《あま》の河《かわ》浅瀬しらなみたどりつつ
渡りはてねば明けぞしにける

と紀友則の歌を紹介。

「七日」は、

稲光《いなびかり》男ばっかり涼む也《なり》

という『柳多留』の川柳を取り上げる。「ばっかり」というあたりが、いかにも俗を旨とした川柳。稲光がして雷の音が近づけば、それまで夕涼みしていた女性や子供たちは、あわてて家の中に避難してしまう、しかし、そこは男性、雷ごときにバタバタできるかと見栄を張って、なにごともないかのように夕涼みをつづけている。故に「男ばっかり」となる。

ちなみに、「雷《かみなり》」の季語は夏だが、「稲妻《いなずま》」は秋、稲妻が秋の季語なのは、稲妻の電光が稲を実らせると考えられていたからという。農耕と季語の深い関係をうかがわせる。

一日一話、枕辺において、寝入る前に開いているうちに、日本の豊穣なる詩歌の世界に招き入れられる心地がする。

さて、このタイトルの本も歳時記？　高橋治『くさぐさの花』（一九九〇年　朝日文庫）。これが新年から冬まで、四季折々、著者が出会った草花について、それに関わる句を紹介しつつ、作者の思いをつづる。

内容は、いわゆる草花の歳時記なのだが、並の歳時記との違いは、さすがに鋭い感性を持ち、それを表現することに心をくだいてきた作家ならではの、一話一話が物語として構成されている。

まず、作者による「あとがき」を見る。この小さな書への作者の思いを知ることができるからだ。

どうやら、著者と俳句（俳諧）と草花に対する愛は、半端ではないようだ。

径二十センチもありそうな山つつじをばっさり切って、ホテルのロビーに生ける花道の家元たちの所業に、

「テメエの命とこの花の命と、地球にとってはどっちが大事だとおもってるんだ」と叫びだしたくなったとする。

と、強烈なタンカを切っている。

この『くさぐさの花』を著した直木賞作家・高橋治は、東大国文科で近世文学を専攻、卒論のテーマに天明俳諧史を選んだ、とこの書の「あとがき」にある。

天明の俳諧といえば、芭蕉死後、宝井其角を代表とする江戸座の粋や通を喜ぶ遊戯的俳風、また各務支考《かがみしこう》らによる美濃派や、伊勢俳壇の伊勢派といった、ともすれば通俗に流れると言ってよい傾向に対し、〝芭蕉に帰れ〟という蕉風復興の気運のなか、大島蓼太《りょうた》、加舎白雄《やしらお》、加藤暁台《きょうたい》、与謝蕪村らが主な俳人として挙げられる。

高橋治、この天明の俳諧史を卒論のテーマにしたというのだから、俳句への思いは一入《ひとしお》だろう。ましてや、この作家〝花狂《はなぐる》い〟と自白しているのだから、もう花の歳時記を編むには適任の人である。

また、このハンディな文庫のありがたいところは、その植物写真のリアルでしかも美しいことである。植物写真は、よい条件の草木を、きちんとピントを合わせて撮ればいいだろうと思われるかもしれないが、そんなものではない。

ぼくも多くの植物図鑑を持っているが、そこで掲載されている植物の写真によって、現実の植物を同定するのはむずかしいことが多い。植物はそれこそ、個体差があり、〝枝葉末節〟によって、それぞれ微妙に色や形を変えることが珍しくないし、また撮る側のアングルや接写の距離によって多様に見えてしまうからだ。

『くさぐさの花』の写真家は冨成忠夫。もともとは美校（現・東京芸大）の油画科を卒業、自由美術家協会の会員として公募展に出品する洋画家であったというが、画筆をカメラに持ちかえて、植物写真家として名を成す。なるほど、対象物をじっと見つめ、細部まで描くように写真を撮ったのか、とぼくは一人合点する。

〃花狂い〃の高橋治と植物写真のジャンルを確立した冨成忠夫のコラボによる『くさぐさの花』、内容を見てみよう。

「夏」の章で「カンナ」、冒頭は次の一句。

夏痩せて嫌ひなものは嫌ひなり　　三橋鷹女

千葉県成田の人。この句、新羅万象我慢ならぬことには、敢然と立ち向かう心意気と読める。（中略）

気性の烈しい女性を見ると私はカンナを思い出すが、花言葉に情熱、堅実な生き方とある。まさに千葉産の女である。そのせいではないだろうが、鷹女にはカンナの秀句が多い。

ちなみに著者・高橋治も千葉県の出身。〃千葉産〃の女、三橋鷹女の写真を見ると、平成、令和の時代では見かけない、ぞくっとするほどの、細面の美人である。

この本では「カンナ」は夏の章に出てくるが季語としては秋。

もうひとついってみよう。「朝顔《あさがお》」。

朝顔に島原ものの茶の湯かな

上田無腸、別号秋成、『雨月物語』の作者である。句からは仕事はうかがえないが、廓《くるわ》の出という艶っぽさを花と茶の澄明感に添えている。さすがは短編の名手の作。

朝顔は江戸（とくに末期）におびただしいほどの園芸新種が栽培される。それにしても、茶の湯に、朝顔の取り合わせがモダンではないか。この本で、著者がたびたび引用する森川許六《きょろく》の『百花譜』では、と。

『百花譜』の雑言。病気がちの美女が、夏の間も月の中二十日ほど頭痛鉢巻で寝ていたところ、たまたま快晴で気分がよかったのか、薄化粧で姿を見せたような花だ。持って廻っているが〝いえている〟ではないか。

と許六の〝雑言〟を喜んでいる。ここでいう、洒落に飛んだ、持って廻った〝見立て〟は、今日でも落語家の腕の見せどころでもあります。ところで朝顔の季語は、よく知られるように「秋」。

『くさぐさの花』、高橋治の四季折々の花随筆、そして、巻末の宮尾登美子による解説「一花一花に深い情調」でも記されているように「終わりに、写真が非常に正確でかつみずみずしく、思わず手をのばして触れたくなるような美しさ」という感想も、あらためて同感で、幾度も手に取りたくなる一冊である。

草木の歳時記、また季寄せは、数多く出版されているが、僕の記憶では、一番最初に手にしたのは、いまはない、社会思想社・現代教養文庫の松田修著『花の歳時記』であったと思う。大学の園芸学部、造園学科に入り、少しは草花のことも知っておかなければ、と思ったのだろう。

このころ、和歌はもちろん、俳句にも、ほとんど興味はなかった。江戸ものといえば、すでに宮尾しげをの川柳や江戸小噺本、あるいは三田村鳶魚や正岡蓉の本は手にしていたものの、このころ、江戸東京懐古への憧れから一転、二十五人しかいない学科の中でもモダンジャズのコンポを結成しようと無謀な行動を始めていたからだ。

とはいえ、庭や植物のことは自分で選んだコースでもあり、興味や関心は抱き続けていた。松田修『花の歳時記』は、そんな学生時代に入手したはず。

ところが、この本を今回、久しぶりに手にして、奥付をチェックすると、初版は三十九年だが五十三年十一刷とある。五十三年なら三十六歳である。そうか！　と思った。本文、ほとんどマーカーの跡もないし、フセンも四カ所しか挟んでいない。つまり、この『花の歳時記』は、後で改めて買った二代目の本だったのか。

と、まぁ、他人にとってはどうでもいいようなエピソードが、本と人との関係には生じる。

「はしがき」の宣言がいい。

本で初めての植物文学事典です。

「花の歳時記」は、和歌、俳句、詩、文学書、古典などをよむ人のため解説した日本で初めての植物文学事典です。

「日本で初めての植物文学事典です」が堂々として気持ちいい。文庫本本文四百十八ページ、索引三十二ページのボリュームで収録されている植物の数千二百五十七。著者松田修は一九〇三年山形県生まれ。東京大学農学部卒。植物、とくに花に関する本を多く著している。

この本を手にして、ラインを引いた部分を見る。「アシビ」の項「この葉を食べると足がしびれるという」に赤線が引かれている。馬が食べると酔っぱらったようになるとか、馬酔木《あしび》。ちなみに、この「アシビ」（アセボともいう）では「吾が背子に吾が恋ふらくは奥山の馬酔木の花の今盛りなり」（万葉集・巻一〇）が挙げられている。

「イタドリ」にもラインがある。「虎杖」とも書いて「イタドリ」。由来はさまざまな説があるようだが、何か嬉しい漢字であり、和名である。紹介五句の中でラインが引かれているのが「虎杖の軒に出てをる芸者かな」（富安風生）の一句。今なら「虎杖や見上げて通る切り通し」(柏若)にもラインを引くだろう。

頁を繰っていくと切りもない。とくに昔手に入れて、ずっと本棚の片隅に置かれていた本を久しぶりに手にすると、寝ころびながらずっと頁をめくっていたい。しかし、先を急がねば。


ぼくの本棚に、写真をふんだんに掲載しての文庫判、全七巻の歳時記がある。朝日新聞社刊『吟行版　季寄せ――草木花』。〝吟行版〟と銘打ったのは文庫判でハンディな本づくりをアピールするためだろう。

七冊のうちの、夏〔上〕を手にする。〈選・監修〉中村草田男、〈写真〉冨成忠夫、〈解説〉本田正次。説得力のあるチーム編成。ここでも写真は冨成忠夫。この写真歳時記シリーズの特色はなにより植物学者に本田正次による解説。植物には、もともと中国由来の漢名、また、日本各地の異名、同名でありながら、まったくの異種があったりするが、これらについて丁寧にふれられている。

選句の監修の中村草田男は、東大国文科の学生時代から虚子の「ホトトギス」に関わり、戦後昭和二十一年「萬緑」を創刊。この「萬緑」とはもちろん、

萬緑の中や吾子の歯生えそむる

から。この草田男の句で万緑が新たな季語として誕生する。一つの名句によって季語が生まれるという、有名な例の一つ。

もうひとつ草田男には、

降る雪や明治は遠くなりにけり

という、俳句をたしなまない人でも、よく知る代表句がある。ぼくなんかは、「まるで久保田万太郎の句みたいな」と思ってしまう。その作者が、この『季寄せ草木花』の巻末に「現代俳句と季語及び写生」という一文を寄せている。これが美しい写真を添えた一般読者のための植物歳時記には、ふさわしからぬ？　近代短歌と俳句に関わる評論であり、現代俳句への、厳しい提言となっている。

今日でも容易に入手できるものなので、関心のある人は、この文庫を入手してもらいたいが、ただ、結びに近い文章から引いておく。

現在の俳句界も、明治から百年を経て、あらたなる教養主義に分解、分散化しているように思う。求道ゆえの偏りや硬直などを無くしてしまい、うぶうぶしいシロウト臭さなども無くしてしまい、洗練された芸人（アーチザン）がお互いに肩を叩いて、その教養を誇り合って楽しむ、いわゆる「かるみ」の世界になってきたように思う。

この一節、なにか、この俳人に叱られているような気になってくる。マジだ。さすが「人間探求派」といわれた人！　草田男は国文科の前は、もともと独逸文学科に入学、終戦後、あの桑原武夫による「俳句第二芸術論」が出たとき、堂々と正面切って反論したのはこの草田男という。先の文章に続く次の三行で、この「解説」は言い終えている。

　そういうことであってはならず、文学を第一義的ないのちの道だと考え、「自然・自己一元の上に」絶対的なものを求めて、まかり間違ったら死んでもいいという気持ちでいきたいと思う。

桑原の「第二芸術論」への怒りが、あれから三十年以上たっても収まらぬか、あるいはまた、現代俳句に対する安易な姿勢を叱咤激励せずにはおれなかったか。この求道精神というか純度の高い情熱には、ぼくなど首をすくめてしまうが、貴重な提言だ。

なお、この『吟行版　季寄せ　草木花』は「春」「冬」（上・下）は山口誓子、「夏」（上・下）中村草田男、「秋」（上・下）は加藤楸邨の選・監修による。

植物写真をふんだんに使っての歳時記といえば、いま俳句界で一番よく知られた人、あの夏井いつき先生が「この図鑑で、名も知らぬ植物が『出会いたい』季語に変わる！」と帯で推薦する『俳句でつかう季語の植物図鑑』（遠藤若狭男監修　二〇一九年　山川出版社）

がある。

ページを開くと、すぐにこの図鑑歳時記の使い勝手の良さが伝わってくる。草木一種(見出し季語)が一ページか半ページに収められ、季語の下に傍題と、その読み、植物の種類、花期、名前の由来などがとても読みやすくレイアウトされている。

監修者の遠藤若狭男は鷹羽狩行に師事、『狩』同人、多くの句集や俳句評論集を持つ。例句は、主に現代俳句が多く、初心の人にも理解されやすい句を選んだ配慮がうかがえる。また、いわゆる文人俳句も取り上げられ、たとえば、ぼくが敬愛する室生犀星の句が取り上げられたりして、つい嬉しくなる。たとえば「菫《すみれ》」の季題では、

うすぐもり都のすみれ咲きにけり

あるいは「桜桃《おうとう》の花《はな》」では、

さくらごは二つつながり居りにけり

と、平明な句風。そういえば犀星の代表作は「杏っ子」であり、『庭をつくる人』というタイトルの随筆集がある。また、薄っぺらい造本の『犀星発句集』も入手にしているが、いま手元に見当たらない。ぼくのなかで犀星の句といったら、まずは、「あんずあまそうなひとはねむそうな」である。とにかく、犀星は植物、庭、そして俳句には縁、浅からぬ

文人なのだ。

ところで監修者自身の例句に接して、ぼくはちょっとした〝邪推〟をしてしまった。季語は「薔薇《ばら》」、若狭男の例句は、

　薔薇園のすべての薔薇を捧げたし

――うーむ、この句は漱石の、

　あるほどの菊投げ入れよ棺の中

を、思い起こしてしまう。よく知られるように、この漱石の句は親交の深かった美貌の女流歌人・大塚楠緒子《くすおこ》が三十五歳で亡くなったときの追悼句。

さらに連想と言えば、この句はまた、加藤登紀子が歌った「百万本のバラ」も頭に浮かんでしまう。

といったことなどに心が遊ぶのも、この季語図鑑の編集が見ていて、とても快いからではないだろうか。ここで取り上げられる草木、約四百種、季語約千四百というのだから、存分にありがたい。

またもやちょっと寄り道　歳時記・季語集

あるテーマに特化した歳時記・季語集を巡ってきたが、そろそろ、いわゆるオーソドックスな歳時記の世界を訪ねて、一区切りとしたい。と、思ったすぐあとに「まてよ、いわゆる〝食〟をテーマとした歳時記にふれてなかったな」と気がついた。

歳時記の本丸に攻め入る前に、行きがけの駄賃、食関連の歳時記をサラッと撫でてゆきたい。本棚を眺める。ところが、おやっ、こんな文庫本が目に入ってしまった。ちょっとだけ寄り道をさせていただく。『山の俳句歳時記』（岡田日郎編　昭和五十年　現代教養文庫）。

つい先日、八月十日は祝日で、これが「山の日」だったという。そんな祝日なんて、あったんだぁ、という思いがするが二〇一六年一月の改正祝日法で新設されたという。本来は八月十一日と決まっていたのだが、オリンピックの都合で十日となったという。

なんか、せっかく新たに設けられたのに、日をズラされたりして気の毒な気がしてくる「山の日」。そんなことはともかく『山の俳句歳時記』を開いてみる。序文は水原秋桜子、タイトルには「清浄感に満ちた俳句歳時記」。引用、紹介する。

大正時代から昭和時代の初めにかけて、真に山を愛し、名作を多く残したのは、前田普羅氏一人だけだと思うが、現代では山を愛して四季の別なく登山をくり返している俳句作家はおそらく十指を屈するほどあるだろう。

とし、

本書の著者岡田日郎君とその師福田蓼汀君とは、そういう人びとの中にあっても特に清浄な感じを人に与える作家だと思う。

この秋桜子の「特に清浄な感じ」という言葉が、この『山の俳句歳時記』にふさわしい。山に接し、山に登る人のイメージが禁欲的、かつロマンティズムを感じさせるのだ。

若いころ、友人たちを見ていて、大きく二つのタイプに分かれることを知った。夏休みなどのとき、海へ遊びに行く派か、山へ行く派か。「海へ行く派」はどちらかというと軟派系というか、享楽的で海岸で女の子たちと知り合い、青春を無駄に謳歌するといったタイプ。

一方、「山派」は海派の連中よりも勉強ができストイックで品行方正、しかもロマンティストという、海派からしたら付き合いにくいタイプ。身につけるファッションも海派は流行に敏感で、いわゆるオシャレ。対する山派は質実剛健、あるいは優等生的正統派。

われわれ下町育ちの悪たれどもは、圧倒的に海派が多く（たまには低い山に登ったりもしたが)、山派のロマンティストの雰囲気を陰で笑ったりしていた。
山派といえば、僕らが若いころ、戦後流行した山派の唄のいくつかを思い出す。ダークダックスが歌ってヒットした「山男の歌」(恥ずかしい歌詞だ)。「アルプス一万尺」、うたごえ喫茶などでさかんに歌われた甘々な「山の娘ロザリア」。もう少し古いところでは「山の人気者」「山小屋のともしび」などなど(歌の題名は記憶違いがあるかもしれません)。『山の俳句歳時記』を手にしていたら、ダメな我らが青春の日々を懐かしく思い出してしまった。

山派の、しかも山の俳句の世界は、そんなチャラチャラしたものではない。本格的な登山が厳しい姿勢を要求されるように、峻厳な山岳やその自然に対する人の句は凛としたものになる。

草刈が入りてかへらず登山径　前田普羅
髭白きまで山を攀ぢ何を得し　福田蓼汀
北アルプス七月おぼろ月夜かな　岡田日郎

水原秋桜子の序文にあるように、俳句界では、山の句といったら、まずは前田普羅であり、福田蓼汀は、この書の著者岡田日郎の師である。

著名な作家の句も拾ってみよう。

火の山の裾に夏帽振る別れ　高浜虚子
強力ののそりと昼寝より立てり　能村登四郎
念力のゆるめば死ぬる大暑かな　村上鬼城
夏山を統べて槍ヶ岳真蒼なり　水原秋桜子

夏の季題から拾ったが、もちろん植物や動物を読んだ句も収録されている。たとえば、高山植物といえば、まずこの「駒草」。

駒草に石なだれ山匂い立つ　河東碧梧桐
駒草に落石一つ渦の風わたる　高田貴霜

「日光黄菅《きすげ》」では、

日光黄菅とその名覚えてまた霧へ　加藤楸邨
きすげ野や暗き至仏は西の方　豊田みち子

小動物にも当然出会う。「沢蟹、山蟹」。

さびしさの極みの赤き蟹つまむ　石谷秀子

沢蟹の死を見てのぼる山淋し　平岩武一

「斑猫《はんみょう》」。ハンミョウは美しい甲虫で、人の行く先をピョンピョンと飛ぶので「道おしえ」ともいう。

道おしへ我は墓場に行くにあらず　横山萬花

斑猫の飛びて馬籠の坂嶮し　所　山花

山の魚といったら「山女《やまめ》」と「岩魚《いわな》」だろう。

鯖落とす山女魚なりけむ水の翳　篠田悌二郎

穂高真ッ向ふにして岩魚釣　石橋辰之助

こうして『山の俳句歳時記』に収録の句を書き写していると、ちょっと、この都会の猛暑を忘れる気分になってくる。すでに記したように、この小歳時記の刊行は昭和五十年、このころはまだ一般の日本人が各地の山に強い関心を持ち、登山もブームの一つとして人気を保っていたのだろう。日本人の多くがロマンティストだったことの証かもしれません。

『山の俳句歳時記』も、かなり特殊な歳時記だが、自然をテーマにしたものには、自分は入手しなかったが「海の歳時記」や「雲の歳時記」といった書を神保町で見かけた覚えがある。ジャンル別の歳時記のしんがりに「食の歳時記」の存在に軽くふれておこう。

歌人の塚本邦雄『味覚歳時記　木の実、草の実篇』（昭和五十九年　角川選書）。著者の名と繊細でリアルな装画に惹かれて、即入手したはずだが、残念ながら今回のテーマとは合致しない。確かに歳時記ではあるが、例句ではなく、短歌が掲げられているから。であるから、内容の一部でも紹介することは差しひかえて、一人でひそかに豊潤な塚本ワールドを楽しむことにします。

こちらは、ちゃんとした句のある歳時記。箱入りながら文庫サイズの『味覚歳時記』（大野雑草子編　一九九七年　博友社）。著者は一九三二年愛知県の生まれ。「ホトトギス」同人。俳句、俳句評論の他に陶芸や工芸の分野での活動もあるという。すでに紹介した『俳句外来語事典』の他、『俳句用語用例小事典』のシリーズ（「食・味覚」「住居」「ファッション」など）を編集。

夏の季語から自分の好きな食べ物をチェックしてゆく。「穴子」。

観能を中座してきし穴子めし　　伊藤白潮

魚河岸の女等午後を穴子割く　大石よし子

「観能を中座」が初心者では、なかなかできませんね。歌舞伎も同様。こういうときの穴子めしはまた格別でしょうね。軽くビールかお銚子を一本つけたりして。「烏賊《いか》」いきましょう。

沖漬けの烏賊は輪切りに地酒くむ　宮前苑子

この作者、女性ながら、かなりいける口ですね。頼もしいし、いかにも旨そう。

烏賊そうめんダイアカットの鉢に盛る　石川慶子

イカそうめんの透明感とダイアカットの器が涼しげ。すりおろした山葵でツルツルと。冷酒に合います。

烏賊干して出雲神話の古港　樹生まさゆき

旅先での一景でしょう。旅館の膳にのったら旅情はいやますことでしょう。植物系もいってみよう。「胡瓜揉《きゅうりも》み」。

好き嫌いなき子に育ち胡瓜もみ　嶋田麻耶子
胡瓜もむ旅の前夜はみなやさし　久保田慶子
胡瓜もみ母の酢加減想ひ出す　鈴木喜勝

胡瓜もみという食べ物のありようだろうか、平凡な日常を大切にする句が挙げられている。

——と紹介していったらキリもない。ただ言えるのは、食べ物の句は読んでいて、嬉しくなってしまう句が少なくない。食は人間の幸の源泉であり、また、人と人を結びつけ、人への思いの縁しとなる。

もう一冊、歳時記を並べてある一番端に、いつのころからか屹立しているのが、いわゆる大歳時記サイズの『味覚の歳時記』(昭和六十一年　講談社)。美麗な写真満載、編は講談社ではあるが、執筆陣が俳人、歌人、詩人、ナチュラリスト、食評論家などを動員。例句を多く挙げる歳時記というよりは、食の解説と写真で構成された図鑑の趣き。机の上で広げてページを繰るのは楽しいが、とにかく手にするには重く、めったに利用することがない。

重厚長大の豪華歳時記も、つい買い揃えたくなるが、自分の趣味としては、巨木のしだれ桜のような豪勢な巻ではなく、小さな菫のような小体な季寄せや、小ばこのような歳時記は、いっそう好ましく感じるものである。

さて、世の一流出版社が、社の威信をかけて、あるいは俳人、俳句評論家が自らの誇りをかけ、魂を入れ込めて編集あるいは監修した、いわゆるオーソドックスな歳時記の揃い踏みを拝観することとしたい。いざ、いよいよ本丸へ。

またもや寄り道　文人俳句の妙にふれる

前々回、室生犀星の句に接し、あの、犀星の句集はどこへ行ったのかなぁと思案していたところ、もしや……と思った所から出てきました。内田百閒や、夏目漱石の復刻版・『漱石俳句集』といっしょに。透明のプラスティックケース（A４サイズ百円ショップで調達）の中にありました！

『犀星発句集』、久しぶりに手にする。記憶では戦中戦後の、仙花紙を用いての、わびしい造本だった。奥付を開いてみて、おや!?!? と思った。版元はあの櫻井書店ではないか。社主は櫻井均。戦前から美しい装丁の文芸書や趣味性の濃い本を刊行し、古書マニアの中には、櫻井版の本を蒐集する御仁もいると聞く（ぼくも、一時）。しかし、この『犀星発句集』（著者の自装）は、かなり寂しい。そのはずだ、戦中、昭和十八年初版で、この本は敗戦直後の昭和二十一年の刊行。

内容は作句年順ではなく、「新年」「春」「夏」「秋」「冬」「雑」と歳時記的に章立てされている。巻頭に短い「序文」が付されている。引用する。

ここに集めた発句は私の発句としてはその全部である。抹殺したのもかなりある。

十八九歳の頃からの句もあれば五十を過ぎた句もあるが、発句で堂に入るといふことはもう私などには到底出来そうもない、はるかな遠い道であった。これからも私はふたたび堂にはいろうとは思わないものである。

発句ではただ一つの道をまもり、そこを歩きつづけることができたかどうかも問題である。私は一つの奥をきはめたことすら、甚だ覚束ないと考へてゐる。

ずいぶん謙虚な物言いですが、これは作者・犀星の、かなりの本音《ほんね》とみていいでしょう。本文、いつ読んだのか、あちこちにフセンが貼ってある（本の奥付裏に０５０８○・四とエンピツで小さいメモがある。十二年前に四百円で入手したようだ）。例によって、この文を書いている夏から秋への部分をチェックする。

夏やせと申すべきかや頬あかり
蛍くさき人の手をかぐ夕明かり
青梅の臀うつくしくそろいけり

なんか色っぽいんですよ、犀星の句。もっとも、そんな句をこちらが選んでフセンを貼っているんですけど。

もちろん、ぼくの好きな、すでに紹介ずみの、

あんずあまさうなひとはねむさうな

も。これに似た句に、

あんずあまそうな雑木の門がまえ

もある。犀星の句集には、ときどき、こういう類句がある。一緒に並べて挙げて、選は読者にゆだねようという思いがあったのか。

おっ、芥川龍之介の有名な句が載っている。

風呂桶に犀星のゐる夜寒かな

これに犀星が付けたのが、

ふぐりをあらふ哀れなりけり

犀星の付け句も、なかなかの俳諧味だが、ふと気になったのは芥川の句の上五「風呂桶に」――。ぼくの記憶では「据ゑ風呂に」である。さっそく、加藤郁乎編『芥川龍之介俳句集』（岩波文庫）にあたる。巻末に「初句（上五）索引」があるのでありがたい。やはり「据ゑ風呂に」であって、「風呂桶に」はとられていない。どっちにしたって、いい句ですねぇ。芥川賞あげたい。

ところで、この句と同じ見開きページに凄い句が目に入った。知る人ぞ知る犀星の句。

鯛の骨畳にひらふ夜寒かな

さすがに犀星、鋭い皮膚感覚、強い視線と秘めやかな指の動きだ。——しかも犀星、畳に関しては、昔から、かなり執着というか、こだわりがあったようだ。足の裏の達人です。

かと思うと、「秋人」と題して、

石段を叩いてのぼる秋の人

といった、なにかホノボノとした句もある。この「秋の人」は、もちろん「女人と見てよいだろう。先の「蛍くさき人の手をかぐ夕明かり」の「人の手」も、当然、女性の手。こまった人ですねぇ、犀星さん、しっかり艶隠者《つやいんじゃ》してます。

まあ、あの『女ひと』『蜜のあわれ』の作家ですから。

俳句もよくした、室生犀星という人は、どうやら筋金入りの不良老人だったようだ。愛娘の朝子さん（杏っ子と呼ばれた）による著書『晩年の父犀星』を読むと、共に暮らし、四六時中、ぴったりと寄り添うように生きてきた娘ですら、まったく気づかなかった犀星の、まさに完全犯罪的（犯罪ではありませんが）秘めごとについて書き残されている。

その、呆然とするような知能犯的隠蔽工作の細部については、関心のある方は、ぜひ『晩年の父犀星』を手にとってみて下さい。人間犀星のしたたかな〝愛のあわれ〟が実感できることと思います。（文春新書の拙著『「秘めごと」礼賛』に、この犀星の項を加えてなかったのは、自分の至らなさであった！）

先に紹介した『犀星発句集』と同じケースの中に、フランス文学専攻で江戸漢詩にも通じる作家・中村真一郎『俳句のたのしみ』（新潮文庫）と、関森勝夫（近世文学専攻で俳誌『蜻蛉』の主宰者）による『文人たちの句境』（中公新書）が収められていた。

中村真一郎の『俳句のたのしみ』は、江戸の俳人にふれている「俳句ロココ風」と「文士と俳句」の二本立て。前項には炭太祇。大島蓼太、建部涼袋、堀麦水、高桑闌更等々といった名が並ぶ。加藤暁台、三浦樗良、高井几董、加舎白雄、そして小林一茶という名も見える。俳聖・芭蕉の後の、著者いうところの「小詩人」の俳諧師たち。

第二部「文士と俳句」の項では、夏目漱石、泉鏡花、永井荷風、芥川龍之介、久保田万太郎、室生犀星の句が語られる。

おっと、巻頭には「柴田宵曲のこと」が述べられている。しばらく前にふれていた柴田宵曲のことにふれられているのが嬉しい。著者は「ほとんどの者が、一度も耳にしたことのない名前である」と記しているが岩波文庫のおかげで宵曲の著作が手軽に読める。

そして、巻末に「樹上豚句抄」として、著者自身の人生の流れとそこから生まれた句とエッセイ。この文庫本、たかだか二百ページほどなのにじつに読みごたえあるが、つぶさにふれる余裕がない。次の関森勝夫の『文人たちの句境』に移る。

目次には「I　常住坐臥」「II　温故知新」「III　哀」「IV　女人讃歌」「V　存問」とある。ここに登場する文人は、會津八一、芥川龍之介、泉鏡花、内田百閒、尾崎紅葉、久保田万太郎、久米三汀、佐藤春夫、寺田寅彦、中勘助、永井荷風、夏目漱石、三好達治、室生犀星、森鷗外等々で、五句以上の解説。

その他に北原白秋、幸田露伴、小島政二郎、太宰治、横光利一他の名も見え、索引によって彼らの句をたどり、味わうことができる。引用句がもっとも多いのが漱石、つぎが久保田万太郎、三番目が尾崎紅葉の順で、これは文人俳句としての世の評価でもあり、また著者の関心の深さを示す順と見ていいだろう。

文人俳句の好もしいところは、いわゆる結社や俳誌を主宰する専門家的俳人や、その弟子の俳句への姿勢と異なり、きわめて自在、私的、あるときは気ままであるところだろう。また、鑑賞するこちらとしては、作家その人への関心と句が相まって興味が湧くこともある。

文士同士の交流から生まれる句が多いのも文人俳句の特徴の一つかもしれない。たとえば自死した芥川龍之介への追悼、追善の句は、室生犀星、久保田万太郎、内田百閒、徳田秋聲、小島政二郎といった文学仲間が献辞している。

「女人讃歌」の句も、その作家ならではの色彩がうかがえたり、意外な感じを受けたりして、楽しく接することができる。

吾妹子《わぎもこ》に揺り起こされつ春の雨

これは、意外や？　夏目漱石句。

浮世絵の絹地ぬけくる朧月《おぼろづき》

これは泉鏡花と知れば、なるほど、と納得の句だろう。

影ふかくすみれ色なるおへそかな

かなりキテますねぇ。佐藤春夫の句。ただし生身の女体ではなく、ミロのヴィーナスを見ての句、というが、はてさてもともと、素地にその感性なくして、この句は生まれない。『田園の憂鬱』の先生、あの苦りきった顔して、相当な色好みであったとか。

臍《へそ》といえば、

あんぱんの葡萄《ぶどう》の臍や春惜しむ

という三好達治の句もある。友人の露骨は、「馬鈴薯の臍眺めつつレモン杯」という駄句を作ったとか。

他の文人の句も本書より選び列記してみようか。

明眸の見るもの沖の遠花火　芥川龍之介

香水の人を忘れず軽井沢　田中冬二

梨剝いて其皮妹が丈に等し　巌谷小波

稲妻や湯船に人は玉の如　寺田寅彦

また、

萩の露こぼさじと折るをんなかな

これが、あの幸田露伴の句とは。露伴では「おぼろ月素足の美人のくさめかな」という句も挙げられている。隅におけませんねぇ。あの謹厳と思われる『五重塔』、のっそり十兵衛の、露伴先生。

あと三句だけ。

雪ふるといひしばかりの人しづか　室生犀星

瘻咳の頬美しや冬帽子　芥川龍之介

まめなりし下女よあらせて冬ごもり　森　鷗外

皆さん、なかなかのものではありませんか。〝文豪〟などと肩肘張った教科書的印象だけで作家を見ていては損をしますね。文人俳句の興趣ぶかいところでしょうか。ま、一筋縄ではいかないところが文芸家というものでしょうから。

ケースの中には、岩波文庫（大正六年　岩波書店の小型変形本、布装、天金の『漱石全集』の復刻本）、坪内稔典編による『漱石俳句集』、また、同じ著者による『俳人漱石』（岩波新書）、また、漱石の弟子筋にあたる内田百閒の『百鬼園俳句帖』（一九三四年　三笠書房）、『百鬼園俳句』（『徘徊随筆』）等が一緒にあったが、それぞれの句をほんの一部だけ紹介するにとどめて、本道の（メインテーマ）季語、歳時記に戻りたい。

まず漱石となると、

蜻蛉や杭を離るゝこと二寸

叩かれて昼の蚊を吐く木魚哉

有る程の菊抛げ入れよ棺の中

百閒の句。

冬籠り猫が聾《つんぼ》になりしよな
薫風や本を売りたる銭のかさ

ちなみに漱石俳句集の編者となった坪内稔典の句も挙げておこう。なにやら心の余裕から生まれる、トボケていてユーモラスな句を作られる、ぼくの好きな俳人。

三月の甘納豆のうふふふふ
たんぽぽのぽぽのあたりが火事ですよ
東京の膝に女とねこじゃらし

う〜む。

さて、いよいよ、各種の歳時記本の峰々を踏破することにしたい。息切れせずにすむだろうか。

第５章

いよいよ季寄せ・歳時記の本丸へ

まずは屯《たむろ》する〝単巻歳時記〟の森に分け入る

吟行などに携帯のための「季寄せ」は後でふれるとして、いわゆる「歳時記」本（歳時記的事典や辞典も含めて）には、本造りの形として、大きく分けて二種類ある。

一巻完結編集もの（仮に単巻歳時記、単巻本と呼ぶことにする）と、われわれがよく目にして入手、利用する文庫版によるような「春・夏・秋・冬」の四冊型と、それに「新年」が加えられての五冊型である（これを、複刊歳時記、複刊本と呼ぶこととしよう）。

と、いうことで、まずは単巻歳時記から見てみることにする。

手元の各種歳時記関連本のなかから単巻歳時記を抜き出し並べてみた。ざっと二十一冊ある。ページ数でいえば千二百ページを超えるものから、もっとも薄い歳時記でも三百ページ近く。もちろん全巻読破、などという無謀にして酔狂なことはしない。いやできないし、意味もない。

ただ、この際、一巻一巻手に取って、ページをめくり、ぼくの関心のある個所や掲げられている例句をチェックしていきたい。

まずは四六判でドカンと分厚い単巻本から。

●石田波郷・志摩芳次郎共編『新訂現代俳句歳時記』(一九八八年　主婦と生活社　一二一六頁)

『広辞苑』よりは、ちょっと判も小さく、重さも少し軽い。しかし手にしていると、つらくなる重さだ。机上に置いてチェック。この、分厚い歳時記本のカバー絵や扉絵が、なんとも洒脱で軽みのあるイラストレーション。戦後、政治家の似顔絵で人気を博した文人的漫画家・那須良輔の禅味のあふれた画である。

本文を見てみよう。いま思えば、ぼくは各種歳時記の「序文」や「あとがき」を読みたいがために、あれこれ入手してきたフシがある。

この歳時記の序文は加藤楸邨による「二人の友人のこと——新訂版の序にかへて」と題する一文。

書き出し二行目から、引用する。

実は私は序文は書かないことにしてゐるので、今度も辞退したのだが、社と志摩(注・芳次郎)君の方から強っての話だったので、今は亡き波郷(注・石田)との永い交流も考へた上、序文といふやうなあらたまったものではなく、両君との間の気楽な気持ちでの随想とでもいったらよいやうな小文をかかせてもらふことにした。

と、歳時記の「序文」というよりは、年長の加藤楸邨と、この歳時記編者の石田波郷・

志摩芳次郎の思い出というか、楸村以下、三者の交流の逸話を紹介している。これはこれで興味深いが、しかし『歳時記』らしい序は、次の波郷による「初版のはしがき（抄）」にある。

俳句は自然と生活との調和の上に成立する詩だと言う考え方は、もっとも広く認められている。

と、この一文は書き出されている。先の明治三十八年生まれの楸邨の文と大正二年生まれの波郷の文章の差に気づかされる。楸邨の文は旧仮名づかいに対し、波郷は、今日の文のように新仮名である。波郷の文は昭和三十八年記。

楸邨の文は、それから二十五年もたっての昭和六十三年の記なのだ。旧い文体と今日の文体が時間的ネジレ現象を起こしている。時流は変わっても、易々と新仮名に移行しない楸邨の人柄がうかがえて興味深い。

ま、そんなことはともかく、波郷の「季語」に対する考えを見てみよう。引用する。

季語として採択されるには、次の三つの条件を備えていなければならない。

イ、季節感があること　　ロ、普遍性があること　　ハ、詩語としてすぐれていること

とし、

洗練され安定した季語たるには、厳しい選択の目をくぐらねばならないのである。長い歴史を持つ季語は三条件をそなえ、万人の深い共感を呼ぶのである。

と定言する。そして歳時記が「俳人だけのものでなく」「私たち日本人の伝統的な生活史を背負って、豊かな遺産の宝庫であるという意味こそは大きい」と語り、「その意味では、むしろ高校生位の若い世代から歳時記に親しんでほしい」と望んでいる。波郷による、平易でまっとうな、初学の人向けの序文といえる。

「あとがき」は波郷より五歳ほど年上でありながら波郷に傾倒した志摩芳次郎による。はじめに、共編者であり師であり、この新訂刊行時にはすでに世を去っている波郷へのあいさつがあり、結語近くでは、一文の結びで俳句歳時記への思いを強い言葉で訴える。

俳句に携わる携わらないにかかわらず、俳句歳時記は国民必読の書であると叫びたい。それゆえ、本歳時記が数おおくの人びとの座右の書となることを望む。日本および日本人がほろびないためにも。

と。「日本および日本人がほろびないために」「歳時記は国民必読の書」なのだ。

本文を見てみよう。例によって、この原稿を書いている正月、新春の季語で気になるものを眼で追ってゆく。「食積《くひつみ》」「礼者《れいじや》」「寝積《いねつ》む」といった、ほぼ死語に近い季語に目が留まる。

まず「食積」は正月料理を詰め合わせたもの。今日風に言うと「おせち」。例句に、

食積みに添えたる箸も輪島塗　上野たかし

食積の蒔絵の塗りに映える顔　會津龍之

食積の黒豆だけがのこりけり　本土みよ治

「礼者」は三か日の「年賀客」。新年のあいさつだけを玄関先からして辞するのを「門礼者《かどれいじゃ》」、また、女性の年賀の客を「女礼者《おんなれいじゃ》」といい、花柳界の芸妓の新年のあいさつまわりも含まれる。

病床をかこむ礼者や五六人　正岡子規

一門の女礼者や屋にあふれ　石田波郷

「寝積《いねつ》む」。「元旦に寝ること」。昔、正月は縁起をかついで、病気で寝込むことを連想する寝《いね》という言葉をきらって、「寝《いね》」が稲と同音であることから「稲積む」としたという。今日、ほとんど死語。

寝積や布団の上の紋どころ　阿波野青畝

寝積や煙草火つくり独言　角川源義

この「寝積」＝「稲積む」の季語に少し興味を持ったので、すでに紹介した夏井いつき先生の『絶滅寸前季語辞典』にあたってみる。「稲積む」でありました。「秋の季語だと勘違いする人が九割方いても不思議ではない」「収穫した稲を積み上げていくさま」と思ってしまうからと説明したあとで、「このところ稲積み損ねてばかりいるせいか」という夏井先生の独白的（というか、当たりちらし的）自句を例として挙げている。

稲積みたしかれこれ二十時間ほど

夏井先生の句にはユーモアがあるなぁ。
次の単巻歳時記にうつろう。

●山本健吉『基本季語五〇〇選』（一九八九年　講談社学術文庫　一〇二〇頁）
文庫本という判型と『基本季語五〇〇』というタイトルのためか、この季語集がいつも本棚で目にしていながら千ページを超える大著とは、とくに意識していなかった。考えてみれば季語五百だって相当の数だ。紹介されている例句を見れば、少なくても二十句、いや平均三十句はあるか、仮に二十句としても、一万句だ。

著者・山本健吉は和歌や俳句といった短詩系文学に少しでも関心を持つ人ならば、親しい著述家で、著書の一冊や二冊は書棚にあるだろう。とくに俳句歳時記、季語の成立に対する考察は説得力があり、今日も一つの定説の位置を得ている。

本書を開く。「序」や「まえがき」「凡例」の類いはなく、いきなり「春」の季語から始まる。しかし、例によってぼくは、この原稿を書いている新年・新春のページから、とりあげられている季語と例句をチェックすることに。

ところが、新年の章は季語が「新年」「初春」「去年《こぞ》」「初日《はつひ》」「初凪《はつなぎ》」「初富士」「若水」「初詣」などと、当然のことながら、あまりに伝統的な季語が並び、少々、新鮮味に乏しい。

では、ということで、少し先の「初春」の章をチェックする。最初に登場するのが「春《はる》浅《あさ》し」。傍題、つまり関連季語として「浅き春」「浅春《せんしゅん》」が示されている。解説文の一例を見てみたい。引用する。

> 二月ごろ、春になってもまだ寒く、春色なお十分にはととのわぬ季節である。
> 季語としてはある新鮮な語感があり、江戸時代には見かけない季語だった。（中略）子規派で初めて季語として立てられたのだろう。

と河東碧梧桐や鬼骨などの句が紹介され、さらに『新撰朗詠集』からの白楽天の詩が引用され、俳句の季語としては比較的新しいものの、詩語や短歌には古くから意識されたと

している。そして、解説の〆《しめ》は、

早春、初春《しょしゅん》とほぼ同じ時期を現すが、「浅し」と言ったところに、特殊な感情が籠る。

と、季語とそれ以前の詩語の関係に心を配りつつ、例句は十三句挙げられ、親切で香気のある文で解説される。山本健吉による歳時記や伝統の詩歌解説書が多くの読者を獲得したのも得心がゆく。

つづく季語は「冴返《さえかえ》る（さえかへる）」。傍題は「冱返《いてかえ》る」「しみ返《かえ》る」「寒返《かんかえ》る」「寒《かん》もどり」。

解説は、この「冴返る」の類似した季語として「冴ゆる」を挙げる。ところが、こちらは冬の季語で、

「光、光沢、色、音響、寒気などが澄みとおることで、そこから転じて頭脳や面貌やわざのあざやかさなどにも言う。冬の季語とされているのは、特にあざやかな寒気や冷気について言ったので、光や色や音について言う場合も、冷たさが伴っている。

とし、対し「冴返る」は、

春になって、いったんゆるんだ寒気が、寒波の影響でまたぶりかえすことがある。余

寒、春寒を意味する。

と解き、ここでも和歌の藤原家隆や藤原為家の歌の紹介と、時代は下って、連歌の時代には一月（初春）のもの、あるいは二月あたりまで季題とされたと記されている。例句は少なく十八句。うち、

神鳴や一むら雨のさえかえり　去来
三日月は反《そ》るぞ寒さは冴えかへる　一茶
衰へしいのちを張れば冴返る　草城
冴え返る面魂《つらだましひ》は誰にありや　草田男

といった句が目にとまったが、中でもぼくが面白いと思った句は、楸邨の、

冴え返るもののひとつに夜の鼻

であった。「夜の鼻」とくるかぁ、と脱帽した次第。掲げられている例句の中から勝手に自分で選句遊びをするのも歳時記を読む楽しみのひとつ。

寒中から早春にかけての季語「猫《ねこ》の恋《こい》」も人気のある季題で、素人句会でもよく題として出される。解説では、

生活の上ではきわめて親しい季題であるが、和歌、連歌では、このような卑俗な世界は忌避《きひ》されていた。（中略）「妻恋ふ鹿」が和歌の題、「猿の声」が詩の題、「猫の恋」が俳諧の題と、それぞれのジャンルの特質を見せている。

と、これまた季題の歴史をふまえた、ありがたい解説。掲げられている例句は二十四句。

寝て起て大欠《あくび》して猫の恋　一茶
色町《いろまち》や真昼ひそかに猫の恋　荷風
恋猫の身も世もあらず啼きにけり　敦

という句が目にとまったが、永田耕衣の有名な、

恋猫の恋する猫で押し通す

が、やはり脱帽。また「木場」として角川春樹の、

恋猫や蕎麦屋に酒と木遣節《きやりぶし》

も、下町の気配が横溢していて、うれしい句である。

「白魚《しらうお》」も、この季節の題で、解説も例句も心ひかれるが、キリもないのでこのくらいに

して、「あとがき」をさっとチェックして、次の歳時記本に移りたい。
しかし、じつは、この山本健吉による「あとがき」、季語の成立にとっての重要な姿が浮かび上がってくる。「あとがき」より。

私は前に、季語の集積が形作る秩序の世界をピラミッドに喩えたことがある。頂点に座を占めるのは、いわゆる五個の景物（花・月・雪・時鳥・紅葉）であり、それから順次に、和歌の題・連歌の季題、俳句の季語と、下降しながら拡ってゆく。これだけで数千項目が数えられるが、それらは日本の風土の客観的認識を目ざしたものであることはもちろんながら、それに止まらず、それは日本人の美意識による選択であり、しばしば美意識が客観的認識に優先することがあるということだ。

と説き、また

季語を季題と化するものは、ある作者によって名句が詠まれたかどうかということで、芭蕉が新しい季の詞の一つも見出だすのは後世へのよき冥加と言ったのは、新しい題目で人の口に上るほどの名句を一句でも作り出すということなのだ。

と芭蕉の言葉をひきつつ、新しい季語誕生の消息について語り、つづけて、そのときそれは、新しい季題として正式に登録されるのであって、近代の例では、「夜の秋」「万緑」「春一番」「釣瓶落し」「乗込鮒《のっこみぶな》」その他、幾つかの例が挙げられるはずだ。

としている。この中の「夜の秋」は、秋の季節とする説もないわけでもなかったが、いまや（というか原石鼎の「粥すする杣が胃の腑や夜の秋」を虚子が夏の句と定めたことによって）、好もしい夏の季語として定着したようだ。例句三十二句のうち石鼎の句は当然として、

手花火の香の沁《し》ばかり夜の秋　汀女
簪《かざし》屋《や》と向きあふ小寄席《よせ》や夜の秋　寒々
海わたる魂ひとつ夜の秋　信子

などが目にとまったが、以前からこの季題で好きなのは、すでに紹介ずみだが、

西鶴の女みな死ぬ夜の秋　かな女

である。やはり「西鶴の女みな死ぬ」がすごい。

「夜の秋」と並んで挙げられている「万緑《ばんりょく》」、これが新しい夏の季語として認知されたのは中村草田男の、

万緑の中や吾子《あこ》の歯生え初《そ》むる

によって「たちまち全俳壇的に共感されて」以降、多くの俳人が数々の句を生むこととなる。ちなみに草田男は、戦後創刊した自らの句誌名を『万緑』とした——というのも俳句に親しむ人たちの間ではよく知られたこと。

芭蕉の、先に紹介した「新しい季の詞の一つも見出だすのは後世へのよき冥加」という言葉ではないが、草田男は「吾子の歯生え初むる」で「万緑」を新しい季語として今日に残したのである。

恐るべし、名句、一句の誕生。

この山本健吉による単巻、一冊本の歳時記の傍らにハンディーな山本の『季寄せ』（昭和四十八年　文藝春秋）があるが、こちらは上・下巻本なので、今回はとりあげず。また、複刊本となると、歳時記の決定本のひとつ『最新俳句歳時記』（全五巻）や、『地名俳句歳時記』（全八巻）があるが、これらについては、この後の山と積まれた複刊歳時記について総覧するときにふれることになるだろう。

さて、次は金子兜太編による『現代俳句歳時記』と兜太・黒田杏子・夏石番矢といった現代人気俳人の編となる『現代歳時記』を見てみたい。

前衛俳句運動を牽引してきた、また「銀行員等朝より蛍光す烏賊のごとく」や「おおかみに鶯が一つ付いていた」といった句を作る俳人の季語感を知りたいじゃありませんか。

興味津々。

俳句嫌いだった著者による俳句啓蒙の著作物

今回は、戦後の前衛俳壇を引っぱってきた頭目のひとり、金子兜太が編集にかかわる単巻歳時記を見てみようと予告したが、あることが心に引っかかっていたので、やはり、まずはそれを取り上げたい。この稿、もともとまるで俳句を即席で作るように、あるいはジャズのアドリブ演奏のように、ころころ変わる。

前回の山本健吉の単巻歳時記の補足。

意識して集めたわけではまったくないが、俳句関連本の一隅に、山本健吉著の詩歌関連本の群が目にとまる。もちろん、前回、ちらっと書名だけ記した文藝春秋刊の代表的歳時記の一つとして評価されている山本健吉編『最新俳句歳時記』（全五巻）や、これまた画期的な中央公論社『地名俳句歳時記』（全八巻）とは別の単著である。

自分の覚えのためもあり、手に取ったものから列挙してみる。

●平畑静塔・山本健吉共著『俳句とは何か——俳句の作り方と味い方』（昭和二十八年　至文堂）

●山本健吉『俳句私見』（昭和五十八年　文藝春秋）

●山本健吉『現代俳句』（昭和三十九年　角川文庫）

●山本健吉『俳句鑑賞歳時記』（平成十二年　角川文庫）
●山本健吉『ことばの歳時記』（平成二十八年　角川ソフィア文庫）
●山本健吉『芭蕉三百句』（昭和六十三年　河出文庫）
●山本健吉『大和山河抄』（一九六二年　人文書院）
●山本健吉『こころのうた』（一九八一年　文春文庫）

いま脇に積み重ねたものだけ挙げたが、文庫などまだ数冊はどこかに埋もれているに違いない。なお『大和山河抄』と『こころのうた』は俳書ではなく、前著は大和路を行く紀行文で、それに伴う万葉集からの和歌の手引きであり、後者は文芸評論家としての山本健吉による近代詩のガイドブックである。

季語の誕生と成立の考察や各種歳時記の著述など、とくに戦後の俳句啓蒙に大きく寄与し、また多くの一般読者を獲得した山本健吉は、考えてみれば、非常に例外的なというか特異なポジションにいる著述家だった。そのことを、山本自身の言葉によってみてみよう。いま列挙した本の中の一冊、『俳句私見』の中の一文を引用する。つづけて山本健吉の実感を聞こう。

俳句がわかるためには、よく言われるように自分で作ってみるという専門的な修練を必要とするのであろうが、そういう垣がぼくの前には何時の間にかはずされて、自分は作らないながらにその藝苑に出入りすることの自由さと大胆さを身に附けるに到ったのだ。

と、これは山本健吉が、はじめ改造社に入社、「俳句研究」の編集にたずさわったことの経緯をのべたものだろう。〝自分が作らなければ俳句のことは語れない〟に対する異論は、例の桑原武夫の『第二芸術』での言及が知られている。

僕も毎月のように何百何千という俳句を読まされ、寝ても覚めても「俳」という字が生活についてまわっていた間は、俳書と言えば手に取り上げてみる気もしなかった。僕の書架は久しい間俳書だけを欠いていたし、人にもあからさまにこの俳句集の厭わしさを口にしたのである。

「俳句集の厭わしさ」の言葉がリアルである。実感を伝えてくる。しかし、その厭うべき山本の毎日の仕事は俳句雑誌の編集であった。

僕は俳句びたしになり、自然と俳句をそらんじ、俳句を厭い、俳句から逃れた。このような希有な体験は、人を決して作者にはしないであろう。

山本健吉が俳句を作る人、俳人になり得なかった理由を吐露している。そして、臭いがすっかり去ったのは、雑誌から離れて一年ほど経ってからである。僕は芭蕉や蕪村の句集を再び手に取ることが多くなり、七部集（＊芭蕉七部集）は枕頭の書の一つになった。厭わしいものが心の堰を切って反動的に好ましいものとなる力の大きさ。（＊は筆者注）

――文芸評論家、俳句啓蒙家、山本健吉の誕生である。たしかに、山本健吉以外に、あれだけの力仕事となる歳時記や俳書を著した人は職業俳人でもいないだろう。ましてや「名句、代表句の一句ももたない人間が、どうして俳句の世界をかたることができる」が、〝常識〟の俳句社会で。

『俳句私見』は、かなり読みごたえのある一冊だが、のちにふれることとして、ここでは深入りすることはひかえよう。ただ、章立てだけは記しておく。著者の俳句評論へのよき野心がうかがえる。

○「軽み」の論――序説――
○余呉の海、路通、芭蕉
○挨拶と滑稽
○俳句の世界
○純粋俳句　　写生から寓意へ

○俳諧についての十八章

以上だが、「挨拶と滑稽」は、角川ソフィア文庫の『俳句とは何か』に収録されている。

もう一冊だけ。もちろん山本健吉本これは新しい帯のかけられた文庫で、帯のコピーに目がいった。じつはこのことは、しばらく前の稿でもちょっと記したはずだ。そのコピーとは「上皇陛下と上皇后陛下がおふたりで音読している本」（宮内庁「上皇陛下のご近況について（お誕生日に際し）」より）

うーむ。たしかに宮内庁からのコメントがあったのだろうが、それを即、いただいて文庫版の帯に刷り込むとは！　おそれ入った編集者魂というか、売らんかなスピリット！

もちろん、文化勲章も受けている著者の著作物、しかも日本の風土、四季、また日本人が古来より育んできた日本のことばを、名句や名歌を挙げながらの随筆なので、いわば〝お墨付き〟。「おふたりで音読」されてもなんの危惧する心とてないが、それにしても……と感じて入手した。

ところで、巻末のあとがきに代わる「歳時記について」を見てみよう。昭和四十年の記。元本は文藝春秋から刊行されたようだ。その一行目、これは私の、季《き》の詞《ことば》についてのノートである。「季の詞のノート」、つまり歳時記。引用をつづける。

私は昔から、俳句の歳時記をときどき開いてみるのが好きだった。べつに俳句を作るために開くのではない。俳人たちがこの書物を実用的に読むところを、私はしごく趣味的に読んだというに過ぎない。

あちこち読んでいるうちに、私は歳時記というものが一千年以上にわたって持ちつづけてきた美意識と生活の知恵との、驚くべき集大成だということに気づいたのである。

と、ひとことで歳時記の存在意義をのべ、このあと季語に関する少々専門的、学問的な考察がされるが、この一文は次の言葉でしめくくられる。

私の歳時記に対する興味には、二つの面があることになる。それは国語と国土という二つの言葉に帰着する。

――なるほど、「おふたりで音読して」、なんのさしさわりのない、日本人のための良書のようだ。じつは、わたし、まだ、この本文をほとんど読んでいない。改めて通読せねば。

ただ、読まずとも、この俳書からは、俳諧の「俳」（この字は「人に非《あらず》」）や「諧」（調和する。おどけたわむれる。ユーモア・諧謔《ぎゃく》）といった雰囲気は、あまり伝わってこない。日本の伝統文化の中の「美しい日本の私」を再認識することはできるだろうが、また、やはり日本の伝統文化の重要な一要素である滑稽（ユーモア）やナンセンスといった、裃《かみしも》を脱いだ庶民文化の、生きる楽しさ、切実さといったものはあまり感じられない、とつむじまがり的な気分を抱いてしまう。いや、やはり本文をちゃんと読まねば。

山本健吉の季語論については、彼が編集したライフワーク、俳句歳時記のなかで、少しくわしく見てみることとして、予告していた金子兜太の関わった歳時記を手にしよう。

さすが！　兜太歳時記の独創性

さて、金子兜太がかかわった単巻（一冊本の歳時記）を手にとることにしよう。

と、その前に、各種ある歳時記のなかで、一冊にまとめた書籍を、ぼくは仮に〝単刊歳時記〟、「春・夏・秋・冬・新年」などと複数冊で一揃えのものを、〝複刊歳時記〟とする――などと記してきたが、なにか、しっくりこないな、と心のどこかに引っかかっていた。ふと気づいた。〝複刊〟という言葉が、まぎらわしかったのだ。つい〝復刊〟つまり復刻刊行と混同する。途中からで申し訳ありませんが、〝複刊〟を以後は、〝複数冊〟歳時記と表記させていただきます。

さて、本題。金子兜太の歳時記（しかも〝単刊〟一冊本の）、『現代俳句歳時記』（平成元年　千曲秀版社　本文七八〇頁・函入り）。

チェックしたいのは金子兜太による「あとがき」なのですが、まあ、せっかく手にしている歳時記ですから、アタマからページをめくってゆくことにする。いまさら、急ぐ旅じゃあるまいし。

やっぱりよかった！　本文にとらわれて、これまで、まったく気づかなかったけれど、装丁扉の裏に、ほんの小さな文字（十級、明朝だろう）、クレジットが入っている。

装画／オーブリエ及びクリスチャン・ヤコブによる

装幀／齋藤愼爾

外箱の繊細な植物画は十七世紀末葉から十八世紀前半まで活躍した王室植物画家とか。さらに注目したのは、「装幀／齋藤愼爾」だ。そうか、この兜太歳時記、かねて親交のあった、あの自らも俳人である「深夜叢書」の齋藤氏がかかわっていたのか。やはり本は隅から隅まで注意深くチェックしないと、細かい（ここが〝キモ〟だったりする場合も）ところを見逃す。

「凡例」は、ざっと読み流す。見出し語二千百余、季語・雑語計約八千四百語を収録。巻末索引に主季語約二千語、関連語など合わせれば約五千五百語の検索が可能、とある。ほんとに歳時記の編集、執筆はかなりタフな作業が要求されます。

さて「あとがき」を見てみたい。くりかえすが、ぼくがこれまで、歳時記といえば、あれこれ考えずに、とにかく入手してきたのは、歳時記の「あとがき」を読みたかったからである。ここに編者の俳句世界に対する思い（「思想」といってもいい）、編集の苦労や愚痴、協力をあおいだ結社や同人へのあいさつ、またセールストークといった俗気もうかがえて興味ぶかいからだ。

さて、兜太歳時記の「あとがき」。一行目は、

この俳句歳時記には二つの特色がある。

一つは、「春、夏、秋、冬、新年」の五部類に加えて、「雑《ぞう》」の部を設けたこと……

「雑」には（中略）季語とはいえないが季語同等の含蓄を期待できることばを集めてこれを補完したという（以下略）。

そして、兜太は、芭蕉の「名所のみ雑の句もありたし」の句をひき、「地名が十分にはたらいていれば、さらに季語を加えて用いる必要はないと考えた」と説明している。

〃得たりや応！〃――この「名所」と「無季語」の関係を知っているか否かで、その人の俳句理解への深度が測れる――と、ぼく自身、代表的な季語すら誤って用いて恥をかいている半可通のくせに、他の人に対しては、そう思ったりして、自慢気に説明してきたりした。

編者・兜太は――「雑の部を設けるに当っても、やみくもに無季語を拾うということをしないで」季語に「見劣りしないことばを集めることに努めた」という。

そして、その理由は「先達の物言いを尊重したから」とのこと。兜太先生、句は、前衛かもしれませんが、さすが、お考えは、じつに正統派ではありませんか。

さて、もう一つの特色——それは「例句の鮮度を考慮したところ」という。そして、「古典句をはじめ、明治期以前の作品は一切はぶいて、明治以降の近・現代俳句に限定し、とくに現代俳句、そのなかでも昭和後期の作品にかたむけて選んでおいた」——と。

なるほど、これぞ兜太歳時記ならではは本領発揮の編集方針。ところが……これに続く一文はしっかり心して読まなくてはならない。

「終りに、季語についての私の理解を簡単に記しておきたい」の記述。

私は季語を季題と同じと受けとっていて、それは〈作られたことば〉（〈人造語〉といおうか）なり、と考えている。ここに蟬という夏の季語があるが、これは生きものそのものである蟬でありつつ、しかしそれとは別のものなのである。

では、なんなのですか？　と問いたくなる。それは——

生きものである蟬そのものに、人の想い（思念や想像そして感覚など）が加わって、その双方が溶け合ったところに生れたことば、と見ている。

と。さらに、

これをしも蟬の美意識化と私はいうのだが、季語は、物や現象そのものではなく、それを美意識化したところに現出した〈人造語〉なのだ。

かっこいい。一種の定義であり、名文ですね。つづけたい。

だから、たくさんの蟬の声を「蟬時雨」と造語する。「空蟬《うつせみ》」ということばが、ただの蟬の脱殻《ぬけがら》ではなく、生死無常の想《そう》の込められた、透明感を背負うことばとして生れかわる。造語される。

えっ？　あの反体制戦後前衛俳句の頭目のような兜太先生のこの言説は？　とちょっとびっくりする句界内外の人たちもいるかもしれない。無理はない。兜太先生、そのへんの経緯《いきさつ》を自ら語っている。

二十年前の私もその一人であって、季題趣味などと称して、その陳腐に馴染むまいとしたものである。

と告白するが、

しかし今は違う。拒絶する以前に、季語という美意識化による造語の豊潤を味得して（私は〈しゃぶる〉という言い方をしている）、これを大いに活用したいと願っている。

そして、この後にも再度、「季語を大いにしゃぶりたい」とくりかえしている。〈しゃぶる〉――そこは兜太先生、凡百の、優等生的俳人から出る言葉ではありませんね。深刻ぶった純文学ならぬ〝純俳人〟から発せられる表現ではないでしょう。根が〝不逞〟なのでしょう。心強くも〝俳〟の字が似合うお人柄ですね。

本文も見てみる。季節はこれから、いよいよ春なので「春」の章の、そうだな「春《はる》の夜《よ》」。そうそう、この兜太歳時記は俳句の季語の源ともいえる和歌の引用紹介もある。

　春の夜の夢の浮き橋とだえして
　　峰に別るる横雲の空

藤原定家の、『新古今和歌集』の有名な和歌。このあとに挙げられている三句が、

　春の夜や土にことりと寂しけれ　永田耕衣
　木曽の春夜白壁にふとわが影が　金子兜太
　母を訪いし春夜の鉦《かね》は母へ打つ　赤城さかえ

といったぐあい。古典俳句を一切はぶいたというのに、和歌が多く挙げられている編集方針もユニークといえばユニーク。――と、いうより、ここの兜太先生の句、素人句会で、

この句を見ても（白壁に、ふと、わが影かよ、取らないな、あまりにもイメージが陳腐でしょ）で片付けてしまっただろう。いくらあたまに「木曽」を出して、それが実際の体験であったとしても。とくに〝ふと〟は、ねぇ。

しかし、陳腐をおそれていたら、俳句など作れませんでしょう。それは正岡子規の句を見れば納得できる。いわば、ただのアイサツ、贈答句。駄句の山でしょう。それで、いい。どだい名句を作ろうなんて、魂胆がいやらしい。

三句の中では、耕衣の「土につこり」が「土ほっこり」をすぐに連想させるが、それはともかく。意味はきちんと受けとれないが赤城さんの「鉦《かね》は母へ打つ」が好きですね。なにか心に訴えてくるものがある。

もう一つ見てみよう。キャンディーズの歌もいいけど、「春一番」。例のごとく、短歌が。こちらは現代歌人、俵万智の師の佐佐木幸綱。

荒く逆立つ春一番の金髪を抱きてぞ熱き男盛りの山

紹介されるのは、こちらも三句。

春一番がんじがらめが好きな指　　的場まなみ

春一番堂のかめむし落ちて出る　　　　曽根克平
春一番月ずぶ濡れて木の股に　　　　高山子葉

なるほど！　三句とも好きです。とくに一句目が。ちょっと万智チャンの短歌を思い出してしまいましたが、独創がありますよね。
それより幸綱先生の、例の美丈夫というか、女性のお弟子さんたちの♡マークの瞳で見つめられ慣れたような二枚目短歌がムカツキます。もちろん嫉妬。「金髪を抱きて」ですよ！　で、いじけて、返歌というより返句（変句）みたいなものが頭に浮かんでしまった。

春一番ぼくに男盛りがあったっけ

もともと、「春一番」と「男盛り」が付きすぎではなかったですか？　幸綱センセー。で、ぼくは「春一番」を、さりげなく「沈丁花」に変えて、トボケてみました。

沈丁花ぼくに男盛りがあったかしら

字余り御免！
あだしごとはさておき、兜太歳時記で本人がこの歳時記の特色の一つとした四季の季語以外の「雑」の部を見てみよう。

季語に「見劣りしないことばを集める」「季語同等の含蓄を期待できることばを」としているのだから否応なく興味がわく。

「雑」の部は、当然「時候」をぬくとしても、他の「天文」「地理」「生活」「行事」「動物」「植物」といった項目別に「雑」のことばと、それにときに短歌（和歌）、詩文、あるいは川柳が添えられ、次に例句が紹介される。たとえば「天文」の項目の中の「闇《やみ》」ということば。類語として「真《ま》っ暗、暗黒《あんこく》、暗闇《くらやみ》、常闇《とこやみ》、夜陰《やいん》」が挙げられ、

竹は内部に純白の闇育て来て
いま鳴れりその一つ一つの闇が

という、またもや佐佐木幸綱の『夏の鏡』からの歌を掲げている。よほど気合いが合いますか。そして解説は、

青年の渾然とした内部世界、それは闇であるが、純粋の闇といえるものだ。闇の色である〈玄〉は、あらゆる色、純白さえも含んでいるという。

とあり、例句は、

闇よりも暁さびしい息の緒よ　中村苑子
闇こぼれる鈴よりもたしかで震えて　渡辺政吉

「地理」の項目、「山《やま》」。類語は二十もあるので略す。解説の前に『月山』等の引用があるが、これも略して例句を見てみる。まずは筆頭に編者、兜太先生の句。

暗闇の下山くちびるをぶ厚くし

「くちびるをぶ厚くし」の縄文的気配？　に誰しも魅かれるだろう。他に、九句から四句を選んでみた。

道のないところが山のひかりかな　関口比良男
山裾に一人娘《こ》を生み継ぎ生みつぎ　大間知　君
朝のガラスに富士がきており暗し　森下草城子
二上山《ふたがみ》暮れふたがみ明ける愛掠め　小日　保

「人間」の項。「頭」「脳」「毛髪」「顔」「耳」といった人体にはじまり、老若、家族、感情などの、季語に代わることばが列記されるが、たとえば「目」。これも、類語として「両眼《りょうがん》」「義眼《ぎがん》」「近眼《きんがん》」「垂目《たれめ》」「血眼《ちまなこ》」など二十以上挙げられているが略。例句は四句。

眼を病めば片眼淋しく手紙書き居る　尾崎放哉
引廻されて草食獣の眼と似通う　林田紀音夫
犬交る街へ向けたり眼の模型　田川飛旅子
まなこ荒れたちまち朝の終りかな　高柳重信

挙げられた四句、僕はぜんぶ好きです。やはり「目」「眼」のイメージの力なのでしょうか。まさに「目力《めぢから》」。

キリもないので、このへんで切り上げたいのだが、「生活」の項目に「サラリーマン」があった。例句だけチェックしたい。八句挙げられているが、

水少したまる便器サラリーマンの連帯感　上月　章
銀行員等朝より蛍光す烏賊のごとく　金子兜太
夜は暮の青さで部長課長の椅子　堀　葦男
タイプライター覆へば室は死んでいる　横山白虹

この四句選びました。なんか、戦後の職場の雰囲気が伝わってきませんか。サラリーマン社会のエレジーも。ところで兜太先生の「銀行員等――」は比較的よく知られた句で、

代表句のひとつといえる。ちなみに作者は東京大学経済学部を飛び級で卒業、日本銀行に入行。飛び抜けた秀才だ。

さて、そろそろ、この千曲秀版社版『現代俳句歳時記』の紹介を閉じて、次の、やはり金子兜太の関わる、『現代歳時記』（一九九七年　成星出版　本文七六八頁）に移らねば。こちらは兜太に、黒田杏子、夏石番矢の二俳人が加わっての三者による共編。念のため御三方の生年を記しておこう。

二人の参加で、編者の平均年齢もぐっと若がえった歳時記となる。

先稿の兜太歳時記では、金子兜太の経歴などに、まったくといっていいくらいふれなかったので、ここで、他の二人の編者の横顔とともに、この『現代歳時記』巻末の「編者紹介」を引きつつ、紹介しておきたい。

「金子兜太《かねことうた》」大正八年、埼玉県生まれ。父は医師で水原秋桜子の「馬酔木」に所属した俳人の金子伊昔紅《いせきこう》（本名・元春）。この父が傑物で患者さんたちからは「赤ひげ先生」といわれ、故郷で、戦前、その歌詞が風紀を乱すとして秩父で消えかかっていた「秩父音頭」を一部改良（?）復興、現在に保存されることとなった。いわば「秩父音頭」再興、普及の父。この父の俳句がすごい。

元日や餅で押し出す去年糞《くそ》（昭和十六年）

ですもんね。そして、その息子の兜太の句がまた、

長寿の母うんこのように我を生みぬ

ですから、父は「糞《くそ》」にして子は「うんこ」。この親にしてこの子あり？　いや、この子ありて、この親あり、か？　まさに人間讃歌。（そこらの結社主宰のセンセー気取りの二枚目句とは大違い！）

例によって、脇道に迷い込みついでの話になりますが、この句を、あのビートたけしが「オールナイトニッポン」の記念すべき第一回（一九八一年一月元旦）の放送で、なんと、

元旦や餅で押し出す二年糞

として披露したという。一部、原句とは異なるが、そんなことはどうでもいい。〝殿〟がどこで、この句を仕込んだか、たけしの感覚と教養は、やはりスゴイ。に、しても、あまりにたけしにピタリの句ではありました。

兜太の経歴の話に戻ろう。

一九四三年、東京大学、すでに記したように繰り上げ入学、経済学部卒。日本銀行入行。戦時下、帝国海軍主計中尉。一九四七年、日銀に復職。日銀労働組合に力を注ぐ。職場では「窓際族どころではなく窓奥」、日銀の座敷牢か？

俳句は〃人間探求派〃の加藤楸邨に師事。一九六〇年頃より前衛俳句の旗手に。俳誌「海程」主宰。小林一茶、種田山頭火の研究家としても知られる。また、その書は専業書道家にはない、そぼく、豪快。野太くあたたか味のある筆勢の書のファンも多く、九十歳を過ぎて「アベ政治を許さない」の書のコピーを国会前の多くのデモの人々が手にしていたことなども、印象ぶかく、記憶される。

〔黒田杏子《くろだももこ》〕一九三八年東京都生まれ。東京女子大学入学と同時に「白塔会」に入り山口青邨主宰「夏草」に入会。同大学心理学科卒業、博報堂に入社。テレビ、ラジオ局プランナー、雑誌「広告」の編集長などもつとめ、文化人、各界著名人との親交を得る。平成二年、俳誌『藍生』創刊主宰。教育テレビ「NHK俳壇」主宰。自ら〃季語の現場人〃を称する。夏井いつきは、この黒田杏子に多くの影響を受けたと公言している。宇多喜代子と並んで今日の女流俳人を代表する人物。

〔夏石番矢《なついしばんや》〕一九五五年兵庫県生まれ。本名乾　昌幸。東京大学教養学部フランス科卒業。大学在学中から東大俳句会ほか東大能狂言観世会にも所属。句作は十四歳からはじめ中学生学習雑誌の選者をしていた金子兜太の選を得る。東大時代から、〃多行書き〃の前衛俳人・高柳重信を師とする。既成俳壇、とくに角川俳壇を否定と。従来の季語によらぬ俳語の世界を模索、日本語だけでなく多言語での朗読や器楽演奏とのコラボレーションなど旺盛な活動を展開している。

——と、まあ、こういうどちらかといえば戦後の伝統的というか既成俳壇とは、俳句に対する思いを一つにしない〝個性的〟な編者による『現代歳時記』。当然のことながら、これまでの歳時記とはちがった編集方針が期待できる。しかも、この編集チームの年齢、経験を考えると、柱は最長老の金子兜太であるとしても、実質、編集の中心となったのは夏石番矢ではないだろうかと予測される。内容を見てみよう。「まえがき」は無し。「凡例」より。

・この歳時記は「陽暦による」「月別」と「雑」に分類されている。「春・夏・秋・冬・(新年)」は一般的だが「月別」は新らしい。
・「雑」は、天文・時間、地理・空間、人間、社会・生活、文化・宗教、動物、植物、物質・物理、固有名の九項目を配列。これは先の金子兜太単編とされる千曲秀版社版『現代俳句歳時記』と同じ編集理念である。つまり、この三者にある歳時記の基本理念は金子兜太にあると見ていい。
・季語と「雑」の見出し語は計二、三六四語。巻末五十音索引は主季語と類語の約一一、三七三語を掲載。

本文を開く。「時候」。例によって、今、この原稿を書いている、この季節。歳時記では「二月」(冬・春)とある。精読せず菜の花畑のモンシロチョウのように、好きな季語、気になる季語を、ひろい読みしてゆく。

この歳時記、巻のトップの季語は「春《はる》」。一茶ほか、例句は五句。うち、

うさぎ小屋に春を陰気な兎たち　上野美智子
吾が英語通じて春の目玉焼　鈴木鷹夫

「うさぎ小屋」の句、兎好きで兎物コレクターの泉鏡花先生が見たらどう思うかしら。

「立春《りっしゅん》」もやはり五句。この歳時記、挙げられている例句はすべて五句でした。この方針も珍しい。

立春を五分遅らす長電話　有馬英子
春立つと影が勝手に動き出す　萩山栄一

「二月《にがつ》」

断りの返事すぐ来て二月かな　片山由美子

自在な句境ですね。精神が自由、柔軟。

「早春《そうしゅん》」

早春の飛鳥陽石蒼古たり　　金子兜太

飛鳥《あすか》、斑鳩《いかるが》の里まで行って、〝陽石〟つまり男根石に目をやるのが、いかにも兜太大人。もちろん近くにあるはずの〝女陰石〟にも視線はいったはず。こちらは〝蒼古〟ならず、濡れ艶めいて、輝いていたりして。兜太先生の、飛鳥での陰陽のシンボル俳句、見てみたかった。

ももいろペリカン抱え早春の駅をすぐ　　深町一夫

ペリカン!?　ギリシャのミコノス島の浜辺をうろついていたペリカンの大きさにびっくりしたことを思い出した。あれを「抱え」られる？　ペリカンの子か？

早春の漁夫からもらふ丸き石　　米沢恵子

いるんですよね。無骨、自然児にして素朴、根がロマンの男。いい感じの句ですね。早春だし。

ま、こんな具合の季語と例句の配列です。

では、本命の「あとがき」にいきたい。これは当然、長老・金子兜太による。書き出しの一行目から。

〈いまの暮らしに合った歳時記〉——別の言い方をすれば、いまの生活のなかで俳句をつくろうとするとき、すぐ役に立つ歳時記。あるいは、俳句をつくらない人でも読んでおもしろい歳時記。

そして、そのために、先に紹介したように従来の季の区分ではなく「月別」の季語分類とした。そして、これもすでに記したが、たとえば「二月」を「冬・春」と両立させ構成する。

季節が、二季に、またがるのだ。その理由が述べられる。

日本人は季節の移りにはことに敏感で、さまざまな物想いにとらわれる。……移りの季節感にはっきりスポットを当てたところも自慢の一つなのだ。

さすが、いいですねぇ兜太先生、堂々と〝自慢〟するところが。また、この歳時記でも「雑《ぞう》」の部で「季語以外の言葉を集めるようにしたことが特徴の大なるもの」と自賛。おおらかで人柄のよさですね。そして「雑」の中のことばであっても

これも季語の場合と同じで、よい作品によってその語は歳時記のなかに定着（傍点・著者）するのである。

と、季語の誕生の資格、ルールに、きちんと言及する。

もう一つ、これも兜太が関わる歳時記の特色が、「古典俳人では、芭蕉、蕪村、一茶の三人に絞り」「現代俳人は昭和中心とし、これに三人の編者が推薦する俳人約六百名を加え」「例句に新鮮且つ充実したものを揃えた」と明らかにしている。編集の方針をオープンにしたフェアーな姿勢といえよう。

例句、一ページに約二十句。六百ページとして一万二千句。やはり歳時記を編む方も読む方も(こちらは拾い読みとしても)、並々ならぬエネルギーが注入されなければ成立しない。しかも、単巻歳時記にして、この姿。

俳句歳時記――考えてみれば、空おそろしき出版物。この紙による媒体は、令和なる世、いまや絶滅に瀕《ひん》しているにちがいない。これまでの紙による壮大な伽藍が崩れ去るときに面しているわけです。

というわけで、こうして、俳句歳時記という、いわばナンセンスともいえる出版物の臨終の立ち合い人たらんとしているわけです。

もちろん、俳句歳時記というものが、この日本文化から消え去る道理はなく、「電子歳時記」といったものが普及されることとなるでしょう。この歳時記の「あとがき」でも最後に兜太万年青年俳人は、このことに言及しています
ところで、この歳時記の編集人の一人、夏石番矢といえば、雄山閣出版から『Ｓｅｒｉ

es俳句世界3』「無季俳句の遠心力」と題する一冊特集で、佐佐木幸綱を迎え、夏石と共に編集の復本一郎と「無季俳句」をテーマとしている。

巻頭は佐佐木幸綱、夏石番矢、復本一郎による「広がりゆく『俳句』野のフィールド無季と有季の新思考」や、酒井弘司による「無季俳句一〇〇選」他、興味ぶかい構成となっているが、ここに立ち寄るのは控えよう。他の歳時記の群れが「まだ待たせるのか！」とぼくを見つめている気配がただよってきて……。

〝大虚子〟に移る前に、兜太『わが戦後俳句史』

戦後の前衛俳句のリーダー、しかも宗匠的権威主義ではなく、直情的、真摯であるものの、どこか朗らかなガキ大将的キャラクターの金子兜太の単刊歳時記等にふれ、今回は、その対極的ドン、近代俳句史の大黒柱的にドカッと存在した虚子（高濱）の、ハンディな季寄せと歳時記に進むつもりが、つい視界に入った兜太『わが戦後俳句史』（一九八五年岩波新書）を手にとってしまった。しかも前回、話の流れのなかで兜太大人の雄渾な書のことなどにも訳知りのコメントをしたが、なんと、その兜太自筆の色紙まで出てきてしまったのだ。

こうなるともうご縁だ。例によって、少しだけ兜太さんの項、追加、寄り道させていただく。

『わが戦後俳句史』、この書は著者がミクロネシアのトラック島で敗戦を迎えたときから始まる。主計科中尉として戦地におもむいていた青年将校・兜太は「この戦争は日本もアメリカもどちらも帝国主義戦争だ」と思いつつも「この戦争でもし日本が負ければ民族の壊滅になりかねない」「民族防衛戦争という一面を持っている――」と「半ば肯定的に体を張っていた」という思いだったようだ。

それがついに敗戦、と言う結末。このとき隊には二百人ばかりの「仲間」（実際はほとんどが部下だろう）がいたというが、中尉という立場、責任感から、「自分はたったひとりだ」という思いに落ち込んだという。ところが、そのあとがいかにも金子兜太らしい記述に接することができる。このとき金子主計は、
天井からぶら下げておいたバナナがちょうど熟《う》れてきたのを一房ちぎってむしゃむしゃ食べながら、ベッドの下に飼っていたマスコットの大きなトカゲをながめたり、そんな状態でぼやーっとベッドに腰掛けていたのです、

――親しいペットの、大きなトカゲのなじみぶかい顔に、視線を向け見やるしかなかった、兜太エリート青年将校の孤独が静かに伝わってくる。と、同時に、どこか持ち前の生命力というか、ユーモアさえも感じてしまう記述ではありませんか。

時計を少し逆戻しする。業俳（プロの俳人）になることなど、まったく考えてはなかったものの学生のころから句誌にかかわり、ずっと俳句は作りつづけるだろうと自ら思っていた兜太青年は、三人の俳人を自分の師と思い定めている。

一人は、学生俳句仲間の母、竹下しづの女《じょ》。この「ホトトギス」の「有力な同人で、たいへん男まさりの句」を作る女流俳人の兜太はファンであったようだ。

そしてあとの二人が、中村草田男と加藤楸邨。

兜太は「人間としては楸邨、俳句の目標としては草田男」と、「開戦のときの草田男句、楸邨句の印象と、私が敗戦直後に二人の句集や序の記憶をたどって考えた両者の比較」を考えて、「自分のこれからの道をおもうと、やはり楸邨に師事するしかない」と決めたという。

そこから兜太の戦後俳句史はスタートする。以後、昭和三十五年の安保闘争、樺美智子国民葬までの社会的背景と、その時間のなかでの俳句体験が語りつがれる。くわしくは、本文にあたられたし。まさに兜太のリアルな人生史であり、俳句生活史。

巻末には、文中で紹介された自句が五十音順（時代順ではなく）で索引として付されている。この中から十分の一ほどの十句にしぼって選んでみた。

朝はじまる海へ突込む鷗の死
海に青雲生き死に言わず生きんとのみ
華麗な墓原女陰あらわに村眠り
きょお！と喚いてこの汽車はゆく新緑の夜中
原爆許すまじ蟹かつかつと瓦礫あゆむ
死にし骨は海に捨つべし沢庵噛む

青年鹿を愛せり嵐の斜面にて
デモ流れるデモ犠牲者を階に寝かせ
曼珠沙華どれも腹出し秩父の子
湾曲し火傷《かしょう》し爆心地のマラソン

以上、昭和中頃までの著者・金子兜太の生から吐き出された句だが、この今日、ＩＴとかデジタル化社会とかいって、無臭、無色透明なふうを装いながら、なにか、あちこち、電気コードが焦げているような不快、不穏な臭いただよう時代こそ、兜太句はよみがえる力を持つのではないだろうか。

ピコピコとか鳴るデジタルの軽快（？）音ではなく、直撃的な、背骨に響くような、時代への生《なま》の警戒音として。

ところで、この十句の他にも、どうしても挙げておきたい数句を。

暗黒や関東平野に火事一つ
猪が来て空気を食べる春の峠
陰《ほと》しめる浴みのあとの微光かな
谷に鯉もみ合う夜の歓喜かな

梅咲いて夜中に青鮫が来ている

すでに、この間の稿で重複紹介している句もあるが、こうして並べてみると、なにかスゴイ。野性の視覚、動く生き物、原初の皮膚感覚からの訴えというか。兜太さんは、やはり予定調和の俳句形式を超えた短詩系表現者だった。

兜太さんに関わる蛇足は、先日見つけ出し、いま本棚に立てかけてある色紙の件。例の野太い筆文字で――「俳句の友だち」――とある。これは、もう二十年ほど前に企画した本のタイトルを兜太先生に依頼して墨書していただいたもの（多分、嵐山光三郎氏のご縁だったと思うが）。

これが、このタイミングで、積み重ねた本の間から、わいたように出てくるとは……。なにかの福音か？　はたまた……。いや、兜太先生に戻ろう。

とにもかくにも、敗戦色濃い南の島で、大きなトカゲを心許せるペットとして、ベッドの下に棲まわせ、同床異夢？　で心を慰めた俳人・兜太中尉は、先達の「花鳥諷詠」で自然と対した高濱虚子の自然観とは、また異なった原始のイメージのある自然との対し方、いや、むしろ、兜太自身が自然児のＤＮＡを有する、〝自然兜太〟と呼びたくなる、特異な、戦後俳句史を代表する俳人であった。

（二〇一八年二月二十日九十八歳没。二月二十日は兜太の忌日となり、今後刊行の歳時記に載ることになるだろう）

虚子意気軒昂！

　さて、先行するもう一人の巨人・虚子――正岡子規のあとをつぎ「ホトトギス」を根城に、〝花鳥諷詠〟〝客観写生〟を唱えて俳壇を牛耳ることとなった虚人、いや巨人、高濱虚子が編者となった歳時記、そしてさらにポータブル、いやポケッタブルな（いわゆる袖珍《しゅうちん》本《ぼん》）季寄せを見てみたい。

　手に取る。『改訂　新歳時記』。まずは奥付を見る。昭和九年十一月、三省堂発行、昭和十九年七月改訂　三十二版発行（10、000部）とある。戦前、戦中の時代、歳時記で、この増刷ぶり、さすが虚子宗匠の編であり「ホトトギス」同人たちの力である。

「序」に目を通そう。歳時記の「序」や「まえがき」には、その編者の俳句に対する〝思想〟〝心情〟が語られる。重ねて言うことになるが、ぼくが、雑食動物のように〝歳時記〟と見れば捕獲し、自分の部屋に持ち帰ったのは、その「序」「まえがき」を、それぞれ比較、チェックする娯しみを味わいたかったためである。

　ここに至って、大虚子の『改訂　新歳時記』の「序」に接することができる時となった。この葉書大、厚さ二・五センチに満たない『新歳時記』、今回初めて気がついたのだが、濃緑クロース装の表紙には、ほとんど目立たないが空箔圧《からはくお》しで、右から「花鳥諷詠」と読めた。

さすが虚子歳時記、秘かではあるが表紙に自らのモットーを刷り込んでいたのだ。（「花鳥諷詠」に意を同じくする輩のみ、この歳時記を手にすべし！）と宣言しているようなものだろう。虚子の気迫にワクワクする。さっそく「序」に当たってみよう。


一言にしていへば文學的な作句本位の歳時記を作るのが目的であつたのである

と冒頭のことばについで、すぐに

が、季題に就て多少の考もあつた所から其點を明かにして一般の注意を喚起したい心持もあり、從來の形式に囚れない革新的な意圖も少しはあつたのである。


と「革新的」、歳時記編集の「意図」を明らかにしようとする。また、その前に「季題」に就いて「多少の考」どころではなく、「花鳥諷詠」を唱える以上、季題に関しては強く思うところがあったのにきまっている。

「以下其等の点について少しく述べてみたい」とあり、虚子の思いが語られる。その要点を、本文引用しつつ紹介したい。

〔季題の取捨〕　季題は俳句の根本要素であるが、既刊の歳時記を見るに唯集むることが目的で選擇といふことに意が注いでなく、世上一般の字書の顰に倣ふことが急で作句者の活用に供するといふ用意が缺けてをつたかと思ふ。

と、すでに刊行されている他の編者（もちろん、ほとんどの編者は俳人、しかも結社の主頭）の歳時記に対し、ダメ出しをしている。そして、この、自らの歳時記は、

現在行はれてゐるゐないに不拘、詩として諷詠するに足る季題は入れる。
世間では重きをなさぬ行事の題でも詩趣あるものは取る。
語調の惡いものや感じの惡いもの、冗長で作句に不便なものは改め或は捨てる。

等々で

要は文學的に存置の價値如何にある。

とし、

實に季題の整理といふことが此の歳時記の一つの目的であった。

と言明している。くりかえしになるが「季題の整理」が、この歳時記の目的であり、特質であるとのこと。

〔季の決定〕では

季の決定も亦俳句では重要な事柄で、從來の歳時記にも相當顧慮されてをるやうであるが季の定め方が各書甚まち〳〵で全面的に信頼すべきものが無い。

と斷定、

本書は季を決定するについてはあくまで文學的見地から季題個々について事實・感じ・傳統等の重きを爲すものに從つて決定した。

とし、例として「牡丹より藤は遲いに不拘、牡丹を夏とし藤を春」「朝顔・木槿は夏から咲き、西瓜・蜻蛉も寧ろ夏が多いのに秋」としたという。

〔解説〕については

簡單にして要を得るといふ信條の下に博物的な敍述を避け事實に卽し句作上必要なことに止めた。

〔例句〕は

例句は初心者の指針ともなり歳時記の實際的價値を左右する一つであるから其選定に重きを置いた。

以上、昭和九年、刊行時の、高濱虚子による記。

この「序」を読めば誰でも気がつくのは、この歳時記が俳句を作る人のみを対象として、いわゆる日本の季節の俳句的インデックスを避けている点である。つまり、俳句を作らぬ一般読者は最初から相手にしない、という虚子の俳句に対する厳しさ、気持ちの強さの証明でもある。

本文のページを開いて、季語や例句の拾い読みをする。「序」で、例句は初心者のための指針、また歳時記の価値を左右するため、その選定に「重きを置いた」——と述べているこの歳時記の、多くの季語の例句の最後に虚子自身の句がふんだんに掲げられているのは、いかにも大虚子ならではの自信、あるいは堂々たる自慢ぶりか。

自慢といえば、この歳時記の「序」のあとに「改版に際して」という本版から五年後の、もちろん虚子による記述がある。これまた、微笑を誘う自慢ぶりで、いっそ気持ちいい。引用します。

三省堂から、あまり澤山版を重ねたから改版したい、それに就ては増補訂正する處が

あれば此際にして貰ひたい

と、いうことで、この『改訂　歳時記』が新版として刊行されたことを告げている。「あまり澤山版を重ねたから」というのは、もちろん三省堂の〝ヨイショ〟を含めた言葉だろうが、それをそのまま「改版に際して」の冒頭一行目にもってくるところが、虚子ならではの、よくいえば素直さ、ほれぼれするほどの田紳ぶりなのだろう。

さすが、帝都東京の新名所、竣工なった東京丸ビルに〝俳句の結社〟「ホトトギス」の編集部を拠点にすえた虚子である。江戸や、その意気を受けつぐ東京下町的、小粋や洒脱などということとは無縁なのである。

机の上に虚子の関連文庫本が、一、二……九冊積んである。いつのまに、こんなに虚子本を入手したのだろう。当然、虚子の考え方や言葉に、我知らず関心があったのだろう。カリスマ虚子の磁力か地力に引き寄せられたか。これまた、自分の覚えのためもあって、列記しておこう。

『俳句への道』（一九九七年　岩波文庫）
『俳談』（一九九七年　岩波文庫）
『虚子五句集』（上・下）（一九九六年　岩波文庫）
『俳句の作りよう』（二〇〇九年　角川ソフィア文庫）

『俳句とはどんなものか』（二〇〇九年　角川ソフィア文庫）
『覚えておきたい虚子の名句200』（二〇一九年　角川ソフィア文庫）
『虚子俳話録』（赤星水竹居著　一九八七年　講談社学術文庫）
『風流懺法——他三篇』（一九三四年、岩波文庫）

——以上だが、『虚子俳話録』の著者、赤星水竹居とは三菱地所の社長で、かの丸ビルのオーナー。また『風流懺法』は俳句本ではなく、虚子が、句の世界から、漱石の影響もあって小説の世界への脱出を試みたときの遺産。のちに虚子は俳句の世界に立ち戻り、心機一転、俄然、存在感を示すこととなる。

せっかく、積んである虚子関連文庫本、しばらくマス目を埋める筆はおいて、一夜、これらの本のつまみ読みを楽しむこととする。当然、原稿はストップだ。

好戦的俳人？　いや俗人的哲学者

九冊の虚子文庫本の拾い読みを楽しんだ。そして、虚子のことを、ほとんど知らなかったことを思い知らされた。ぼくが知る虚子とは、その代表句のごく一部と、子規とともに俳句にかかわってからの、ほとんどがエピソード的側面のみ。たとえば——

・虚子は同郷・松山の子規に誘われて俳句に関わるようになるが、最初のきっかけは、野球に熱中する子規が碧梧桐とともに高濱君（のちの虚子）を野球の仲間として呼びこんだことから。

・俳号の「虚子」は本名の清を子規が音をそのまま「虚子《きよし》」とした。このエピソードは子規の俳諧、滑稽気分を示していて楽しいし、さすが見事なコピー感覚である。

・子規は主導してきた「ホトトギス」を、自分の後継者とし愛弟子、虚子に引き継いでもらおうと話を持ちかけるが、これを、子規のような学級肌ではないことを自覚している虚子が断り、子規をがっかりさせている。いわゆる「道灌山事件」。

・子規のもと、同郷の松山で学生時代からの親友で俳句を共に学んだ河東碧梧桐とは、子規の死後、俳句に対する理念の違いから厳しく対立、生涯のよきライバルとなる。

・その河東碧梧桐は、虚子が一時、俳句より小説の創作に情熱を注ぐ間、季語や五七五の定型にこだわらない、より自由で新興的な俳句、〝自由律〟の世界を提唱、旺盛な実作や全国を踏破しての普及活動によって世の支持を受けることになる。句界はヌーベル・バーグ＝ニューウェーブのブームを迎える。
・この、碧梧桐をリーダーとする〝革新的〟伝統逸脱の俳壇の状況に強い危機感を抱いた虚子は、小説創作の世界から、再び俳句の世界に舞い戻り、〝客観写生〟〝花鳥諷詠〟の二本柱の理念を死守、また多くの後進を育て俳句界の領袖的存在、大虚子となる。
・虚子の下で学んだ、水原秋桜子、山口誓子、阿波野青畝、高野素十は名の頭文字が「ホトトギス」の「四S」と呼ばれたが、水原秋桜子と山口誓子は、共に「ホトトギス」を離れ、より近代的な感覚の、新たな道を進むこととなる。

――と、いったあたりだろうか。

虚子の世界のアウトラインを知るためには、当たらず遠からずの知識だったかもしれないが、今回、心おもむくままに虚子本のページをめくってゆくと、改めて虚子の存在のスケールというか懐の深さ、ファイトスピリッツ、また詩作の柔軟さ、言語扱いの妙などを知らされることとなったのである。

当然といえば当然のことながら虚子は、単にエネルギッシュな、世間や社会に対し押し出しの強い、上昇志向だけの表現者ではなかった。俳句という一事を生涯にわたって考えつづけ、実作し、後進を育て上げ、また、その理念、言葉を磨き上げつづけた。また一面、実践的哲学者の貌《かお》すらうかがわせるのである。

ぼくに、このような思いに立ち至らせてくれた虚子文庫本を、一冊ずつ、サラッとおさらいしてみたい。精読でも熟読でもなく、気ままなチラ読みですが。

○『俳句への道』

この「序」に

この書に輯《あつ》めたものは私が従来しばしば陳《く》べ来ったものをまた言を改めて繰り返したものに過ぎぬ。私の俳句に対する初心に変わりはない。

しかし時に応じ物に即して筆を採ったものであるから、今の俳句界に対して無用の言とはいえないであろう。（傍点、筆者）

と、ことわりつつも、

と、晩年（昭和二十九年）でも、気力の衰えは見せない。この虚子の俳句語りは、次女・星野立子の句誌「玉藻」に連載、自論の〝客観写生〟や〝花鳥諷詠〟を、初心者をも意識しつつ語った貴重な記録とされている。

虚子文庫本、まずはということで『俳句への道』を、飛ばし読みするつもりでページを開いたら、この一冊が虚子の俳句理念をすべて（しかもくり返し）語っていることにすぐ気づかされた。この一冊がきちんと読めれば、虚子の俳句への思い、理念を汲むことは可能となるはずだ。

「俳句」と題する項、まず、〝客観写生〟が語られる。「客観写生（客観写生——主観——客観描写）」と題する一文。引用したい。

私は敢えて客観写生ということを言う。それは、俳句は客観に重きをおかねばならぬからである。

俳句はどこまでも客観写生の技倆《ぎりょう》を磨《みが》く必要がある。

＊

その客観写生ということに努めて居ると、その客観写生を透《とお》して主観が浸透して出て来る。作者の主観は隠そうとしても隠すことが出来ないのであって客観写生の技倆が進むにつれて主観が頭を擡《もた》げてくる。

——なんか、仏門の問答のようで、こういう言葉に接すると、ちょっと戸惑うのではないか。虚子はさらに言葉をつづける。

客観描写ということを志して俳句を作っていくという事は、俳句修行の第一歩として是非とも履《ふ》まねばならぬ順序である。

ま、仮にそれを了承したとしても、では、その「客観写生」という耳慣れない〝虚子用語〟は何を意味することなのですか？　と問いたくなる。老練なる論客・虚子は、すでに説明を用意してある。

客観写生ということは花なり鳥なりを向こうに置いてそれを写し取る事である。自分の心とはあまり関係がないのであって、その花の咲いている時のもようとか形とか色とか、そういうものから来るところのものを捉《とら》えてそれを謳《うた》う事である。

と説明し、さらに簡潔に、

だから殆ど心には関係がなく、花や鳥を向こうに置いてそれを写し取るというだけの事である。

と断定する。え？　俳句という表現に心は関係ないの？　といいたくなるが、早合点してはいけない。

そういう事を繰り返してやっておるうちに、その花や鳥と自分の心とが親しくなって来て、その花や鳥が心の中に溶け込んで来て、心が動くままにその花や鳥も動き、心の感ずるままにその花や鳥も動き、心の感ずるままにその花や鳥も感ずるという事になる。

（中略）

自分の心持を諷《うた》う場合にも花鳥は自由になる。

客観写生の要点、というか要諦は「俳句は客観写生に始まり、中頃は主観との交錯が色々あって、それから終《しま》いには客観写生に戻るという順序を履むのである」――というのが虚子の俳句理念の二本柱のうちの太い一本である。

さて、もう一本の柱、虚子自ら編となる歳時記の表紙に、その四文字を博押しするほどの虚子製キーワード「花鳥諷詠」と題する一文――。

書き出しから、いかにもファイター虚子先生らしく、いきなり先制のパンチをくりだす。

俳句でない他の文芸に携わっている者が「花鳥諷詠」を攻撃するならば聞く耳を持つが、俳句を作っている者が「花鳥諷詠」を攻撃するのはおかしい。

と、ジャブのあとに、力を込めてフック、あるいはアッパーカットだ。

俳句は季題が生命である。尠《すくな》くとも生命のなかばは季題である。されば私は俳句は花鳥（季題）諷詠の文學というのである。

花鳥、つまり自然と季語（虚子は専ら季題という言葉を使っている）として用いられる短詩型文芸が俳句だ、といっているのだ。だから、

季題というものを除いては俳句はありえない、それは俳句ではないただの詩となる。詩としては成り立つが俳句としては成り立たない。

と主張する。とどめの一発、いや、一行はこの言葉だ。そんなに季題に抵抗を感じ、否定したいならば――

季題の拘束のない他の文芸におもむけばよい。

この俳句という文芸の世界にとどまっている必要などないのではないか、と挑発する。季題に深い思いを抱く、この俳人は、

天然現象（花鳥）に心を留めると忽《たちま》ちゆとりが出来る。拗くとも諷詠しようとする人の心にはゆとりが出来る。

（中略）

自然（花鳥）と共にある人生、四時の運行（季題）と共にある人生、ゆとりのある人生、せっぱ詰らぬ人生、悠々たる人生、それらを詠うのに適したのが我が俳句の使命であると思う。

虚子の花鳥諷詠、つまり、これまでの季題信奉の言に接すると、こちらもなにか幸せな気分となってくる。

昭和初頭、東京のトレンドのシンボル的丸ビルに事務所を置いて、世俗的にはイケイケ派のように見られながらも、その俳句理念は無季語、無定型の〝新派〟に対して、自らを「守旧派」あるいは「伝統派」と名づけて闘いつづけてきた虚子だったのである。

『俳句への道』は読み飛ばせなくなった。他の虚子文庫をながめつつ、とにかく、この一冊を精読することにする。八十歳に近い虚子の、俳句という特殊な文芸ジャンルを守るための、休みない闘いの記録、記憶がここに語られているからだ。くりかえすが、掲載されたメディア「玉藻」は父・虚子の肝入《きもい》りで、娘・立子の主宰する句誌であり、初心者の同人、句の投稿者も少なくなかったという。

そういう読者に向けての配慮を、したたか、練達の虚子が軽視するはずがない。

虚子は、自説の〝客観写生〟と〝花鳥諷詠〟について、言葉や角度を少しずつ変えながら、くり返し説明しようとする。「何度でもいうぞ！」という、強い〝圧〟が虚子の本領である。
「客観写生（再）」の項――。再度、客観写生のことについて〝粘土〟という物体の、巧みなたとえを使っての印象的な一節だ。

客観写生ということは、客観を見る目を養い、感ずることを養い、かつ描写表現する技を練ることである。

とまずは端的に断定する。これにつづく言葉が、その説明となる。

客観を見る目、感ずる心、そうしてそれを描写する技、それらを年を重ねて修練し、その功を積むならば、その客観は柔軟なる粘土の如く作者の手に従って形を成し、客観の描写ということがやがて作者の志を陳《の》べることになり、客観主観が一つになる。

――と、そして、

客観写生ということを修練した人の俳句と、客観描写をおろそかにした人の俳句とは直ちに見わけがつく。

〝直ちに見わけがつく〟とまで師に言われては、後進、塾生、同人はちょっとビビってしまうにちがいない。虚子のカリスマ性発揮。

そして、トドメはこうだ。

客観写生ということは浅薄な議論のように考えて居る人が多い。しかし自然を軽蔑する人に大思想は生まれない。大自然を知ることが深いほど作者の心もまた深くなってくるわけである。大自然を外してなんの心ぞや。

「極楽の文学」と題する、つい、座り直して読んだインパクトの強い一文もある。引用したい。

私はかつて極楽の文学と地獄の文学という事を言って、文学に二種類があるがいずれも存立の価値がある。

ここまではともかく、次の一節がほう！　そうだったんですか！　と改めて気づかされることとなる。つまり——

俳句は花鳥諷詠の文学であるから、勢い極楽の文学になる。

花鳥諷詠イコール極楽の文学——は次に説明される。

虚子のもの言いは、必ずしも順序だてた三段論法的表現をとらず、「なぜかというと」という中断をすっ飛ばして断定してしまうことが少なくない。ご本人は無意識だろうがプロパガンダの手法ではないか。

飛ばした中味がフォローされる。

如何《いか》に窮乏の生活に居ても、如何に病苦に悩んでいても、一度心を花鳥風月に寄することによってその生活苦を忘れ、たとえ一瞬時といえども極楽の境に心を置く事ができる。俳句が極楽の文芸であるという所以である。

これまで紹介してきた、最晩年近くの俳話『俳句への道』では、さらに客観写生、花鳥諷詠が語られるが、俳句の〝功徳〟もたびたび披露される。「俳界九品仏」と題する一文。

私はかつて『俳諧須菩提境《はいかいすぼだいきょう》』というものを書いた。これは仮にも十七字という俳句に接したものは悉《ことごと》く、成仏するということを書いたのです。

「俳句に接したものはことごとく成仏する」——ずいぶん思い切った定義である。いってみれば「俳句教」あるいは「俳句禅」？　虚子の言葉を聞こう。すごいですよう。

立派な俳句をつくる人はもとより成仏する。立派な俳句を作らぬ人でもとにかく俳句を作った人なら成仏する。俳句は作らないがしかし俳句を読んで楽しむ人ならこれまた成仏する。読んで楽しまなくっても唯《ただ》俳句を読んだことのある人も成仏する。読まなくても俳句というものに目を触れた人なら成仏する。また、俳句という名前だけに接しただけの人でもなお成仏する。成仏するというのは俳句に対して有縁の衆生となるというのである。

まるで「南無阿弥陀仏、ナムアミダブツ」と唱えれば、それだけで極楽成仏できるという浄土宗の教えの俳句版ではないか。虚子の俳句への確固たる決心がうかがえる言説だ。しかも、俳句は「極楽の文芸」であり、俳句により「成仏できる」というのだから、一心に念仏を唱える「往生要集」ならぬ、俳句専心の〝俳生要集〟。虚子を教祖とする「俳句教」だ。

皮肉で言っているのではない。ぼくなど、これまでの生半可な予備知識で、この俳句史の壇上にどっかと座るカリスマ虚子に対しては複雑な印象を抱いていたが、この『俳句への道』を読み進むうちに、虚子の人間としての大きさ、懐の深さ、組織力、オトボケ、挑発、また後進への、温かい眼差しが感じられて快い。

虚子の俳句への思いを知りたければ、まず、この一冊だな、と思い定めた次第。あとは、その虚子の俳句に接するしかない。手ごろなところでは、すでにリストとして挙げた『覚えておきたい虚子の名句２００』。

さほど期待して入手した思いはなかったはずだが、一ページ一句の紹介とその解説、また巻末の「虚子名言抄」や「略年譜」、そして「初句索引」や「季語索引」と親切な編集・構成。この文庫も結局、「はじめに」から、奥付対向ページまで完読してしまった。

本文、マーカーによるラインだらけ。憶えのためのフセンがぼうぼうと萌え出る若草のごとし。

ここらで虚子離れをして、実際、虚子の下から離れて、別の俳句世界へ旅立った、水原秋桜子と山口誓子のかかわる歳時記と、その理念をたずねてみよう。

第６章

〝巨人〟虚子と新しい俳句運動

虚子中心、俳句運動史のおさらいをする

大正から昭和前期、日本の俳壇に「ホトトギス」王国を築いた観のある、その主導者・高浜虚子の「客観写生」「花鳥諷詠」の俳句理念にあきたらなくなり、それに反旗をひるがえすこととなる水原秋桜子と、それに呼応した山口誓子の歳時記にふれるまえに、季語、定型に関わる「子規以後の俳句運動史」を、ざっと、たどってみたい。

江戸末期の俳諧世界の、通俗的、知的遊戯に傾いていた句――天保以後の句のほとんどは卑俗、また陳腐で見るに耐えない。これを「月並調《つきなみちょう》」という――と正岡子規は批判、俳句革新にのりだす。これまでの連句は、〝座の文芸行為〟であり、〝個人の創造活動ではない〟として、子規は連句の第一句・発句を独立させ、これを「俳句」とすると主張。また作句の基本的姿勢を観念的・類型的イメージの表出や言葉遊びではなく、自然や事物に対する「写生」を重んじることを提唱した。

江戸俳諧から近代俳句への夜明けである。子規の主宰する「ホトトギス」には彼の俳句観、活発な行動に共鳴した若い才能が集まってくる。同郷・松山の高浜虚子と、その学友であり、同じ部屋で暮らすほどの親友でもあった河東碧梧桐。子規より年長だが、子規に

よって俳句の道に入る鳴雪公羽・内藤鳴雪や文芸仲間の夏目漱石や鈴木三重吉ら。

とくに虚子と碧梧桐は、子規のもと、「ホトトギス」の「二俊秀」と目されるが、虚子が漱石の文学――(「吾輩は猫である」は「ホトトギス」に連載)――に影響され、俳句から離れ小説の創作に没頭する間、一方の碧梧桐は、「写生」一辺倒の句から脱却した「新傾向俳句」と呼ばれる俳句運動をおこし、俳壇で大きな勢力を得ることとなる。

これに危機感を抱いた虚子は、ふたたび俳句の世界に立ち戻り、自ら〝守旧派〟を宣言、「客観写生」、さらには「花鳥諷詠」をスローガンとして復帰をはたす。

碧梧桐の近くには荻原井泉水がいた。碧梧桐より一まわりほど年下の井泉水は、碧梧桐による「新傾向俳句」の影響下にあったが、明治四十四年に句誌「層雲」を創刊、「自由律俳句」を唱えることとなる。碧梧桐もこれに加わるが、のちに離脱。井泉水の下からは、尾崎放哉、種田山頭火という、今日も熱烈なファンを持つ、異能の俳人が輩出する。

「新傾向俳句」を看板に、俳壇を制したかに見える碧梧桐らの活動に危機感を抱いた虚子は、小説の筆を置いて句界に復帰、これを看過することはできぬ、と、ふたたび「ホトトギス」を拠点に、伝統的俳句の精神の必要を情熱的に訴え、旺盛な活動に専念することとなる。

そのスローガンの二本柱が、すでに記したように「客観写生」であり、さらに「花鳥諷詠」となる。

これまでの俳句運動の流れの中での登場人物と、組織した結社やそのスローガン、キャッチフレーズ、また例句のほんの二句づつだけ挙げておこう。

○正岡子規　一八六七（慶応三）年〜一九〇二（明治三十五）年「ホトトギス」のもと「写生」を提唱。陸羯南《くがかつなん》を主筆とする新聞「日本」の俳句欄の選者で「日本派」として明治俳句界をリード。

鶏頭の十四五本もありぬべし

若鮎の二手になりて上りけり

○河東碧梧桐　一八七三（明治六）年〜一九三七（昭和十二）年　虚子とともに子規の二大弟子の一人。子規の没後、新聞「日本」の俳句選者を引き継ぐ。しかし、虚子の客観写生の姿勢を、ともすれば、単に目に入った自然、光景を写しとっただけの内容のないものとし、個性の発揮、現実生活への視点を重視する「新傾向俳句」をスローガンに全国を歴訪、大きな運動をまきおこす。大正二年、虚子の俳壇への復帰を機に虚子と対立、その後、定型の句から脱する「自由律俳句」へと進む。大須賀乙字、荻原井泉水、中塚一碧楼らを輩出。

赤い椿白い椿と落ちにけり

弟を裏切る兄それが私である師走

○高浜虚子　一八七四（明治七）年〜一九五九（昭和三十四）年　碧梧桐とともに子規のもとの双璧。子規の没後「ホトトギス」を継承。すでに記したように一時、漱石の影響もあり、小説の創作に専念するが、碧梧桐らの「新傾向俳句」に対し、伝統俳句を死守すべく大正二年俳界に復活。有季、定型の「客観写生」また「花鳥諷詠」を強力に提唱、女流俳人のプロデュースを含め「ホトトギス」を再興、たちまち俳壇の中央を占める。

春風や闘志抱きて丘に立つ
遠山に日の当たりたる枯野かな

○荻原井泉水　一八八四（明治十七）年〜一九七六（昭和五十一）年　碧梧桐の「新傾向俳句」に先立つ明治四十四年に「層雲」を創刊、これに年長の碧梧桐も参加、「自由律俳句」運動をリード。ここから尾崎放哉、種田山頭火が出る。

月光ほろほろ風鈴に戯れ
たんぽぽたんぽぽ砂浜に春が目を開く

ちなみに、放哉は

咳をしても一人
いれものがない両手で受ける

山頭火は

わけ入っても分け入っても青い山
うしろすがたの　しぐれてゆくか

の句で、今日も一般に知られる。

と、ここまで明治以後、子規から碧梧桐、虚子、井泉水とたどってきたが、大正、昭和の俳句界に君臨したドンといえば、やはり虚子だろう。その大虚子に反旗をひるがえす俳人が昭和前期に登場するが、それを許らずも準備したのが虚子率いる「ホトトギス」王国の「四Ｓ」の存在だった。

「四Ｓ」とは「ホトトギス」にあった水原秋桜子、山口誓子、阿波野青畝《せいほ》、高野素十《すじゅう》の四人。秋桜子と誓子、素十は、東京大学出、秋桜子と素十は医学部、誓子は法学部。秋桜子と素十は卒業後、医療の現場の要職を歴任しながら「ホトトギス」での活動にもめざましいものがあった。この二人のうち、先頭を切ったのが秋桜子。

直接のきっかけとなったのが、師・虚子の「客観写生」の忠実な信奉者・高野素十の「草の芽のとびとびのひとならび」の句を評価した虚子に対して——素十のこの句は単なる瑣末主義の「草の芽俳句」だ——と「ホトトギス」の写生俳句を批判、虚子と決定的に対立、虚子の下を離脱することとなる。

この秋桜子の行動に、もう一人の「ホトトギス」の「四S」の一人、誓子も行動をともにし、「新興俳句」誕生の因となる。

秋桜子の句として、

来しかたや馬酔木《あしび》咲く野の日のひかり

啄木鳥《きつつき》や落葉をいそぐ牧の木々

誓子の句

ピストルがプールの硬き面にひびき

海に出て木枯帰るところなし

ところで、大正、昭和初期の俳壇史における、虚子の名プロデューサーぶりの一例を記しておきたい。それは女流俳人の輩出である。

大正二年、虚子は「婦人十人集」と題しての欄を設け、婦人俳句会を発足させる。このなかから、長谷川かな女、竹下しづの女（金子兜太さんがファン）、阿部みどり女、高橋淡《あわ》路女《じじょ》、そして情熱の俳人・杉田久女、らが俳壇の内外に名をとどろかせる。

後の、キャッチフレーズにならえば、この五俳人、すべて俳号が「女」で終わっているので、「五J」といいたくなる。

それはさておき、彼女たちの例句を一句ずつだけ挙げておこう。

羽子板の重きが嬉し突かで立つ　長谷川かな女
短夜や乳ぜり泣く児を須可捨焉乎《すてちまおか》　竹下しづの女
空蝉のいづれも力ぬかずゐる　阿部みどり女
散り牡丹どどと崩れしごとくなり　高橋淡路女
旅つぐやノラともならず教師妻　杉田久女

大正期の女流俳人のあと、昭和前期、それを引きつぐかたちで、ふたたび虚子の「ホトトギス」から新しい感覚の才能が登場してくる。「ホトトギス」女流俳人の俊英「四T」である。

三橋鷹女《たかじょ》、橋本多佳子《たかこ》、中村汀女《ていじょ》、星野立子、の四人。例によって彼女たちの句を。

夏痩せて嫌ひな物は嫌ひなり　三橋鷹女
白桃に入れし刃先の種を割る　橋本多佳子

外にも出よ触るるばかりに春の月　中村汀女
父がつけしわが名立子や月仰ぐ　星野立子

この星野立子はもちろん虚子の愛娘。虚子の著作に「立子へ」と題する、虚子の俳句への思いを伝える、虚子を語るとき、よく引かれる一冊がある。

その立子のこの一句。「父がつけしわが名立子や月仰ぐ」――すぐわかるように虚子の提唱した定型、五七五ではない。定型にしようと思えば、すぐに可能な句である。「父つけしわが名立子や月仰ぐ」としてもよい。しかし、彼女は五七五ではなく、ご覧のように、敢えて、六七五とした。

虚子はどう思ったのかしら。興味ぶかい。

それはともかく、女性俳句作家たちの誕生までプロデュースした虚子、また、一癖も二癖もある男性の俳句創作者たちをも含めて、「ホトトギス」を拠点として、たばねてリードした虚子の組織力、また経営力は想像を絶する。大悪人、大頭目の大虚子、とも言いたくなる。

子規と虚子がいなかったら、今日の俳句は、また歳時記はどうなっていたのだろうか。

宮内庁・産婦人科医の秋桜子と東京大学法学部出身の誓子

虚子の「客観写生」「花鳥諷詠」にあきたらず「ホトトギス」のもとから飛び立った「四S」の一人、水原秋桜子と、それに呼応するように行動を共にした、「四S」の中のもう一人のS、山口誓子、この二人の歳時記と、彼ら、それぞれの理念や作風にふれてみたい。

まずは秋桜子。手元の『新編　歳時記』を取る。奥付は昭和三十七年、大泉書店刊。もちろん秋桜子編。

例によって、「序」(元版)をみる。

まずは、この歳時記の成り立ちから。

・「自分を監修の立場に置いて、執筆には加はらぬことにした」。その理由は「季題の解説に当るには、いま最も旺んなる作句力の持ち主が適任と信じたから」。

・「私は馬酔木の作者の中から四人の適任者を選び、この仕事を担当することを依頼した」。その四名とは、篠田悌次郎、能村登四郎、林翔、澤聰。

・「解説は明治大正時代の科学的解説が廃れ、現今では一般に文学的解説が行われている」が「なほ不備なのは例句と解説が離ればなれになり、密接な関係をもっておらぬことである」。

・「そこで今度は例句を一層精選して解説との関係をもたしかめ」「しばしば解説の中に例句を挿入し」「或は古句と現代句との覘《うかが》いの相違を説明」——で、「これらは明らかに新機軸」とアピール。

・もう一つ、この秋桜子編・歳時記では「季題の所属季節変更」。例として、これまで春期とされてきた「鳥の巣」を「確信をもって初夏に」。また、「巣立鳥」を初夏に。「蜩《ひぐらし》」は秋とされて来たが「正しい観察にしたがい、これを晩夏に編入」したとする。

・そして、この歳時記が「季節的の随筆集として見ることも出来るだろう」「俳句作者ならぬ人にも親しみ読まれるかもしれない」と「期待を抱いて」いる。

その本文を読む。たしかに解説が、短い一篇の随筆の趣きがあったりする。一例だけ取り上げてみよう。「麦秋《ばくしゅう》」。

麦秋　麦の秋

俳句の季節には俳句だけに通じる秋などもその一例で、仲々含みのある言葉である。(中略)麦が黄色く熟れる頃で、右畑などに近づくとむっと熟れ麦の香がする。淡い人の体臭に似て、稲の熟れた頃と又感じが異なふ。この頃は麦秋特有の曇った日があって風がなく、じっと汗ばむ様な暑さを感じる。

何度も登場する「麦秋」が「秋」という文字が入っているにもかかわらず夏の季語とい

うのが、俳句と無縁な人は、とまどうことだろう。また、この解説では「淡い人の体臭」といった表現など、俳句の解説文としては新鮮な感覚では。

例句として、八句が掲げられているが、ぼくは、四句に限って選んでみた。

雑巾の乾く月夜の麦の秋　静塔

麦の秋一度妻を経て来し金　草田男

麦秋や書架にあまりし文庫本　敦

そして秋桜子が、被爆した長崎・浦上天主堂に対したときの

麦秋の中なるがかなし聖廃墟

を、やはりはずすわけにはいかない。

もっといろいろな季題も紹介したいが、先を急がねば。

秋桜子歳時記を脇に置いて、彼による俳句随想を訪ねてみたい。『俳句作法』（昭和六十年　朝日文庫）。

秋桜子の文章——。「菖蒲《しょうぶ》」のところでは、「明治神宮の神苑に咲く菖蒲を拝観したことがあるが、その美しさに打たれて句のことは考えずに帰った」。「私はかつて手入れの行届

いてしかも気品の高い庭を詠んでみたいと思って苦労したが、それは結局徒労に終った。捉えどころがなくてむずかしいのである」と語り、四つ木の菖蒲園で、

門川に咲けるもありて菖蒲園

「という句を作ったら、同行のうち三人までが同想の句を作ったのに驚いたことがある」と、それこそ、彼の歳時記の「序」ではないが、〝随筆的〟解説をしている。

また、「紫陽花《あじさい》」では「紫陽花は初夏から咲きはじめ、秋の半ばまで保っているが、その間に花の色が青、紫、薄赤などいろいろ変化する。そこで紫陽花のことを『七変化』とも呼んでいるが、いやな別称で俳句には使いたくない」と、秋桜子個人の美意識というか、感性を披露している。ぼくも今後は「七変化」は使うのはやめよう。

秋桜子の文章は、きっぱりとした物言いではあるが、どこか優しく、やわらかな印象を受ける。好き嫌いを言っても、句作の指導をのべていても、ゆったりと厳格というより、説きくどくような口調となる。

「ホトトギス」の単なる「客観写生」からの、平板な「自然模倣主義」ではなく、心情をこめたこころよい調べを旨とした秋桜子の理念が、このような『俳句作法』の文章にも表れていると思ってよいのだろう。

これと対照的なのが、秋桜子と同時に、虚子の「ホトトギス」を離れた山口誓子である。誓子の文体を見てみたい。神保町散歩でタイミングよく入手した『誓子俳話』（昭和四十七年　東京美術）。

巻頭の一章が、これまた秋桜子の『俳句作法』同様、「作法」という言葉を使っている。その中の「我が主張・我が俳論」。

俳句は如何なる詩であるか。
俳句は「自然の刺激によって感動する詩」である、と私は定義する。私のほしいままの定義じゃない。

いきなり真剣である。そして、芭蕉の「風光の人を感度せしむる」を援用し、「風光」は自然である、とする。さらに、ライシャワー、本居宣長、道元、斎藤茂吉、画家の平福百穂、ロダン、ドナルド・キーン、そして元の師の虚子の言葉まで引きつつ、「我が主張・我が俳論」を展開する。

ほとんど文芸評論的俳論であり、知的読者を想定しての硬度？　いや高度な文章である。この項の末尾に誓子がもっとも言いたかったことが集約されていると考えられる。ちょっと理屈っぽいかと思われるかもしれないが引用したい。

自然の物と物とをメカニックに考える私は、俳句の内部構造を強く主張するのである。私は無心で自然の物をよく見る。その物から想像力によって他の物に飛躍する。その二つの物の関係に感動が起る。

それは組み立てるのではない。直感的な感動がそういう二つの物に分析されるのである。

なんか、実験物理のレポートの一節みたいな文章と思ってしまう。そして、このあとに続く一節が、なんとヘーゲルの弁証法の概念が登場する。

わたしはそれを図式で表して、

合
↗　↖
正　→　反

だとする。「正」は一つの物、「反」は飛躍した他の物、その二つの物がそのまま「合」として統一されているのである。「正」と「反」とは、読者の理解できる限度まで、掛け離れている方がよい。それによって「合」は高められているのである。
現代に生を享けたために私はそういうメカニズムを強調するのである。うあぁー、こんな誓子の言葉に接すると、あだやおろそかで、五七五など作れなくなってしまうのではないでしょうか。しかし、この『誓子俳話』は、文芸評論集としても読みごたえがありそう。改めて、じっくり読むことにする（多分）。ちなみに先の優しい口調の秋桜子の出身校と職業は、現・東京大学医学部卒で、宮内庁の産婦人科医。誓子は同じく東京大学であるが法学部卒。大阪住友合資会社に入社。二人の句を紹介しておこう。すでに既出もいとわず。まず秋桜子。主宰した「馬酔木」を読み込んだ句から。

来しかたや馬酔木咲く野の日のひかり
梨咲くと葛飾の野はとの曇り
啄木鳥や落葉をいそぐ牧の木々
滝落ちて群青世界とどろけり

誓子の句。

ピストルがプールの硬き面にひびき

かりかりと蟷螂蜂のかほを食む
スケートの紐結ぶ間もはやりつつ
海に出て木枯らし帰るところなし

硬質で、気持ちよいくらい冷徹、俳句会のハードボイルド作家？

『必携　季語秀句用字用例辞典』に驚く

この辞典の編者の名に気付いて入手した。――齋藤愼爾。

もう四十年ほど昔になるだろうか、新宿御苑の近くの古い建物の二階にAという居酒屋というかスナックがあった。そこをきりもりしている女性の、素朴な印象ながら知的魅力があったためか、ゴールデン街からは少し離れてはいたものの、いわゆる新宿文化人に類する客が集まる店として知られていた。

といってもAは、当時のゴールデン街の名物店のような、泥酔系の客はまず寄りつかず、二、三人連れの何組かの客が、くつろいで酒と会話を楽しんでいるような居心地のよい店で、齋藤愼爾氏とはそこで何度か出会っている。

ぼくの若き仕事仲間がAの常連で、やはり、その店の常連の彼から齋藤氏を紹介されたのだが、親しく会話をしたことはない。ぼくにとってAという店はあくまでもヴィジターで、そこの常連さんと話をするのは控えたい気分があったからだと思う。ただ彼が「深夜叢書」という話題の出版社を営んでいることは知ることとなった。

その齋藤氏の名が、何十年ぶりかで、この連載を続けるなかで、甦ってきたのだ。例えば直近では、これは既に記したが、金子兜太編『現代俳句歳時記』を手にしていたとき、本文扉裏に、極めて控えめ、十級ぐらいの文字で「装幀」として氏の名前を認めることができ、金子兜太氏との浅からぬ間柄を推し測ったのである。

余計な前フリが長くなったが、その齋藤愼爾・阿久根末忠の共編になる『必携　季語秀句用字用例辞典』（一九九七年　柏書房）の帯を見る、いや、読む。（くり返しになりますが、その書籍の〝キモ〟は帯に示されている）表の帯のコピーを書き移す。


「収録語彙　六五、〇〇〇語　例句二五、五〇〇句　類書中最大」

創作に抜群の威力を発揮する「歳時記（季語）＋国語辞典（用字用語辞典）

とあり、裏の帯には推薦の言葉として

有馬朗人（国際俳句交流協会会長）――齋藤愼爾氏の編集ならば、この辞典が優れたものであることは疑いない。

金子兜太（現代俳句協会会長）――俳句が醸し出す、日本列島の風土と生活文化の厚ぼったい雲間をただよう気持。

鷹羽狩行（㈳俳人協会理事長）――季語を後世に伝えることは日本文化の継承に重要な役割を果たす。

おっ、やはり推薦者のひとりに金子兜太大人登場と思ったが、それより「収録語彙六五、〇〇〇語　例句二五、五〇〇〇句」の数の多さに驚いた。付録を入れて、本文千二百五十四ページ。本文二段組み。

ちなみに「夏来る《なつきた》」の項を見てみる。例句にドキリとする句ばかり挙げられている。たしかに歳時記は〝例句が命〟だなと改めて思った。

結社を率いる編者による歳時記は、どうしてもそこに拠る同人、投稿者の例句を多く採用する傾きがあったりするが、初心者にとっての「歳時記選びのコツ」は例句を見て、それらが自分にとって好ましい句、感銘を受ける句であるかどうかではないだろうか。

この辞典で「夏来る」は、

なつくる　夏来る　季初夏　時候　夏に入る、夏立つ　立夏。

例句は八句。

金銀の夏は来にけり晩年祭　　永田耕衣
おそるべき君等の乳房夏来る《きた》　　西東三鬼
毒消し飲むやわが詩多産の夏来る　　中村草田男
汽缶車の煙鋭き夏は来ぬ　　山口誓子

渓川の身を揺りて夏来るなり　飯田龍太
路地に子がにはかに増えて夏は来ぬ　菖蒲あや
夏来ると河口情死のにおいして　宇多喜代子
葦原にざぶざぶと夏来たりけり　保坂敏子

八句のうち、三鬼、草田男の句は、すでにぼくでも知っている句であり、誓子の「汽缶車」は、すでに紹介ずみの、これもまた有名な「夏草に汽缶車の輪来て止る」があり、誓子の、機関車の持つ力量、力感に強く反応しているのが興味ぶかい。誓子は機関車フェチだった？

菖蒲あやの句は戦後の下町育ちとしては実感！

八句の中で、初めて出合って、これは一発で記憶に残るなと感じ入ったのは宇多喜代子の句。「情死」に特別のにおいなど、あるわけないが、「河口」が効いて夏の幻想的な物語を生み出している。鶴屋南北？　泉鏡花？　の小説世界を十七文字で味わせてくれる。

と、まあ、こんな楽しい読み方もできる辞典。

そう、もうひとつ書き添えておきたいのは、例句のすべて一見目立たないが、藤色で印刷されている、つまり全ページ二色刷りだったということ。編者、辞典造りした人の、本造りに対する並々ならぬ楽しい企て、情熱が伝わってくる。

例によって、編者による「はじめに」を紹介しなければならなかった。この「はじめに」は再読、再三読する価値がある。四ページ分、全文そのままコピーしたいくらいだが、そうもいかず、部分部分をピックアップ、引用する。名文と思う。

「はじめに」

正岡子規の俳句革新に始まった現代俳句は、敗戦の炎に焼かれ、「第二芸術論」の矢に射られながらも、不死鳥のごとく甦り、いま未曾有の隆盛を迎えている。

この辞典の刊行は一九九七年。この文章での「いま未曾有の隆盛」というのは、もちろん刊行時。また「第二芸術論」の矢、はすでに記してきたように桑原武夫の昭和二十一年、雑誌「世界」に掲載された現代俳句という文芸表現への批判。

（中略）

歳時記は聖書や各種学習参考書に並ぶ隠れたベストセラーである。俳句作家で歳時記を座右に備えていない人は、聖書を持たないキリスト教徒が想定できないように、まず皆無といってもいいであろう。

（中略）ところが近年、歳時記は俳人にとどまらず、一般の文学愛好家、さらには地球環境や自然保護を考えるエコロジスト、海外へ赴任するビジネスマンたちにまで重宝がられている。（中略）私たち日本人が自己のアイデンティティや伝統的感性を確認するとき、海外へ赴任するビジネスマンが「故郷喪失」という病を内に抱えながら、望郷の歌をうたおうとするとき、歳時記が彼らの感情の後背地を形成するものとして座右におかれる所以である。

（中略）

山本編纂本を始め現今の歳時記が、「今日の私たちの生活に迂遠と思われる季題を省いた」だの「例句のない季題の大部分は削除した」と「凡例」に録し、ただ使用されていないというだけで旧季語を貝殻追放しているときに、その欠を補うべく最大限努めたつもりである。

現代日本人の生活から、かつての季節感が失われたからといって、季語そのものを歳時記から消し去ってしまう傾向に、「貝殻追放」という古いギリシャの言葉を用いて、その異を唱える。膨大な季語、用語の収録はその考えの反映である。ところが編者は、この季語、歳時記を盲信的に崇めたてまつるのではなく、厳しく相対化する。重要な言説だ。

季語が一度典型化され美化されると、その理念は制度として人々の想像力を拘束することとなる。歳時記は俳句を骨がらみ規定するパラダイムと化し、俳人の感受性、世界観、コスモロジーを支配するということである。

次の一節が、この「はじめに」の締めとなるが、ここで、この辞典の編集意図、また、他の類書にない意識的な企てが表明される。少し長い一節だが引用する。

本辞典を編集しながら、私たちは擡頭する新世代俳句作家たちの声にも耳を傾けた。短詩型に託されるのが、日記風の季節感だけだとしたら、たいへんおそまつな話だ。季節感を突きぬけた世界観や宇宙観、あるいは人間観が問われないと詩などは、滅亡すればよい（夏石番矢氏）——その内的衝迫の有無があるいは従来の歳時記と本書を分かつ差異と言えるかもしれない。詩的連想の広がるキーワードや無季俳句を多く収録したことは本辞典の一画期と自負する。

現代俳句における詩語としての季語、歳時記を、極めて自覚的に意識して編まれた齋藤愼爾・阿久根末忠による季語、歳時記、用語辞典にまで至ったので、このへんで一段落としようと思ったのだが、見やれば壁の傍らに、何冊かの単巻歳時記関連の本が積まれている。キリもないので、これらの本についてふれることは省略して、次の、各社が社の威信をかけて競作したと思われる複数刊の歳時記に移って、この長かった季語、歳時記巡礼の旅を終えたいと考えていたのだが、やはり、どうも気になる。それらに一言もふれずにスルーしてしまっては、何かそれら歳時記たちに申し訳ない気がしてきたのである。これらの一冊一冊は、神保町古書店散歩や、気ままに立ち寄った古書展などで出会って入手してきた本である。今日、ぼくの手元にあるのも、なにかのご縁といえる。

やはり、手に取って、一言くらいずつ紹介しておこう。いわば季語、歳時記供養、そのほうが、こちらの気もおさまる。

順不同でゆく。

すでに紹介ずみの、大正十五年、集栄館書店版・曲亭馬琴著『俳諧歳時記栞草』と同じような気配を放っている一冊を手にする。

○『**昭和大成新修歳時記**』宮田戊子著（昭和七年　近代文芸社　六七〇頁）。布製で扉は石版刷りの趣き。戦前の歳時記によくあるように、文人趣味の読者に向けての、口絵に「王子の田楽」（東都歳時記所載）、壬生念仏（年中行事大成所載）の折り込み図版。序として露月山人（石井露月　子規、虚子との交流あり）と、庄司瓦全（内藤鳴雪、渡辺水巴、石井露月に指導を受ける。季語の解説も文語体。例句、もっとも新しいものでも虚子の前期の時代で、これはこれで参考になる）。ところで、この縮冊本（昭和八年刊）も持っていた。こちらは九一六頁。つい、ダブって買ってしまう。

こちらも、戦前の歳時記。

○『新修俳諧歳時記』小島伊豆海著（昭和十三年刊　洛東書院　二八六頁）「はしがき」に――最も合理的に訳注作例、を簡約して一般俳人諸君のためスピート的に目的を達し、事に臨んで変化をふくむ様に心掛け編輯した――。こちらも解説は文語調。〝スピート〟がいかにも昭和戦前?　編者の略歴は不明。

○『俳句歳時記』永田義直編（昭和四十七年　金園社　九四四頁）・著者は公立高校の教諭。校長を務めたあと俳句関連の著作活動に。「はしがき」に――『歳時記』は一党一派に偏した我流的なものであっては、ならないと信じました――とある。ここには、有力な結社主催者と門人による〝党派的〟歳時記への批判の目が光っている。それにしても本文、ざっと数えても四百字ヅメ原稿用紙を二千五百枚は超える。歳時記づくりは大変な作業だ。ましてや、一人で執筆、編集するとなると。

○『日々の歳時記』広瀬一朗著（昭和五十五年　東京新聞出版局　五〇八頁）巻頭に山本健吉による「本書を推す」という一頁足らずの〝お付き合い〟的文章。この歳時記の特徴は、春夏秋冬（新年）の区分けではなく、日めくりカレンダーのように（月）日から一ページずつ、十二月三十一日に終わる構成となっている点で、随筆的歳時記。著者は東京新聞の論説主幹。巻末「あとがき」によると、この歳時記は二年余にわたって東京新聞に連載したものを再構成したものという。謝辞として、師の戦後社会性俳句を唱えた沢木欣一や、松瀬青々に師事した沢木夫人の細見綾子の名が見える。

「辞典」や「事典」と題するもの。

○『季語辞典』大後美保編（昭和四十三年　東京堂出版　六六〇頁）著者は東京大学農学部卒。成蹊大学教授・農学博士。『農業気象学通論』『季節の辞典』他、農業と四季に関わる著作を持つ。「序」によると、著者は気象庁に勤務、三十年にわたって「季節学」を研究。この辞典は――俳句の季題や季語にとらわれないで、季節に関係のある言葉を科学的になるべく正しく検討しなおしてみる必要があるということを痛感――それが、この辞典を編む動機となったという。季節の自然を重点としたため、世の歳時記と異なり、年中行事などはかなり割愛と断っている。たしかに、この『季語辞典』は、もう一冊、普通の歳時記を傍らに置くべきだろう。奥付を見ると初版から五年間で八版を記録している。

○『季語語源成り立ち辞典』榎本好宏著（二〇〇二年　平凡社　三九六頁）。著者は森澄雄に師事、句集の他に『江戸期の俳人たち』『森澄雄とともに』他の著作がある。「はじめに」で、この辞典の成り立ちに関する記述がある。――ここに掲載した季語は、「別冊太陽」（平凡社）の『日本を楽しむ暮らしの歳時記』（全四巻）から選んだものに、新たに八十余の季語を加えた――としている。そして、この季語辞典の特異なところは例句が一切挙げられていない点である。季語のみの解説辞典。この著者が師事した森澄雄編による簡便にして親切な入門書である。にしても例句を挙げないとは、なんと大胆な編集方針。

書き添えておくと、角川ソフィア文庫（KADOKAWA）の、令和になってから出版された新海均編『季語うんちく事典』と角川書店編『俳句のための基礎用語事典』も俳句世界への案内書として、ありがたい文庫本である。

前者の〝うんちく本〟では、たとえば、有名な春の季語、「山笑《やまわら》ふ」の出典が示される。北宋の禅画家・郭熙《かくき》の『林泉高致』の一節「春山淡冶而如笑」（春山淡冶にして笑ふがごとく）から、「春の山がいっせいに芽吹いてエネルギーに満ちあふれた明るい感じ」から歳時記に取り入れられたという。例句は、

山笑ふ歳月人を隔てけり　鈴木真砂女

もう一例だけ。「相撲《すもう》」。今日では、年六場所なので「いつの季語？」と思われるかもしれないが、俳句では「秋」。なぜかといえば、相撲は宮中で七夕にその年の豊凶を占う神事として行われ、また民間の草相撲も秋祭りのころ行われたので、秋の季語となった。例句は、なんとも絶妙な、

やはらかに人分けゆくや勝角力　几董

後者の『俳句のための基礎用語事典』は、より俳句実作者向け。仮にも句界の席に加わり、投句、選句でもしようとする人への〝これくらいは〟という用語が平易に見開き二ページに整理されて解説される。よき入門書というものはいつもそうだが、こちらの知識や理解のムラや偏りを補い、ただしてくれる。

章立ては「Ⅰ　俳諧」「Ⅱ　俳句史」「Ⅲ　作句法」。「Ⅰ　俳諧」では、明治の子規以前の俳諧連歌の世界の用語「Ⅱ　俳句史」では子規以後、虚子に始まる近代俳壇の運動史とそこから生まれキーワードとなったさまざまな用語、また「Ⅲ　作句法」では、句作りにおける姿勢、また基本的ルールなどが解説される。俳句の世界が一望できる恰好のサブテキスト。

この二冊の俳句文庫本、さすが〝俳句の角川〟と、うれしく思った。

『西日本歳時記』めぐりから、「うふふふ」の稔典『季語集』へ

と、よりみちはこのくらいにして、さっきから、妙に存在感のある函入りの歳時記が視界の隅に入っている。手にとろう。すでに少し紹介したが。

○『定本西日本歳時記』小原菁々子編（昭和五十三年　西日本新聞社）

〝定本〟の文字が、こちらに微妙な圧をかけてくる。

この歳時記は、ぼく自身が入手したものではない。大津在住の稀代の物好き。古書店巡り好きの御仁が、この連載を見て贈ってきてくれたものだ。やはり、すでに記した珍本？『ハワイ歳時記』も、このA氏から送付されたものだ。

A氏と京都の夜を過ごした時間を思い浮かべながら、ともかくページを開く。「序」は高濱年尾。昭和四十七年の記。「東京芝公園日活アパートにて」とある。本文、

　俳句は季題の文学であります。

　季題を通して、四季の移り変りを描くのが俳句であります。その季題は各地方によってそれぞれ独立しているものであります。

と、これは、厳父にして「ホトトギス」を率いた虚子の考えを踏襲する。引用を続ける。

かねてより西日本新聞紙上に、西日本季題として、特に採り上げて連載されたものに小原菁々子君が筆になる、西日本歳時記があります。この度それを一本として刊行することになりました。(中略)

西日本独特の季題を通して、多くの人々は自分の思ひでを辿ることもあると思ひます。

と記し、

斯く成りてなほいさぎよし梅雨晴るゝ　年尾

と献句している。まさに、正しい挨拶でしょう。

次の「編者のことば」。一部を引用する。

一、『西日本歳時記』は昭和三十九年六月から四十二年五月まで満三年間、千四十八回にわたり西日本新聞に連載されたものである。

(中略)

一、本書はもともと新聞の片隅のささやかな読み物として始めたものであり、歳時記としてはあらゆる季題を網羅したものではなく、句作の友としては不備なものではあるが、一方、風土に根ざした特殊な地方季題を掘り起こした点は在来の歳時記で閑却されていたところであろう。

まさに、宮坂静生『季語の誕生』の〝地貌季語〟の書。菁々の「編集のことば」は、こう締めくくられる。

> 時代とともに消え去ってゆく古い風習や自然のありようを記録した小さなふるさと風土記、郷土史の一部分としてでも見ていただければ幸いである。

東京下町生まれ育ちのぼくなどは、いまだに申し訳ないが、〝西日本〟といわれても、ただちに具体的なイメージが浮かばない。せいぜいが〝関西〟止まり。久保田万太郎などは「箱根山を越えたことなんかないです」と、うそぶいていたというくらい。歳時記においても、もともとは京都。馬琴の時代になってやっと江戸のあれこれも歳時記に載るというくらいだから――と言い訳をさせてもらいます。

本文の季題をパラパラとながめても、知的興味は刺激されるものの感情移入はありえない。どだい、こちらは余所者。ただ、季題によっては知的興味は湧く。「一月」からページをめくってゆく。「鷽《うそ》替《か》え」「肥後の赤酒」「雉《き》子《じ》酒《ざけ》」「熊本城のどんどや」「久女《ひさじょ》忌《き》」「スルメかんびん」「絵踏み」「天草の椿」といった、季題に目が留まる。ほとんどの季題には、その地方の場所が示される。西日本といったって、長崎の季題は熊本人にとっては縁のないものかもしれない。

たとえば「絵踏み」(熊本県天草)。

これが〝隠れキリシタン〟に関わることはわかる。関東者にとっては「踏み絵」がなじみ深い。しかし、なぜ二月の季語なのか。解説を読む。

徳川幕府は一月四日から数日間、キリストや聖母マリアの画像を一般庶民にはだしで踏ませる絵踏みといった方法で……

とあり、「一月四日から数日間」ということで冬の季語となったわけだ。知らなかった。例句にあたりたい。

天草は哀話の多き絵踏かな　宮崎草餅
そのかみの踏絵石てふ苔の石　古荘公子
絵踏みの絵掲げて古りし島の宿　橘一瓢

その地の人、あるいはそこに訪れた人でなければ生まれない句である。もう一題だけ。

「天草の椿」(熊本県天草)。この地、とくに大江、高浜あたりは椿の大樹老幹が多く、しかも隠れキリシタンの里として知られているらしい。キリシタンには椿がよく似合う?

例句は六句掲げられているが、そのうちの四句だけ。

黒潮へ傾き椿林かな　高浜年尾
火の独楽を廻して椿瀬を流れ　野見山朱鳥
島の子に椿の寺と教へられ　菊池えい子
信徒身を投げし断崖紅椿　長野砂木

地方歳時記、地貌季語に関連しては、『地名俳句歳時記』（全八巻　中央公論社）や『ふるさと大歳時記』（全八巻）が知られている。共に山本健吉監修。

西日本に遠出したので関東中心に戻る。標準語（死語？）ならぬ標準歳時記に。この歳時記、ページを開けば、その本づくり、編集・構成に配慮が行き届いていることがすぐに理解できる。

○『入門歳時記』大野林火監修　俳句文学館編（角川小辞典シリーズ　一九八〇年　角川書店　五六八頁）収録されている主要季語として約八百語にしぼられているが解説、例句に加えて、選ばれた一句ごとに「鑑賞」の手引きが付されている。しかも掲げられている例句には、すべてルビがふられている。

この歳時記、ページをめくって、拾い読みしてゆくうちに、ある遊びを思いつく。鑑賞者は例句の中から一句を選んで、その解説をするのだが、まず、その一句の選出。それぞれの例句を読んで、ときに、「ぼくだったら、この句を取るな」と、異議をはさむ。そして、その鑑賞についても「えっ、そう読む？」と、疑問を発したりする。

俳句という、たった五七五の短詩型では、それを享受する側は、かなり勝手な解釈ができる。作者は、そんなつもりで作った句でも、それを読む側が、自分のイメージで、その句を解釈、鑑賞したりもする。俳句の半分？　はそれを読む側の想像力、また創造力にゆだねられているといえる。

仮に句会で、いくら名句を出したとしても選句する側のレベルが低ければ、その句は誰からも選ばれることなく、その句会からは泡のように消えてゆく。つまり、この歳時記は読者も選句と鑑賞の楽しみに参加できるというわけである。

に、しても便利で頼りになる一冊。ところが、この歳時記の〝ハンディ版〟が出ている。文庫サイズ。元本が刊行された四年後。序文から索引まですべて同内容。季ごとに挿入されている扉写真まで同じという、気持よいくらいの改版ぶり。ちなみに所持している元本は初版から十四年で十二版、定価・本体二千円。お見事！　ロングセラーだ。では、ハンディ版は？　と奥付をチェックすると初版から十三年で十四版、定価・本体千四百円、こちらも使用している。どちらか一冊を知人に謹呈することにしよう。

その大野林火が関わったもう一冊、こちらはさらにコンパクト。安住敦との共編による、

○『季寄せ　新装版』（明治書院）。典型的な、吟行や句会用の季寄せ。ただ、「本書の解説・例句は安住敦・大野林火が当った」というところが、門人や後輩まかせではない〝責任編集〟の季寄せといえる。これは、文字どおりであれば珍しいことではある。

単刊、季語、歳時記の山も切り崩し、とりあえずは、あと二冊だけ。一冊は岩波新書。
○坪内稔典『季語集』（二〇〇六年　三一〇頁）　この人の俳句エッセイは、路地、横丁を巡ったり土手をスキップ踏んで、遊んでいるような軽快な、フットワークの利いた文章で、いつも楽しく読める。パチンコで勝って（だったか？）念願の子規全集を買った話や、愛しい河馬の話などのエッセーを読んだ憶えがあるが、それらの本は、いま見当たらないが。

俳句は

三月の甘納豆のうふふふふ
河馬を呼ぶ十一月の甘納豆
たんぽぽのポポのあたりが火事ですよ

と、一度目にしたら、なにか和風マザーグースのように頭に入ってしまう。この人の文章や俳句に接すると、「人間探求派」とか「難解俳句」だとかいった生真面目さが、かえって青くさく思えてくるから不思議だ。とにかく、こういうユニークなエスプリの利いた俳人による季語集というか、季語エッセイ。

巻頭は、岩波新書の手前もあってか、かなりマトモな季語についての説明がある。

一〇世紀の当初に成立した『古今和歌集』は歌を四季に分けており、その四季観は現代に至るまで、もっとも基礎的なものとして存在する。俳句の歳時記を開くと、たとえば、時鳥《ほととぎす》が夏を告げる鳥になっているが、それはまさに『古今和歌集』以来の伝統なのだ。

(中略)

季語は約束だと述べたが、季語の約束を本意《ほんい》という。春風はそよそよと優しく吹く、というのが季語・春風の本意だ。

このあと、ネンテン氏は子規の句を例に出し、「本意」と「取り合わせ」について述べ、

俳句を作る人は、季語の本意を取り合わせなどでずらす。写生という方法も、今までは気づかなかった何かを見つけて季語の本意をずらす。

氏の俳句にくらべると、かなり行儀のいい、きちんとした俳論である。このあと、すぐにこの本の本意ではなく、真意を表明している。

この『季語集』は私が季語の本意をずらそうとしたもの、と言ってもよい。本意をずらそうとすることで、しばしば、私自身も生き生きとした気分になった。季題を楽しむとは、実は、季語というめがねを通して自分を見つめ直すことかもしれない。

本文は当然「春」から始まる。時候「立春」。冒頭で紹介される句は「立春のグラスは水を盛り上げて」（中原幸子）。ご本人の句は「立春の翌日にして大股《おおまた》に」。——ちょっと季節を先取りする感じが私は好きだ——と、おっしゃる。掲げる例句は、引用すると、

立春の米こぼれおり葛西橋　石田波郷（『雨覆《あまおおい》』一九四八）
立春や百号の絵の卵たち　能勢京子（『銀の指輪』二〇〇五）

この冒頭の一項に接しただけで、このあと掲げられる例句に期待が湧く。ネンテン師の選ぶ句だからである。また、例句の出典や年まで明らかにしているあたり、「うふふふ」ばかりではない学究肌のネンテン氏の真顔がうかがえる。いや、だからこその「うふふふ」なのか。

引用、紹介は一項だけにとどめるが、この稔典『季語集』、俳句の目利き、随筆家としての底力を、さりげなく披露する。

随筆的季語集といえば——この章の、この本を締めとしよう。

○『暉峻康隆の季語辞典』暉峻康隆著（二〇〇二年　東京堂出版　四五四頁）。判型も大きく（A5判）、ハードカバー、分厚い季語辞典の存在を教えてくれたのは、この連載の伴走者、ベテラン文芸編者、「文源庫」のI隊長である。
「シゲモリさん、あの、てるおかやすたかの書いた季語辞典、持ってる？」とのご下問。

「え、あの江戸文学、西鶴研究の暉峻康隆が季語辞典なんか書いていたの。むかしカッパブックスだったかな、どちらかというと軟派というか、粋筆系の文章は読んだことがあるけど」「いやね、このまえ渡した、金子兜太と佐佐木幸綱の対談本（『語る　俳句　短歌』、司会は黒田杏子）に、三人が、その季語辞典はいいっていってるんですよ。ぼくもね、あの、暉峻康隆が、そんな、めんどくさそうな仕事をするかなぁ、と思ってね」「そうですよねー、タレント教授のハシリみたいな、売れっ子でしたもんねー」で、これに関するI隊長の会話は終わり、別の話に移ったのだが、このあと、その季語辞典のことが気になってしかたがない。少し前からスマホで古書を探すことを覚えて、検索してみると、ありました！

この本を「日本の古本屋」にのせている店が。住所を見ると、しかも都内。しかし、南砂町かぁ。土地勘のない町だ。電話をすると、JR、私鉄、どちらの最寄り駅から歩いても十五分から二十分かかるという。

「バス停からは？」と聞くと「近くにバス停はありません」とのこと。

注文の手続きがめんどうくさいし、一刻も早く、その現物を見てみたい。結論は、駅からもタクシーで地番を伝えて向かうことに。

その地番につくと、こりゃ、歩いてきたら絶対にわからなかったわという住宅地の奥、しかも店舗ではなく倉庫のようなところ。電話しておいたので、本は用意しておいてくれたので即、GET！　美本である。それもそのはず、版元のスリップがはさまれたままになっている。で、七百五十円、安い！　タクシー代を考えなければ。とにかく、I隊長から話を聞いた翌日に本を入手できたことに至極満足しつつ、頁を開く。

いわゆる「序」や「はじめに」という文字は目に入ってこない。いきなり「凡例」。その理由は一行目でわかる。

本書は、いまはなき暉峻康隆《てるおかやすたか》早稲田大学名誉教授の遺稿、四百字詰原稿用紙一千余枚を整理したものである。遺稿は、晩年の十数年にわたって執筆されたもので、生前本人の手により三二六項目の季語を、各月ごとに一月から十二月まで分類されており、ほとんど完成されていたが、さらに、死の直前まで再点検がなされていた。

この記は暉峻の学弟であり、元早稲田大学名誉教授、芭蕉、西鶴をはじめ、江戸俳諧の研究者、書誌学者である雲英末雄。

「あとがきにかえて」も見てみよう。

昨年、平成十三年四月二日、暉峻康隆先生は九十三歳の御高齢で、「さようなら雪月花よ晩酌よ」の辞世吟を遺されて逝去されたが、その直後にわたしは、遺族の暉峻由起子さんから一千余枚の大量の遺稿を託された。

（中略）

暉峻先生は西鶴研究の第一人者であるが、俳諧にも深い関心をもたれていた。本書は、そうした先生の俳諧研究のライフ・ワークというべきもので、晩年の十数年精魂をこめて、しかもご自身も十分楽しみながら執筆されたものである。

西鶴を少しでも知る人は、西鶴が名だたる俳諧師であったことは知っているはずだ。一晩で二万三千句を即吟したことは俳諧史では有名なエピソード。

雲英は続けて記す。

三百数十項目の季語のひとつひとつにわたり、そのルーツを万葉あたりまで遡り、和歌、連歌、俳諧とたどり、さらに近代、現代俳句に及ぼうという壮大なスケールのもので、末尾にはしばしば桐雨の号で、ご自身の俳句も加えられている。

「桐雨」という俳号まで持っていたとは……知らなかったなぁ。

たとえば、ということで「夕立《ゆうだち》」を見てみる。

夕立　ゆうだち（ゆだち・よだち・白雨ゆうだち・夕立雲、ゆうだちぐも）

夕立にひとり外《そと》みる女かな　其角
夕立や家をめぐりて啼く家鴨　同
夕立や草葉を掴むむら雀　蕪村

と、まず江戸の句が示され、『万葉集』の、

暮立《ゆうだち》の雨落る毎に春日野の
　尾花が上の白露念ほゆ

が「望郷の歌」として紹介される。まさに季語が、古くは万葉集から発していることを伝えてくれる。この和歌のあと解説は、江戸歳時記から虚子の『新歳時記』、山本健吉の『季寄せ』まで言及、そして先の例句の鑑賞となる。たとえば三句目の蕪村の句に対して

素直な叙景句のようだが、群雀が草葉を掴むという強い表現で、夕立の激しさを現しているのはさすがだし、また文人画家としての構図が感じられる。

という、読みをしている。

このあとすぐに、

わがつみのゆうばえとほき夕立かな　草城
追ふ如くをとめと走る野路夕立　友次郎

と、現代俳句を掲げ、作者のプロフィールを紹介、末尾に、

大夕立なすびトマトはこ躍りし　桐雨

と、好ましい自句を付けている。なんとも学究的にして、たしかに存分に自らも楽しんでいるオトナの芸だ。それにしても九十三歳で亡くなる直前までの執筆とは！　文字どおりのライフワークである。敢えて言おう、現代詩人、また現代詩の研究者に、このように季語集というイメージの百科全書を編もうとした人間がいただろうか、いるだろうか。「第二芸術」といわれた俳句の世界だが、その懐は深く、しぶとい文化を抱きつづけているのではないだろうか。

暉峻季語辞典は、ゆっくり楽しむこととして、いよいよ、各社が威信をかけての歳時記を一望することとしよう。そして、主に、その「序」「まえがき」にあたって、編者の季語、歳時記観、また俳句理念を探ってゆきたい。わが、季語・歳時記道楽、巡礼の旅も、いよいよエンディングを迎えつつある。

第7章

出版社の威信をかけての歳時記づくりという壮図

（もう一人の巨人・山本健吉）

本格的歳時記刊行の「難事業」に取り組んだ戦前の改造社の成果

複数刊歳時記、つまり一冊本ではなく、「春・夏・秋・冬（と多くは新年も加えて）」四巻または五巻の編集による歳時記。各出版社からの、これら複刊歳時記を部屋の柱を背に、二列に積んであるのだが（一段に積むと、僕と背比べする高さ）、はて、どの歳時記から取りかかるか。

まずは、函や題字デザイン等が、いかにもレトロ感を放っている歳時記から手にする。充実した内容で評価の高い改造社版『俳諧歳時記』（刊行順に夏・秋・冬・春・新年の五巻・昭和八年刊）

ふつうに考えるなら、歳時記は春、夏、秋、冬、新年の順で刊行されていると思われるだろうが、この歳時記は第一回の配本が七月初旬であったことから「夏」からのスタートとなった。歳時記は刊行のタイミングも、季に寄り添う。

というわけで「夏」の部のページを開く。別丁扉に季題解説、例句選択、校註、参考等の執筆陣の名が示されている。青木月斗（季題解説・実作注意）、藤村作（古書校註）、参考は牧野富太郎他四名。

正岡子規の門弟、青木月斗による「序言」を見てみよう。引用する。

俳句の中に浸ってゐる我々、季題の中に浸ってゐる我々が、さて季題の一つひとつに解説を付するとなると、面倒な事、疑義を生じて来る事など、今更に驚かされる。作者と学者、感情表現と智識表現との相違を思はされた。智的に解けば趣味索然となる、味的に傾けば本質的説明の薄らぐ恐れがある。

と、まるで漱石の『草枕』の冒頭の一節、「智に働けば角が立つ。情に棹させば流される」のような口調で、歳時記解説のむずかしさ、悩ましさを訴えている。つづけて、

我怪しいものは、古人も怪しい。いくら議論しても追つかぬ。大槻氏が銀杏のいてふを「いちやう」、泥鰌のどじやう、どぜうを「どぢょう」の仮名を正定する迄に三十年を費したこと等つくづく思はされた。

と、『大言海』の国語学者・大槻文彦のことを例にあげながら、その苦労を吐露している。しかし、月斗のこの「序言」は、どこか文人的、洒脱な雰囲気もただよわせ、これは当人の俳風や、流麗といってもよい感性に見合ったものかもしれない。

月斗は「序言」で多くは語っていないので、この夏の巻にはさみ込まれていた月報「俳句研究」をチェックする。古書では、この月報が失われている場合が多いが、選集、全集

等の月報の有無のチェックは大切です。

編集部記と思われる「配本まで」の文章を読む。
◎日本人の三分の一が俳人だと言はれてゐる銀行や会社には、野球のチーム以上に俳句の会があり、各小学校の比較的初等科にも俳句の回覧誌がある。凡そ名句の一句や二句を知らない日本人はない。
（中略）
◎明治の俳聖子規が、明治の歳時記の必要を力説したが、不幸病魔の為に実現するに至らず今日に及んだ。爾来大正を経て昭和となった、当然現代の歳時記が現はれなければならぬ。
そして「現代の歳時記出でよの声が」「俳壇に充満」「その必要は痛感」されたものの、「あまりに難事業であった」が、改造社が「歳時記出版のもっとも適任な立場に置かれ」「万全を期そうとする大計画のもとに編集部が新設された」――とある。

つまり、本格的な歳時記づくりという作業は、当然、「難事業」であり「大計画」を必要とされたのである。

月報の類は、編集部の本音や裏話など、またセールスポイントの強調など、人間くさい記事が載っていることが多く、貴重。

「秋」の巻を見てみよう。この歳時記「秋」は、編者が変わり松瀬青々、注は潁原《えばら》退蔵、解説は牧野富太郎他四名。「序」は、子規、虚子の「ホトトギス」の重鎮、編者・松瀬青々による。冒頭から引用。

作句は季題より入る、季題の雰囲気に浸る所に作句してみたいといふ心持が起る。歳時記は辞書の働きをするよりも、これを繙いて居ると俳句の心持が慫慂さるゝ所にその用が多い。

この青々の「序」は、ちょっとユニークである。どこがといえば、他の本格的な歳時記は、ただ俳句を作る人のためだけではなく、日本の四季における辞書、辞典の役にも立つことを強調することが多いからだ。

また、冒頭の「俳句は季題より入る」の一言は、無季語でもよしとする、虚子とともに子規の門下にあった河東碧梧桐らの自由律俳句に対しての対抗的言葉かとも受けとれる。このあたりのニュアンスを推測するのも歳時記の「序」を読む楽しさでもある。

さて、この巻の月報「俳句研究」の編集部の記事を見てみよう。

○いよいよ「俳諧歳時記」第二回配本秋之部をお届けします。毎月配本の予定が遅れました。然しそれだけ念の入った立派なものが出来た事を喜んで下さい。

刊行遅延の言い訳の言葉にしては、堂々たる？　ものである。さらに、

○秋之部は夏之部に比して季題数の少ない部にも関わらず、やはり七百余頁の尨然たる大冊になりました。解説の詳細周到さに於いて、断然他の追随を許さぬ本書を得たことは、本社の歳時記全篇の完成に一段と光彩を添えるものです。

と、自信に満ちた、力の入った記事。〝そこまでいうなら〟と、こちらもあらためて、本文を見たくなる。

「秋之部」のページをパラパラめくってゆく。おや、こんなに多く例句が挙げられている。本文のあたま、十一ページ目「今朝《けさ》の秋《あき》」。(初) とあり、これは「初秋」の意。《季題解説》として「立秋頃の朝の感じを言ふ」。

《実作注意》として、

今朝の秋は、本来立秋の朝の事なるも、「今朝」の文字により、立秋頃のすがすがしき感じを主としたるもの、即ち単に立秋と言へば暦の上による事多く、今朝の秋は感

覚的に秋を初めて感ずるにて、いささか差別あるべし。《参照》「立秋」

とし、ここから、かなりの数の例句が列挙される。数えてみた。ズラーッと八十一句（！）あった。見開き二ページ余。例句をざっと見てゆき、試みに一部を書き移してみよう。まず、一句目。

柴嚊がいへり奥は夕暮今朝の秋　宗因（梅翁宗因発句集）

「柴嚊」の意味がわからない。古語辞典で調べたら「柴を売る女」とのこと。江戸時代のことだ。例句の下のカッコ内は出典表示だが、以下略す。

今朝よりは我々顔の萩薄　来山

張ぬきの猫も知るべし今朝の秋　芭蕉

この芭蕉の句の「張ぬき」も初めて見る言葉だが、「張り子」のことのようだ。「張り子の虎」のあの「張り子」。江戸時代の句は、かたわらに〝江戸語辞典〟とか〝元禄俗語辞典〟の類いを用意しておかないと理解できないことになる。

朝顔をながめて居たり今朝の秋　許六

須田町の初物うれし今朝の秋　許六

許六の、この二句は今日でもわかる。ただ、〝初物〟の「須田町」が――神田の野菜市場、いわゆる〝やっちゃば〟であった町だとは、京や大阪の人にはわからないだろう。

芭蕉葉や広ごり果て今朝の秋　牧童
大根の二葉に立つや今朝の秋　素覧
粟糠や庭に片よる今朝の秋　露川
海山の心くばりや今朝の秋　風國
横雲のちぎれて飛ぶや今朝の秋　北枝

以上、頭から十句。キリがないので飛ばそうと思ったら次の句、

深爪に風のさはるや今朝の秋　木因

と、まるで永井荷風の詠みそうな、艶というか粋というか、深読みを誘う、繊細な生理感覚の木因の句も挙げられている。

もちろん明治以降の句もある。

刻みあげし仏に対す今朝の秋　子規
箱庭の橋落ちこみぬ今朝の秋　同

子規の「箱庭」の句は、小さきものに目がゆく子規の童心が見えて好ましい。次の、

土近く朝顔咲くや今朝の秋　虚子

まさに「客観写生」。ただ「朝顔」も秋の季語。「今朝の秋」とは季重なりでは？　ま、「今朝の秋」が主なので、いいのか。

あつしとて肌ぬげば又今朝の秋　青々
とんぼうが淡きをとぶやけさの秋　同
千日紅に打水ぬるるけさの秋　同

編者青々の三句、一、二句、「あつし」は夏の季語、「今朝の秋」は当然秋だが、これも〝アリ〟か。

「とんぼう」と「今朝の秋」も、季は重複する。

「百日紅」はサルスベリと一般にも知られているが、「千日紅」とは初めて。調べてみたら「センニチコウ」は「ナデシコ目」の一年草の園芸植物。えんじ色の丸い花房、人の庭

や道端で見かけているかもしれない。
次の最後の例句もまた青々の、

起き出でてひとり知る也けさの秋

なるほど！　青々（松瀬）は、これまで記したように、この「秋」の巻の編集責任者でありましたが、例句の〆に自句を並べている。余計な自主規制などない。改めて、巻頭の「例言」にあたってみると、

本書に収載せる例句は、句作上の便宜を考慮し、名句集を兼ねしむるため、古今著名俳家の句集を根拠して、従来の例を遥に凌ぐ多数を収録せり。

とあった。「名句集」「古今著名俳家」の例句、ご自分の句を四句も添えるところが、なかなか、おおらかで趣きぶかい。

「今朝の秋」で見開き二ページ余、例句八十一句あったのだが、「芒《すすき》」「尾花《おばな》」の項を見てみると《古書校註》《季題解説》《実作注意》芒の図版一点等を含め約七ページ。例句の数は……細かい文字で、ずらーっと列んでいるのでカウントする気力なし。「今朝の秋」の例句の数に準ずれば、少なくともその三倍強、二百五十句以上はあるのでは。

たしかに、この改造社版『俳諧歳時記』は「例言」にあるように、例句の収録数は従来の例を「遥かに凌ぐ」充実ぶりで、圧倒される。

そして、この巻末近く。「菊」の季題に至っては、なんと十六ページ余。例句は何句あることやら。歳時記の〝凄み〟を感じざるを得ない。

続く「冬」の巻を手にする。編集者にいよいよ高浜虚子の登場だ。この歳時記の「序」で虚子が何を弁じているか。興味津々となるでしょう。ところが……「序」はこう書き出される。

初め改造社から俳諧歳時記の春之部・冬之部の二冊を編輯することの相談を受けた時分に、私は多忙でもあるしその任に非ずと言って辞退した。けれどもたってとの事であったので、富安風生・山口青邨の二君の助力を俟つことによって遂に承諾することになった。

と、いきなりの弁明である。さらに、

両君もそれぞれ多忙な境涯に居られるのに不拘、計画・総覧・校訂・整理・選句等のことに任じて私の労をして極めて少なからしめたことを深謝する。

と、弁解じみた、といわば〝楽屋ばなし〟。これはまぁ、〝大虚子の貫禄〟という言い方もできるか。

「凡例」も見てみる。

季題解説は凡て事実を根底とし、一応全国の同人に委嘱し、集ったものを再訂三訂し、更に不明なものは何回でも問い合わせた。地方的なもの専門的なものは凡てその地方の人、専門の人の言を徴し、若しくは実地踏査した。

と、「ホトトギス」の組織力を駆使しての歳時記編集ぶりを明らかにする。また、

例句は総数九千余句、うち左の三十六家（*宗因、芭蕉、鬼閑、言水他）、約四千六百句は改造社より必ず加ふべき句として指定されたものであって、当方の権限外である。（中略）但しこれらの古句は当方で一句々々定本によって校合した。

と説明。なるほど、虚子らしい姿勢であり、言質《げんち》である。しかし……とここで、ぼくは、あることに思い当たる。この「冬」の巻の発行は昭和八年十月。また、もう一冊は「春」、で昭和八年十一月。春の巻の「序」「凡例」は冬の巻とまったく同文。つまり流用。虚子先生としては、ずいぶん淡泊というか、あっさりしたものではないか。

ぼくが「あることに思い当たる」といったのは……これもまたハンディーな歳時記の名著として長いあいだ高い評価を得てきた虚子による『改訂　新歳時記』（三省堂）の存在

である。この歳時記については一冊本の単刊歳時記の項で、すでにふれているが、この刊行が〝昭和九年〟十一月。

虚子としては、扉にも「虚子編」と銘うたれた自前の歳時記の編集に力を注がねばならなかったのでは。

改造社版では「序」も、簡略というか、たったの一ページ、きわめてあっさりしたものだったが、対して、この三省堂版では「季題の取捨」「四季の区別」「季の決定」「季題の排列」等々、九ページにわたっている。気合いの入れ方が全然違う。虚子としては三省堂からの「ホトトギス」歳時記を編むことが最重要であり、改造社版は最初は辞退、そこを版元から強く乞われて、風生、青邨の「二君」を割りふったと考えられる。

このへんの歳時記づくりの微妙な舞台裏、心理劇を推測したり、のぞき見したりするのも、また、歳時記道楽、巡礼の一興でもあるだろう。

ちなみに「新年」の巻は、東本願寺の法主であり、子規の影響を受けて俳壇でも活躍した大谷句佛、注は歴史家であり俳人の笹川臨風。「凡例」は句佛。「巻頭に」は臨風の記があるが、さらにこの歳時記全巻にたずさわった解説担当の国富信一、武田祐吉、山本信哉、寺尾新ら四名のそれぞれの「序」があり、牧野富太郎による「提言」で締めくくられる。

この方々が、「序」や「提言」を書いたときは、この歳時記という壮図を全うしきったという安堵と感慨で、感無量だったのではなかろうかと想像できる。

この新年の巻には、よくあるように「総索引」が付せられ、それは二段組みで九十九ページを要している。まさに圧巻！

明治書院『新撰俳句歳時記』のできるまで

明治以後の本格的歳時記として、昭和八年に、やっと刊行された改造社の『俳諧歳時記』。その次にぼくが手元に持ち来ったのは明治書院の『新撰俳句歳時記』。

〝明治書院の歳時記本〟といえば悔しい思い出がある。もう六、七年前になるか、横浜・野毛で友人たちと居酒屋散歩でもしようかと桜木町に着いたのが、五時前で、いくつかのお目当ての店の開店まで、まだ少し間があった。

この町に来たときには寄りたい古書店「T」がある。このときも、そこで時間をつぶそうと店に入り、いかにも年季の入った棚や積まれた本を物色、クルージングしていると、ビニールひもでくくられた歳時記の束が目にとまった。かなり古そうな感じで、とうてい〝美本〟ではありえなかったが、自分にとって、見たこともない歳時記の〝揃い〟だったので、値段を聞いて入手することにした。版元が明治書院、たしか全四冊、二千五百円だったか。

飲み散歩中に荷物がふえるのは避けたいところだが、古書との出会いが一期一会であることは、これまでの経験で痛いほど知っている。昨今、運よくたとえインターネットの「日本の古本屋」などで検索しヒットしても〝品切れ〟だったことも珍しくはない。古来、古書の入手はやはり「気になる本を見つけたら、その場で買え！」が鉄則である。

というわけで、少々お荷物となってしまったが、内心は、やはり嬉しく、野毛のモツ焼きの人気店でも、ジュークボックスのある老舗のバーでも傍に置いて友人たちと酒を楽しんだ。ところが……ビニール袋に入れてくれたその歳時記を、帰りの電車の床に置いたまま乗り換えてしまったのである。

そのあと、これからふれようとする明治書院の歳時記全五巻を入手したのだが、どうも、あのとき失った歳時記とは雰囲気が違う。いま手元にあるのは、すでに記したように『新撰俳句歳時記』。奥付を見ると、初版は昭和五十一年。しかも「創業の八十周年記念出版」とある。

では、ぼくが野毛山への坂の上がり口にある、あの古書店で手に入れ、その当日に、失ってしまった明治書院の歳時記は、なんだったのか。手元の『新撰歳時記』の旧版か？　どうもそうではないらしい。旧版があったかどうかも定かではない。

自分なりに調べた結果、それはどうやら、昭和四十八年刊の『俳句鑑賞歳時記』全四巻のようである。編者は春・大野林火、夏・皆吉爽雨、秋・平畑静塔、冬・安住敦らが、それぞれの巻を担当している。

入手した、その日に失った、いわば〝ご縁〟のなかった本だが、どこかで見つければまた買うだろうな、と思いつつ本筋の『新撰俳句歳時記』を手にする。

（おやっ⁉）とあることに気づく。記してみよう。

「春の部」季題解説　大野林火
「夏の部」〃　　　　皆吉爽雨
「秋の部」〃　　　　平畑静塔
「冬の部」〃　　　　安住敦
「新年の部」〃　　　秋元不死男

——『俳句鑑賞歳時記』にも新年の巻があり、秋元不死男が担当していたかどうかは不明だが、少なくとも春夏秋冬の巻の季題解説者の四名は『鑑賞俳句歳時記』と『新撰俳句歳時記』、まったく同人物である。この二冊の歳時記を比較する楽しさを味わうためにも、失った『俳句鑑賞歳時記』を、どうにかして入手しなければならないな、と改めて思うに至った。

それはさておき、本題の『新撰俳句歳時記』の各巻の編集責任担当者の「はしがき」「あとがき」を見てみたい。

「春の部」の巻頭、もちろん大野林火の「はしがき」がある。一読したところ、理を尽くし、情に訴える、よく練られた文章であることがわかる。

俳句歳時記というよりは、昔から季寄せといわれる歳時記なる書物は、古今にわたって汗牛充棟ただならずとも思われる位、日本の机辺に提供されて来たものである。角川版には嚆矢とも云うべき大冊の大歳時記と銘打つ本があるが、その参考文献になった季寄せ本は最古の連理秘抄（貞和五）から始まり波郷編現代歳時記（昭和三八）に至るまで一三二冊の数が列挙されている。

ここで記されている角川版・大歳時記とは昭和三十九年版『図説　俳句大歳時記』（全五巻）のことだろう。A4判、ハードカバー、ページの各見開き左右に参考写真を入れたためにアート紙を使用、手にすると、ズッシリと重い。「よいしょ」と両手で持ち上げるのだが、中途半端な中腰で持とうとすると腰を痛めるかもしれない。まさに腰折俳句ならぬ〝腰折歳時記〟。重さを体重計で量ってみたら、各巻三kg以上あった。物好きと笑うなかれ、計測したくなる重量なのだ。以来、このタイプの重量級大歳時記をぼくは、〝三キロ歳時記〟と呼ぶことにしている。一時、大手出版社から競うように計画され、刊行を実現したが判の大きさといい、重さといい、今日、化石的歳時記である。

とにかく、この大歳時記「春」の巻を机の上に置き、ページを開くと、角川源義の「刊行の辞」とそれに例のごとく、「凡例」。つづく「歳時記一覧」が見開き二段で掲げられている。確かに良基（二条）の「連理秘抄」から石田波郷編による『現代俳句歳時記』まで。「一三二冊」という数は編集者が労を惜しまずカウントしたのだろう。ただ良基の『連理秘抄』

は今日の〝季寄せ〟というよりは一種の「連歌論」のようだ。

例によって、すぐに脇道にそれるが角川大歳時記を元に戻して、『新撰俳句歳時記』春の「はしがき」の引用をつづけたい。「季語の由来」が語られる。

縄文の狩猟人から弥生の農耕人に端を発した日本人の生活の知恵の伝統が、和歌の発生と共に、この知恵の整理をもとめられて、追々とこの季寄せ本が日本人に書かれては又書き継がれて来たのだろう。

まさに、縄文、弥生に始まる、〝季題・季語の誕生〟である。そして、

聖書が隠れたる世界のベストセラーであるならば、歳時記は日本の影のベストセラーであると云われて、その需めは尽きることなく、百万人の書と称される所である。

歳時記讃歌はさらに詠い上げられる。

歳時記のそこに日本ありで、病み臥す人も異境にさすらう人も、これを読めば、いつも日本はその人と共にある。

たしかに日本人の聖書だ。

大厦の商社の長の机上に置かれても、はた又僻村山家の炉端に置かれても、この一書は常に所を得て安んじて在り得るのである。

そして、

水と米と歳時記と揃えば、常に青山われに在りと思う心は日本人のしるしかも知れないのである。

もう、日本人が生きていくための不可欠の必需品扱いとなる。なにせ、「水」と「米」と「歳時記」ですから。そこまで言われれば、歳時記、もって銘すべし、だろう。

「あとがき」も見てみたい。書き出しの一行目は、

「春」の解説を終えてほっとしている。

もちろん、この巻の編者の大野林火による述懐。引用をつづける。

歳時記は平凡社の「俳句歳時記」の編集委員に加わり、その「新年」の解説も担当したので未経験ではない。

そして、

本社（*明治書院）の「鑑賞歳時記」の「春の俳句」を受持ったことがあるので、かなり親しんでいるつもりでいたが、やはり大変な仕事であり、「ほっとしている」というのが偽わらざるところである。

と、これまた定番のごとく歳時記づくりの容易ならざることを吐露している。

ところで、この大野林火は、やっぱり、この『新撰俳句歳時記』に先立つ、昭和四十八年刊『鑑賞俳句歳時記』の「春の巻」の担当解説者でもあったようである。

他社、平凡社の「俳句歳時記」の編集委員だったことも含め、俳人という人種は、さすがに素直というか、超俗というか、出版界の慣習にとらわれず、本来なら競合してもおかしくない他社の歳時記にかかわっていることを無垢、無邪気に告げている。この点でも、歳時記編集や解説者の「序」や「あとがき」を読むことは興味ぶかい。この一文でぼくは、（明治書院の歳時記のつぎは、平凡社の歳時記だな）と決めることとなった。

「夏」の巻を見る。解説担当は皆吉爽雨。「春」の巻で記しもらしたが、「夏」の巻の他も「凡例」によると「例句はすべて編集委員が分担選出した」とあり、その名が列記される。転記しておこう。

・上田五千石、川崎展宏、草間時彦、成瀬桜桃子、福田甲子雄、堀口星眠、松崎鉄之介、宮下翠舟、村山古郷、八木林之助、和田暖泡

さて、皆吉爽雨による「あとがき」。

五十余年前、私たちが俳句をはじめたころにひもといていた歳時記というものは、何か味気ないもので、ために初学者でありながら、これを充分利用出来たり、そのおかげを蒙ったりすることが少なかったように思う。

五十余年前、というと大正末か。たしかに、この時代、いわゆる簡便な〝季寄せ〟本が中心で、今日のような、親切な解説による歳時記はあまりなかったのかもしれない。

ぼくの手元にある歳時記らしい歳時記は、曲亭（滝沢）馬琴が編集し、藍亭青藍が増補した、有名な『俳諧歳時記栞草』の、日本画家・鈴木朱雀による美しい挿画・造本で　集榮館書店からの復刻刊で、これが大正の末も末、十五年の一月。

たしかに皆吉爽雨の記述は納得できる。引用をつづける。

それが昭和八年に改造社から「俳諧歳時記」が刊行されるに当たって、冬の部を担当された虚子先生から、一参考として我々の方へも解説文の依頼が廻ってきて、各季題

について筆者の実見実感に基づいて書いてもらいたいということが言いそえてあった。つまり従来のそれにとらわれず、筆者自身に執した季題を味解してほしいという意であった。

まさに、明治以降、初の本格的現代歳時記誕生に、この皆吉爽雨もかかわっていたのだ。もうひとつ、この巻を担った皆吉がこだわったのは、「例句の選択であった」。古今にわたり流風を超えて、秀れた例作を選んでくることは至難のわざにちがいないが、ここでも実作者のひろく厳しい眼が、力をつくして一句々々をそそがれていなくてはならない。

と、至極まっとうな言に及ぶ。と、いうのは、これまでも少しはふれてきたと思うが、歳時記というものは、往々にして、その結社、党派の〝色めがね〟によって編集されてきたからである。また、俳壇に力を持つ俳人の編による歳時記となれば、それに協力することとなった門弟は、当然のように、敬する師の句を多量に例句に掲げる。

これはまた、その歳時記そのものが、師の「句集」に代わる役を果たすという〝実用〟の便にもなる。ところが、とくに偏った歳時記となると、編者が自分の結社の同人の句を紹介するためのメディアと考え、初学の一般に句会や吟行を楽しむ際の参考としていかがなものか、と感じられるものもないではない。

つまり、季寄せ、歳時記によっては、必ずしも秀句、名句の例とは限らないといえる。これは、ぼく自身が、それらの例句を参考としようとして接しようとしたとき、なんで、こんな句が例句として挙げられているのだろうか？　と、しばし、疑問に思った経験があるからだ。

もちろん、こちらが初学ゆえの句を理解する力量の不足もあるだろう。また、個人的に句の好みや趣向もあったかもしれない。しかし、ともかく、いまでは、ぼくは〝例句絶対尊重主義者〟ではない。例句が並べば、その中から勝手に、宗匠よろしく、選句して句の頭に印をつけて、推敲したりして楽しんでいます。

ともかく、皆吉がいうように〝流風〟を超えて、〝力をつくして〟例句を紹介するのは、鑑賞や実作のための、フェアーで役に立つ歳時記の重要な条件といえる。

また、皆吉は、この「あとがき」で〝異〟なことものべている。先行の「春」の巻の大野林火との歳時記編集の姿勢の違い、である。

読者の側からすれば、同じ通巻の歳時記でありながら、たとえば「春」の巻と「夏」の巻の編集方針が、担当の編者（解説者）によって違ってくるということは、このような「あとがき」（や「序」）を、少していねいに読まなければわからない。

具体的な例を、この皆吉爽雨の「あとがき」から引用してみる。

春の部を編まれた大野林火氏は、「時に句作を離れ」て、「民俗の生活につながる」ものとして、「そうしたかかわり合いで読んで」ほしいと書きそえていられる。

それに対し、夏の部を編んだ皆吉は、歳時記の一面の意義に大きくうなずくことが出来たが、私は主として実作品の侶伴としての本書への念願だけを述べてみた。

と、実作のための歳時記を意図としてきたことを強調している。

ここまで書いてきて、思いついたのだが、「春」の巻を担当した大野林火、「夏」の皆吉爽雨、ご自身たちの句を紹介せねば——と。しかし、この作業については、この項の最後「新年」の巻にふれてから、それぞれの巻の編者の句を気ままに選んで挙げておくことに。

「秋」の巻に移る。

解説は平畑静塔。「あとがき」は簡潔に一ページのみ。一行目から——

秋の部は動植物の分で、半ば以上のページ数を占めることになっている。春や夏は同じ動植物でも人間に近いので、何となく親しみもあり、多少の知識も持つが、秋のはどうももう一つ人間と疎遠なので、歳時記で解説しても念をとどかし難い所もある。

「秋」が〝人間と疎遠〟という実感がぼくにはなかったので（ほう）と思った。さらに、何にしても動植物の題が多すぎて人事題が少なすぎるのは、秋だけでなく一年中を通じての感想である。

と、動植物偏重の歳時記への不満？を「あとがき」の場で吐露している。だったら、自分が編集する歳時記で、人事の題の豊富なものにしたらいいのでは？とツッコミを入れたくなるが、諸々の事情もあるだろうし、そう安易なものではないのだろう。

なお「今回の歳時記の特色は例句が時代に応じて新しく多いと言うことである」と、読者に告げている。平畑静塔は精神科医、若き日、「京大俳句」を創刊、西東三鬼らとの新興俳句運動で逮捕、刑を受けるなど、その経歴に関心を抱くが、それはまたの機会としておく。

ところで、「あとがき」の〝〆《しめ》〟、

骨子は平凡社の「俳句歳時記」に従った。

とあり、「春」の巻の大野林火といい、またもや平凡社の歳時記ですかぁ、と思った。
やはり、つぎは、昭和三十四年刊・平凡社の『俳句歳時記』にあたらねば。
明治書院版に戻ろう。「冬」の巻。編者は安住敦。「あとがき」の弁は——書き出しが興味ぶかい。

歳時記も秋の部から冬の部に入ると、にわかに動・植物が減って人事が増えてくる。その数少ない動・植物も、きわめて密接に人事に繫がっている。

おう、先行の、秋の巻の平畑静塔の「動植物の題が多すぎて人事題が少なすぎる」の一文に、カウンターを放ったのでしょうか。つづく文を見てみよう。好きな一節だ。

人は烈しい夏の日々を送るためにいろいろと工夫をこらして生きてきたように、厳しい冬の明暮れを過ごすためにさまざまな智恵をしぼって生きてきた。それらの集積が冬の部の人事を豊かにしているとも言えよう。

このあと、冬の季題「炭」を例に、季題と今日のわれわれの生活様式のズレについて語り、

はげしい生活様式の変貌とともに、これら人事のうち衣食住に関する季語の幾つかは、

かつてそういうものが在ったというだけの、なんら共感を伴わない死語にひとしいものとなるであろう。

と述懐し、

それもそう遠い将来のことではないような気がする。そんなことを考えながら何か複雑な気持ちで書き終えたことである。

と、忘れ去られてゆき、消えてゆく季語に対する思いを記している。季語の消滅は、当然、その生活のありかた、人々とのかかわり、またその思いがこの世から消えてゆくことだから。

季節はめぐり、「新年」の巻。秋元不死男。

二百ページ近い「付録」(安住敦、大野林火による「年中行事表」、秋元不死男による「忌日表」、そして総索引)の前に編者による「あとがき」がある。こちらも、いきなり他社との歳時記づくりの話から。

前にK書店の委嘱に応じ『俳句歳時記』の仕事をしたことがある。そのときは一年間の時候・天文・地理・動物の項目も受持った。（中略）それがこんど、この新年の部を書くに当たり、全項目を執筆した。特に諸行事を調べてみて、たいへんいい勉強になった。（中略）われわれの祖先が〝新しい年を迎える〟意味を、いかに考えてきたかという歴史にふれて心にしんとするものをおぼえる。

たしかに！　ぼくも歳時記の解説を読み込む以前は、子供のころ正月といえば、「もういくつ寝ると　お正月」の唄とともに、大晦日や明けてのお正月を楽しみにはしていたものの、以後、大人になってからは正月の意義、意味など考えもしなかった。

それは、ぼくの生まれ育ちが、東京下町のそれも小売酒屋の出ということもあり、農耕の生活、行事とは、まったく無縁だったこともあるかもしれない。下町の生活にとって、正月とは、家々に門松が立つことと、暮れの大掃除、元旦の「おめでとうございます」の挨拶、お屠蘇、お節料理、お年玉、羽根つき、凧揚げ、大人の酔っぱらい――といった程度で、自然とともにある〝神ながら〟の行事とは、ほとんどというか、まったく関係がなかった。

この秋元不死男の「あとがき」によって、「新年」という季題と日本人（だけでなく）この日本列島に住んできた人々の生活や心情に対して、少しは意識的になったように思う。と、なると歳時記は、単に知識、言葉の集積だけではなく、それとともにあった人々の生活のありさま、また心のかたち、よりどころの歴史を伝えてくれる、心理学的な蓄積の情報の意義も担っているということでもある。

では、先に記した、この歳時記各巻の解説者（編者）の句を挙げてみたい。例句は、まったく、ぼくの、たまたま目についた句。

では『新撰俳句歳時記』春・夏・秋・冬・新年、五巻のそれぞれの季の編集（解説担当）本人の句にあたってみたい。もちろん、そのためには、全巻通せば千八百ページを超える各ページを繰り、ザッとでも各行を追っていかなければならない。一ページに収められている句が十五句としても二万七千句、それを生身のわが眼でスキャンしてゆく。

そこそこの時間もかかるし、印刷された例句の文字は十二級？　ほど小さいので、眼も酷使し、時間もかなり要する——ことになるが、まさに〝季語・歳時記巡礼〟、思いついたことをやってみることにした。

もちろん、その巻の編者の全句を挙げることなど意味がないので、それぞれ八句だけとした。

まずは「春」の巻。担当は大野林火。

臼田亞浪《うすだ》に師事。「浜」を創刊、主宰。やわらな叙情性をもつ独自の作風が評価を受ける。

その林火の編による「春」の巻に収められている編者の自句のうち、ぼくがさしたる配慮もなく発作的に選んだ八句。もちろん、ぼく個人の好みも反映していると思う。

老いらくのはるばる流し雛に逢ふ
打興じ田楽食うて明日別る
へんろ宿あの世の父母の宿のごと
南《みんなみ》に海蛤のすまし汁
しだれざくら女の囲む中に垂る
夕ざくら檜の香して風呂沸きぬ
落花舞ひあがり花神の立つごとし

「夏」の巻。編者は皆吉爽雨。

高校卒業後、住友電気工業に入社。社内の句会に参加、句を作り始め「ホトトギス」に参加。虚子に師事。昭和二十一年『雪解《ゆきげ》』を創刊。

編者の「夏」の自句八句。

髪刈ればとみに薄暑の旅ちかき
止りたる矢車雲に矢を正す
帯を巻く時をぞ縁に単衣きる

山路ゆくさしかけ日傘しかと寄れ
一身のま直ぐに眼ざめ籠枕
走馬燈二人のぞきに点したる
堂前にをしへとどまり道をしへ
蟻ひとつ地獄のがれてさまよふも

「秋の巻」。編者は平畑静塔。
京都帝国大学医学部在学中、京大三校俳句会で俳句と出合う。昭和八年、「京大俳句」創刊に参加、新興俳句運動の主要メンバーに。十五年治安維持法により検挙、投獄（新興俳句弾圧事件）。戦後、山口誓子主宰の「天狼」の創刊時に招かれ同人に。作句に全人格を投入、人間性を突きつめる「俳人格」説を主張、多くの同調者を得る。精神科医。

花野やはらか移動文庫の車輪過ぎ
高潮ののちの青海舟大工
我を遂に癩の踊の輪に投ず
精神科運動会天あけひろげ
藁塚に一つの強き棒挿さる

透きとほる時が去りゆく下り梁
老俥夫や酔はねばならぬ鹿の声
満ちみちて赤たうがらし丘を越す

「冬」の巻。編者は安住敦。富安風生に学び、昭和十年日野草城の「旗艦」に参加。新興俳句の主要メンバー。戦後は久保田万太郎を主宰とする「春燈」を支え、万太郎の没後、後継者に。主に町に棲む人事や、風景・風物を詠って独自の、繊細な世界の表現者として支持される。

ある朝の冬の花火がひとつあがり
妻がため炭挽くことをせし日なし
届きたる歳暮の鮭を子に持たす
ひとり夜を更かすに馴れし膝に毛布
手にとりて冬帽古りしこと嘆ず
かくれ逢ふことかさねたるショールなれ
例へばやおでんの芋に舌焼く愚

「新年」の巻。編者は秋元不死男。

戦前は「東京三」名で新興俳句の作家として活躍。昭和十六年、新興俳句弾圧事件で連座、二年余の拘禁刑を受ける。戦後、山口誓子の「天狼」の主要同人として西東三鬼らと活動。

売文の机仕へや年迎ふ
細帯の正月妻といふべしや
工煙の男煙り今年為さざれば
黒猫の畑に出て寐る三日かな
雑煮食ふて獄は読むほか寐るほかなし
馬に逢ひ年酒の酔の発しけり
読切の相聞訛る東歌
占へば北へ飛び去る初鴉

——以上、いかがだったでしょうか。歳時記の春・夏・秋・冬そして新年、それぞれの巻の編者と担当したその季の自句の紹介。もう一度、各編にのべる「あとがき」と句を読みくらべてみたくなる。また、改めて気づいたことは、この作者は、このジャンルの季題では句は作ることはないだろうな、ということ。当然といえば当然のことながら、句の作者は句を作る以前に、自分と関わりのある、表現欲を誘い出す季題を選ぶ。あるいは、作者から生まれ出た句の中に、自ずと季題が取り込まれている、——という点であった。

歳時記全五巻の本文、全頁を繰る（もちろん精読などしない、できはしない）というフルマラソン的歳時記読みは、初学者としてはなかなか興ぶかいことではあった。

俳句の道に精進している方々の中にはきっと〝全季語読み〟なんかをやっている猛者、熱心者がいることでしょう。いるに決まっている。季語通のカリスマみたいな人が。桑原、くわばら。

〝百科事典の平凡社〟による本格歳時記

昭和三十四年五月、平凡社から『俳句歳時記』（春・夏・秋・冬・新年）全五巻が刊行される。編集委員は、飯田蛇笏、井本農一、大野林火、富安風生、水原秋桜子、山口青邨、山本健吉。委員の中には俳人の他に俳諧研究者（井本農一）や文芸評論家（山本健吉）といった名も見える。奥付によると通巻の編集代表は富安風生。

ちなみに「春」の巻の参考、考証欄の執筆陣には、池田弥三郎、岡田章雄、奥野信太郎、末広恭雄、鈴木棠三、戸板康二、中西悟堂、本田正次、宮本常一、山田徳兵衛、和歌森太郎といった当代人気の著名学者、研究者、評論家等々、錚々たる執筆陣。百科事典の平凡社〟の執筆者の陣容とみていいだろう。

この平凡社『俳句歳時記』は、どのような意図、また決意をもって企画、編集されたのだろう。いずれにせよ一流出版社の威信をかけての出版に相違ない。例によって各巻の各編者の「後記」を見てみたい。まず「春」の巻は飯田蛇笏。

第一行目の一節から引用する。

俳壇にもさまざまな人があって、無季認容というような言葉が使われている。併しそういう言葉の存在は事実だとしても、俳句という文学に関するかぎり、無季認容などは全く成り立たないことである。絶対に私はそう考える。

と、冒頭に、伝統的俳句の立場から、無季俳句の動きに、〝絶対に〟という言葉を使ってまで強く否（ノン）を訴える。続けて——

歳時記に就いては、自分の思うままに作ってみたいと考えたこともあり、年久しく周辺の人たちから勧められもして、専用すべき特殊原稿用紙まで拵らえさせたことがあった。

と、〝特殊原稿用紙〟まで用意した歳時記編集への想いを伝えるが、「が、いざ着手するとなると、中々そうした時間的な余裕はなかった」と述べ、

ほとんどあきらめてしまっているとき、昨夏突然に平凡社から、完全な歳時記を作りたいと思うが、参加してもらいたいといってきた。よろこばしい勧誘ではあったが、又困ったことでもあると思った。

しかし、「結局のところ躊躇しながらも、諸般の状勢が引受けざを得なくなった」と心情を明かしながら、

着手してみると、果してなかなか容易な仕事ではなかった。その間に「雲母」五〇〇号記念の諸準備、数種の句選があったりして難航に難航を重ねたが、頭初の春の部が遅れることは、他の担当者諸氏への迷惑にもなろうかと思い、重労働的奮励を敢えてした。（以下略）

と、蛇笏先生、微笑ましくも、愚痴とも言い訳ともつかぬ一文を「後記」（一九五九年五月）において述べている。

そして、この歳時記の編集にあたっては、「二つの案件を決行した」と語る。その二つの案件とは――一つは

「雀海中に入って蛤となる」といったような厄介な季題をも成るべく取り入れたこと……もう一つは、芭蕉忌とか蕪村忌といったような、古今諸俳人の忌を成るべく多くとり入れることを先ずみずから実行した（以下略）

とこの、〝蛇笏歳時記〟の眼目を明かしている。

ちなみに文中の「雲母」とは、蛇笏が主宰する俳誌名。のちに四男の飯田龍太が継ぐことになる（なお、この「雲母」は一九九二年、九〇〇号をもって主宰者の意志で終刊）。

この歳時記の一巻目にあたる「春」の号の「後記」を紹介してきたが、最終巻の「新年」の山本健吉による「はしがき」にも目を通しておきたい。最終巻ということもあって、この歳時記編集意図の〝まとめ〟の一文と思える。

「歳時記というものは、日本人には特殊な興味を呼ぶものらしい」という書き出しからこの文章は始まる。

そして、それらの歳時記が句作のためだけでなく「日常座右に置いて、随時楽しむことができる」書物であるとし、江戸時代、曲亭馬琴・藍亭青藍の『栞草』以来の歳時記にふれつつ、その意義と、また不備の点も指摘される。

そして――この平凡社版『俳句歳時記』が、

　大辞典や大系・全書の類の編纂を古くから手がけて来た平凡社が、このことを見逃すわけがない。だからこの歳時記は、新時代に相応わしい歳時記全書ともいうべき刊行物として、計画されたのだ。

と、〝歳時記全書〟という言葉を用いて、この企画の意図を提示している。

また、改めて、この歳時記が句の実作者のためだけでなく、

一般の人たちが、この書に親しむことによって、日本の風土をよりよく知り、日本人

の季節感情の根深さに触れられることを、さらに強く希望したいのである。

（昭和三十四年十二月）

と、強調して、この文の〆としている。

ここで、この歳時記の編者の「後記」の項は終わるつもりだったが、各編者の「後記」や、あるいは「まえがき」は、それぞれ、編や解説執筆にあたっての本音や気持ちが書きとめられていて興味深いので、他の「夏」「秋」「冬」の巻も見てみることにする。

○「夏」の巻は富安風生。

季題の取捨選択ならびにその解説が、全く執筆者の主観や好悪に委せられていいはずのものでもない。……季題の取捨こそ、歳時記編者の見識を示すものであり、歳時記の権威を決定するものでなければならぬ。

と、しながらも、

出版元の希望する方向もあるので、わたしも必ずしも私見を固執することをせず、ただ、季物随筆にも流れず、動植物辞典にも偏らず、といった気持のもとに、季題を取捨し解説を執筆した。

と、編者の微妙な立ち位置をのべたあとで、
たとえば、解説でわたしが好もしくないとしている用例を、ちゃんと例句の中に発見したりする。しかしこれは例句の推薦がそれぞれ各流派から推薦されているために生ずる已むを得ない結果である。(＊傍点は筆者)

と、俳句歳時記というものが、俳壇各流派の力関係の影響下にあることを示していて、改めてナルホドと思わせる。

○「秋」の巻は水原秋桜子。

「後記」いきなり〝私事〟から書き出し。小説家の随筆、というか日々雑記めいて興味深い。

この歳時記の解説は、六月一日から書きはじめて、書き終ったのは九月五日であった。その間、二日の旅行をしたから、結局九十五日を要したことになる。

読者によっては「だからなんだ?」とツッコミを入れたくもなろうが、ぼくは編者のリアルな執筆状況がうかがえるので面白い。

今年の夏は、随分暑かったというが、毎日起きると執筆のことばかり考えていたので、その暑さも殆ど感じなかった。ペンを擱いて、秋風が吹いているのに驚いた(中

略）しかし、これを裏返して言えば、それだけ体力が衰えたのである。我ながら哀れなことだと思った。

と、喜雨亭主人・秋桜子先生、いささか自虐的？　さらに、この仕事ばかりでなく、他の原稿も書かねばならぬし、それに選句が多いので、それ等のかさなる月の始めは殊に困った。

と、歳時記執筆という難事業にたずさわったことを愚痴ること愚痴ること。

○「冬」の巻は山口青邨。

解説は案外むずかしい。ものごとのある程度の説明は当然だが、なるべく簡潔なことが必要で、言い過ぎては余情をなくする。出来れば作者に何かの暗示を与える程度がよい。

そして、季題の取捨選択の方針と具体例を示したあと、こちらも心情吐露（愚痴）となる。

私の担当は冬の部で、ずっと後だと思って、どうにかなると心用意はしていたが、いざとなると大変だった。遅筆なところへもって来て、学会の用が方々にあり、私の雑誌が三百号記念会を催すなどと、ちょうどかちあって、奔命に疲れた。原稿に追われながら夜は午前一時頃まで仕事をしつづけたことが一カ月もつづいた。最後に悪性のウイールスにとりつかれて喉頭炎を発し、咽頭が痛くて食物がとおらず、毎日医者にかよってスト・マイの注射を――（以下略）（昭和三十四年十一月記）

と、この原稿を受け取った担当編集者の「申し訳ありませんでした！」というか、困惑する表情が想像できる。

奥付を見ると、「冬の部　一九五九年十一月三十日　初版第一刷発行　一九九一年七月二十五日　初版第三十一刷発行」とあり、この歳時記が多く版を重ねたことを示している。諸先生、編集部の尽力が報われたわけで、めでたい限りである。かくのごとく、歳時記出版は関係者の威信と生命を賭しての難事業なのである。

なお、この平凡社版の『俳句歳時記』は「新版　俳句歳時記」として二〇〇〇年三月に少し文字を大きくして（ということは判型も大きくなって）新たに再版されている。内容、ページ数等、すべて一九五九年の初版とまったく同様である。その函（「冬」巻）に記されたコピー――

日本の風土を愛する。

心に響く季語解説、先人のみずみずしい感性が蘇る豊富な例句、人文・自然科学、民俗学的見地から、季語のなりたちがわかり日本文化の心がわかる。暮らしのハンディ百科辞典。全巻で一万一、四二〇季語。歳時記は日本人の感性の源泉だ。

と、ある。せっかくなので本文も少しだけ見てみたい。

ちなみに、いまの時候の「夏」の部を開いてひろい読みする。この場合は句作のためではなく、読み物としての歳時記ということになる。「夏」の部の解説担当は、先に記したように富安風生。

「半夏生《はんげしょう》」の項目を見る。

素人句会に出はじめたころ、どこだかの結社に所属しているという経験者から、この「半夏生」や「木下闇（このしたやみ、こしたやみ）」という言葉をはじめて聞いた。夏の季語で、少しでも俳句を作ろうとする人なら必ず知っている俳句世界の、いわば〝定番季題〟。「木下闇」の意味はなんとなく想像できた。しかし「半夏生」とは？　なにか、凶々しい語感も漂う。人の説明を受けても、いまいちスッキリとしたイメージがうかばない。そこで、あらためて、この平凡社の『俳句歳時記』に当たってみた。

半夏生　はんげしゃう（仲夏）半夏　半夏雨

〔解説〕二十四節気、七十二候の中、夏至の第三候に当たり、夏至から十一日目、七月二日ごろである。語源は「半夏」（烏柄杓《からすびしゃく》）という毒草が生ずるという意から出ている。一般に田植季節の下の限りの日とせられ、農家では物忌をしたり、田の神を祭ったりする。（以下略）

これに続いて井本農一による〔考証〕が示されるが江戸文献からの引用が列記されるので、ここでは略す。さらに〔参考〕として、

太陽の黄経が一〇〇度となる日で、夏至から十一日目にあたり、だいたい七月二日である。またこの日を初日とする五日間を半夏生ということもある。このころ、夏草がそだつから、あるいは半夏生という毒草が生ずるため、この名があるといわれる。（和達清夫）

ん？　半夏生は夏至《げし》に含まれる季節の名称？　しかも、もう一方では、そのころ生える植物をも指すらしい。なるほど、だから一度、人から聞いただけでは、なんだかわからない。

くまぬ井を娘のぞくな半夏生　言水（浦島集）

長旅の家路近づく半夏生　吉田孤羊（若葉）

といった作品が紹介される。

この平凡社歳時記のありがたいところは、句の作者名が明治以前は名（号）のみ、以後は性と名（号）が明記され、しかも例句が収録されている出典（カッコ内）までもが付されている。まさに頭の下がる編集ぶりなのだ。

ところで季語としての「半夏生」の項を読んで、どうしても草としての半夏生が気になってくる。

過日、僕が各種歳時記を収集していることを知り、また季語、歳時記に関する本をまとめてみないか、と提案して下さった文源庫の石井紀男氏から分厚いカラー版歳時記をいただいた。

片手では持ち上げられない重さの、この歳時記は『カラー図説　日本大歳時記　座右版』（昭和五十八年　講談社）。この本で「半夏生」をあたってみる。

なるほど、季語としての「半夏生」の項と、植物の「半夏生草」の二項に分かれて解説されている。「半夏生草」では写真も付され、「水辺に生えるドクダミ科の多年草」で「一種の臭気」があり「名の由来は『半夏生』の頃にはの色が変わるからとも、また半面が白くなって半化粧をしたように見えるからともいう」とあり、「片白草《かたしろぐさ》」「三白草《みつしろそう》」の別名も記されていた。

この「半夏生」、他の歳時記にあたってみると、それぞれ記述のバリエーションがあり、なかなか興味ぶかい。半夏は毒草、カラスビシャクだが、「半夏生」は葉の片方が白くなる草で、まったく別種という指摘とか、半夏生の、この日は関西ではタコを食べる風習があったとか、香川県はうどん、福井県では鯖、奈良県では餅、などと地方によって異なる農作物の豊作を祈る習わしがあったという。

半夏生については、このくらいでとどめたいが、夏の季語といえば——先日呼ばれた句会で、ちょっとした笑いを誘うエピソードがあった。会の中の一名が夏の季語の「斑猫」という言葉を用いて投句したのだが、これを読み上げる人が、この「斑猫」を「まだらネコ」と読んでしまったのである。

まだらネコ？ なんとなく、そんな感じの猫がいないでもないが、もちろん正しくは「ハンミョウ」。俳句をやらない人でも、虫好きならば、この、美しくも、また、その生態が可愛らしい昆虫の名は知っているだろう。別名「道教え」とか「みちしるべ」。

斑猫といえばなぜか「斑猫飛びて死ぬる夕暮」という短歌の下七、七の部分を空んじている。誰の作だろう？ 白秋？ それはともかく、平凡社の『歳時記』の解説によると、

「道おしえ」また「みちしるべ」とも呼ばれる美しい昆虫。二センチほどの甲虫で、黒地に赤・黄・紫などの斑紋があり、長い触角をもち、鉤形の顎をもって小虫を捕食する。人が近づくと急に飛んで、二メートル近く先へ行ってとまり、ふり返るような

格好をしては、また飛ぶことを繰返すさまが、ちょうど道を案内しているように見えてほほえましい。〝斑蝥〟などとも書く。

とあり、

斑猫や内わに歩く女の旅　中村草田男（来し方行方）
妻子にも後れ斑猫にしたがへり　石田波郷（馬酔木）

といった例句が挙げられている。

「斑猫」を「まだらネコ」と読んでしまった人にはお気の毒だが、季語に関連して恥ずかしい思いをすることは誰にだってある。また、こういう誤りを笑ってすまされることが初心者の〝特権〟でもある。

ただし、それを少しでも防ぎ、一座の笑いの中心となりたくなければ、句作のためだけではなく、一種の雑学のテキストとしての歳時記に、つねひごろから親しむしかない。

できれば「季寄せ」一、二種。歳時記は虚子編とかの戦前のもの一揃えと戦後の別々の出版社の揃え、最低二種は。

講談社の『俳句歳時記』をスルーしていました

いよいよ季語、歳時記巡礼の大団円、山本健吉編、あるいは監修による歳時記にとりかかろうと、山本健吉本の山をとり崩していると、奥から、なんと、ふれ忘れていた歳時記が五巻、講談社の『新編　俳句歳時記』(昭和五十三年刊)が出現。杉浦康平装幀による立派な歳時記である。スルーするわけにはいかない。遅ればせながら、一巻ずつ見ていきたい。

春・夏・秋・冬・新年、この歳時記にも、それぞれ編集責任者が異なる。「春」鷹羽狩行《たかはしゅぎょう》、「夏」草間時彦、「秋」清崎敏郎、「冬」野澤節子、「新年」森澄雄。

まず「春」の巻。口絵にカラー八ページのサービス。「氷解く・釧路」「春・淡路島」「梅・太宰府天満宮」「彼岸会・大阪四天王寺」といった春の光景や行事、あるいは春にちなむ鳥、魚、植物(海松《みる》などの海藻も含む)写真やイラスト。

「凡例」を見る。「春」の部の解説文は編者の鷹羽狩行。例句は各巻、青柳志解樹、岡本眸、鷲谷七菜子ら十一名の「例句委員会」によるもので「現代のものに最も力を入れ、多くのスペースをこれに当てた。しかし、古い名句名作にも十分配慮して記載した」としている。なるほど、このことは、この歳時記の頁を開いてみると、すぐに納得できる。新しい時代の歳時記の雰囲気が、作者の俳人名の例句からも伝わってくる。

ここで、あまりにも当たり前のことを記しておきたいと思うのだが、たとえば昭和の初期に刊行された歳時記には、昭和中頃に活躍した俳人の作は載っていない。(あの名句は?)と歳時記をめくっても無駄。当然である。その句は生まれていなかったのだから。

歳時記もまた時のものである。古い歳時記は古いことによる意味や価値があり、新しい歳時記は、その時代の成果を反映させることによってアップツゥデイトの要求を満たすことになる。

閑話休題。鷹羽狩行による「あとがき」を見る。

歳時記は、何より季が中心であるから、それぞれの季題のもつ季感を、できるだけ詳しく述べた。(中略)季題を春夏秋冬の四つではなく、なるべく十二カ月の単位で見直してみた。

この、季題を十二カ月単位で考えて編集した歳時記は他にもある。このことの意義は、初学の者としては格別ありがたいと思う実感はない。ぼくにとっては、季語は、厳密に刻まなくても……という気分があるからだ。また、季の感覚は、とくに自然現象に関わる事象に関しては、すでに言われているように、日本列島の各地によって大いに差がある。季語と実感の地方差、である。

さらに「あとがき」を読む。

歳時記は、俳人にとって、いわば憲法にあたるものだが、たえず改正の要がある。その改正には、新しいものを増やすばかりでなく、従来の歳時記にのらなかった徳川時代以前の古典語をも加えるべきだろう。

とある。「徳川時代以前の古典語」——興味がある。が、編者は〝たとえば自分は、こういう古い季題をこの歳時記に入れてみた〟と、具体例は示してくれていない。では、ということで、この「春」のページをしばし繰ることにする（当然、ここで原稿は中断）。

パラパラとページをめくっていって、季語を流し読みしていく。すぐに、重要な季題、また親しまれてきた季語は当然のこと多くの例句が載せられている。逆に珍しい季語は一、二句だったな、あるいは、まったく無い、ということに気づかされる。たとえば——この歳時記の〈宗教〉の項、「元政忌《げんせいき》」（仲春）に目がとまる。二百三十ページ、例句がゼロだからだ。

この「元政忌」の前の季語は「西行忌《さいぎょうき》」（仲春）、もちろん、「願はくは花の下にて春死なむそのきさらぎの望月のころ」の西行法師（佐藤義清）のことで、例句は、

栞して山家集あり西行忌　高浜虚子

を筆頭に、

花あらば西行の日とおもふべし　角川源義
すこし寒う桜月夜や西行忌　徳永山冬子
花の下は花の風吹き西行忌　村山古郷
はなびらのごとき名月西行忌　西山　誠

など、十九句も掲げられている。

ところが、次の、この「元政忌」には例句は一句もない。そこが、ぼくにとっては、「ほう！」と、関心が生じた季語となった。六行の解説だが、さらに要約すると――幼時の頃から神童のほまれ高く、彦根藩に仕えた菅原元政は、江戸吉原屋の二代目高尾と契りを結んだが、高尾の自殺にあい、諸行無常を感じ、仏門に帰依、詩作、和歌、宗学に勉めたという。京都深草の瑞光寺に寛文八（一六六八）年に没し、毎年三月十八日を上人の忌日として修している――という。

うん⁉　吉原の花魁《おいらん》、二代目高尾大夫？　といえば……あの「君はいま駒形あたりほとぎす」の句の作者とされる。落語の世界に登場する「紺屋高尾」や「反魂香」の高尾大夫はフィクションだが、実際に自死した高尾大夫がいたのでしたか！　と、この歳時記によって知らされた。吉原の遊女の中でも、最も位もプライドも、文芸の素養も高い花魁という名を得ている高尾が、なぜ命を絶ったかは知るよしもなく、今や、物語の世界に等しい。

　高尾のこともだが「元政忌」が気になる。古い季語ならばと、曲亭馬琴編・藍亭青藍補『俳諧歳時記栞草』（岩波文庫）索引をチェックする。ナシ。これまた、すでに紹介ずみの『難解季語辞典』も手にする。こちらもナシ。

　よくぞ、この講談社の歳時記、鷹羽狩行の編に「元政忌」が収録されたもの、と思いつつ、この歳時記ではどうだろうか？　と、古い季語が収録されている可能性が高い例の改造社版を。

　ありました！「井伊侯に従って江戸に在る時、吉原三浦屋の二代目高尾と契り、高尾自殺後諸行の無常を悟って発心し、深草に瑞光寺を建立してここにすむ」等々、〈古書校註〉も含めて十四行の解説。

　しかし、ここにも例句はなかった。

　もう少し、例句の挙げられていない季語を、ということでページをめくってゆく。「お国忌《くにき》」がありました。四月十五日。安土・桃山時代の歌舞伎踊りの創始者とされる。この出雲阿国《いずものおくに》は各地を巡演したが、とくに京・鴨川河原での興行は庶民から公家や武家のあいだまでも大人気を呼んだという。

晩春の季語だが、例句は示されていない。先の「元政忌」での味をしめて、こちらも改造社版にあたってみる。予感はピタリ。なんと三十八行もの解説。

しかし——こちらにも例句は一句もなし。

花魁・高尾と深い縁のあった「元政忌」、そしてこの、日本の女性エンターテナーの元祖・出雲阿国の「お国忌」の句ぐらい作っておいて下さいよ、と注文を出したくなる。いや、すでに、どなたか文人系俳人の作にあるのかもしれない。あるいはひょっとして江戸ぶりの句の世界にも遊ぶ、加藤郁乎大人の句集には？　と思ったり。

愚にもつかぬことの思いついで。鷹羽編のこの歳時記の「あとがき」にふれていたので、ただ興味本位で江戸以前？　の季語を他の歳時記によって確認していて、ふと思ったのは、この講談社版歳時記の、古季語の収録は、改造社版を参考にしたのではないか、という余計な憶測であった。それは、たまたま、先の「元政忌」や「お国忌」が両歳時記に収録されていて、しかもどちらにも例句が一句も掲げられていないこと、などから。

もちろん、改造社版歳時記を参考にして、悪い道理などない。先達としての価値を高めるばかりである。ただし、この明治以降、初の本格的歳時記には、たとえば飯田蛇笏の「くろがねの秋の風鈴鳴りにけり」も西東三鬼の「中年や遠くみのれる夜の桃」の句も、収められていない。くりかえすが、改造社版が出るころ、この二つの句は、まだ二人の俳人から、この世に生まれ出てなかったから。

余談はいいかげんにして先に進まねば。

「夏」の巻の編者は草間時彦。「あとがき」を読む。なかなか興味ぶかい。

本巻を編むに際して、季題の種類を徒らに増やすよりも、むしろ整理する方向に従った。

ただ、

例句のない季題、すでに古語化してしまった季題、これらをどうするかは、歳時記が実作の手引か、それとも辞典的性格を持つべきか、ポリシーの問題といえよう。

この、〝ポリシー〟が、各季の編者によって異なったりするあたりがまた、歳時記の趣き深いところでもある。つづける。

さらに生活環境の変化で季感を全く喪失してしまった季題でも、優れた例句があるものは生かすことにした。

〝たとえば――〟の具体例を示していただきたかったが、〝それは自分で点検しなさい〟ということでしょう。編者は、つづけて、

いずれの場合も、編者としての好みを強く出すことは極力避けて、常識の範囲内で処理した。

と。そして、特に次の言葉に注目させられた。

本書のように五人の編者による共編の場合には、一人の個性が強く出ることはよくないと考えたからである。

また、

例句を探す、選ぶという厄介な作業は例句委員にお任せしたが、編者として校正刷に眼は通しているので、最終責任はわたくしにある。

と、編集作業の内側まで見せつつ、責任の所在を明らかにする、という誠実な人柄をしのばせる記述である。

ちなみに草間時彦の句を彼の編んだ、この歳時記「夏」の巻から拾ってみた。

青梅雨に負けてくづれしひと日かな

季題は「青梅雨《あおつゆ》」（仲夏）で、「しとしと降る雨に景が青く見える。永井龍男の小説『青梅雨』で、この季題が一般化した」と、あってちょっと驚いた。一篇の小説のタイトルからでも季語が生まれるんだ！　という思いからである。

例によって『日本名句集成』（学燈社刊）の草間時彦の項。四句挙げられているが、そのうちの二句。

足もとはもうまつくらや秋の暮
大粒の雨が来さうよ鱧の皮

水原秋桜子、石田波郷に師事したという、この草間の句、口語調の柔らかみがあり、ぼくの好み。鷲谷七菜子の解説では、「この作者には食べものの秀句が多く」とし、

味噌碗のすこし濃いめのしぐれかな
ばつてらの食べごろなりし夜涼かな

の句など四句が紹介されている。やはり好きだな、この二句も。

すこし先を急がねば。「釣瓶落《つるべお》とし」の「秋」の巻。編者は清崎敏郎。虚子の客観写生・花鳥諷詠を信条として貫き、安住敦によって「信念の作家」と評された。その清崎によるこの巻の「あとがき」

歳時記をはじめて執筆してみて、これは容易ならぬものであることを悟った。

と、いわば、毎度おなじみの感慨。つづいて「植物学上の常識が、俳句では、平気で誤用され」ること。また「面倒なのは、時代による季節感の変化」等々、一例を挙げて述べている。〆《しめ》は「これに限らず歳時記編輯には、まだまだ問題が多い」——と。かなり、この歳時記づくりに思い悩み、難儀であったことをうかがわせる。そうだと思います。

「冬」の巻。編者は野澤節子。フェリス女学院を病気中退。大野林火に師事したことは、すでにふれた。「あとがき」に実感のこもった言葉が見える。

歳時記を編むという事が、如何に容易ならぬことであるかを各季担当の執筆者が、それぞれの立場で書かれている。今更、ことあらためて言うこともないが、

と前置きし、ここからである。

容易ならぬこと以上に怖しいことであるというのが実感である。（＊傍点は筆者）
歳時記編集は、それに真正面から向き合えば「怖しいこと」であったのだ。そして、この「あとがき」の結語前の一節として、

いやしくも俳句に志すものは、日本の東西南北の四季を身をもって知って置かなくてはならぬと身にしみた。

例によって『日本名句集成』に収録されている彼女の四句のうち二句を。

冬の日や臥して見あぐる琴の丈
せつせつと眼まで濡らして髪洗ふ

喉仏《のどぼとけ》をもった男性の俳人では、もとより作ることのできない「女の宇宙」ならではの句でしょう。とくに二句目は名句として、よく知られている。
さて、この講談社『新編　俳句歳時記』の終巻「新年」の巻。編集は森澄雄。「あとがき」では、

現在われわれは春も遠い冬の最中に新年を迎える。それでも年賀状に「賀春」あるいは「新春のお慶びを申し上げます」と書いたりするのは、言うまでもなく旧暦を使っていた頃の名残である。

と、これまた歳時記づくりのときに必ずといっていいくらい言及されている旧暦と新暦の季節感のズレに関する問題である。とくに、この「新年」の巻は古くからの年中行事、さまざまな神事、芸能に関わる季語が多く収録されることとなるので、編者は、その解説に心を配らねばならないこととなる。

編者は、それが「新年の歳時記のおもなる任務であるが、おおかた未知・未見のことが多く」と、それらの行事を自ら実見できなかったことわりを告げているが、よほどの民俗研究家でなければ、そんなことは、当然無理である。しかも、他の季の巻と比べて、例句が一句も示されていない季題が多い。

それら、例句の挙げられていない各地の行事、神事、季語を目で追ってゆき、気ままに解説を読んだりしていると、このIT時代とかいうわれわれを取り巻き、追いたてる、今日の日本の姿とは、まったく別のこれが日本だったのか！　日本人と共にあった日々だったのかと、異貌の国をのぞき見る思いがする。

歳時記編者・監修者による「あとがき」は、ある種、その異界めぐりのキャリアによる述懐である。

あやうく見過ごそうとした、この講談社の歳時記全五巻を手にして、あらためて得た感想である。

書物を開くことは「茄子《なすび》の花」である。

「千に一つの無駄もない」

歳時記世界に聳え立つ、山本健吉歳時記

明治書院刊『新撰俳句歳時記』全五巻のフルマラソン読み（というか実際は飛ばし飛ばしの〝飛脚〟読み）をしたことを、ご報告した。そのとき、歳時記の季語をアタマから最後まで（例えば「春」から「冬」の「嫁《よめ》が君《きみ》」という、なんとなく楽しい新年の季語）、一題ももらさず通読する豪腕の、俳句道に身を挺する熱心者が、きっといるのではないかと推測したが、――それなら、ぼくもと、手にしたのが、これなら可能という、以前から手にしていた山本健吉の名著とされる『基本季語五〇〇選』（講談社学術文庫）。

五百ぐらいなら何とかなる。これは、この稿を書くためではなくて、楽しむためにページを繰ろうと思ったので、机（実際は、旅行用のハードケースの上にボードを置いた机代わり。敗戦後すぐの川崎長太郎のような私小説作家だったらミカン箱）の前に、座してではなく、安クッションの背もたれに、リラックスした気分でページを繰る。

まず、目次。春から新年まで、ズラリと季語が並ぶ。当然、五百季語だろう。知らない季語があったら、マーカーで印をつけようと思ったが、ほとんどない。季語というより日本語としてなじみ深い言葉が並んでいる。それでも、チェックした言葉もいくつかはあった。その季語が、言葉として親しんだことがないもの。難しげな漢字、あるいは自分で、

この季語で俳句を作る機会はいままで一度もなかったものの、好ましく思う季語。列記してみる。

「遅日《ちじつ》」「霾《つちふる》」「雪《ゆき》しろ」「乗込鮒《のっこみぶな》」「端居《はしい》」「荻《おぎ》の声《こえ》」「綿虫《わたむし》」――七季語か。

ここで、また背もたれに戻り、この七つの季語の解説をゆっくり読んでみよう。

多分、この季語の意味するところは、こういうことだろうなと、予測がつくものもありましたが、やはり、大まかな理解と正しい解釈は違う。

たとえば「遅日」。春の季語で「日永《ひなが》」と同じ季語だろうと思っていたが微妙な差があった。これは「日中の長さよりも、暮方がおそくなることに重点を置いて言う」というのだ。春になり、日一日と日が長くなるが、その暮れがおそくなる方のニュアンスが濃いというのだ。

しかも、さすが山本健吉先生の解説、この季語の意味が、すでに「詩経」に見られ、家持（大伴）の歌の自注にも引かれ、『和歌童蒙抄』にまでたどってゆく。しかも、この詩の訳は、「上田敏は『海潮音』の詩を訳した時の手本にしたと、自分で言っている」と、日本近代詩のエピソードまで紹介してくれている。まさに、古今の詩歌の世界に通じた人でなければ、不可能な解説といえる。

この解説のあとに挙げられる「遅日」の例句、二十二句もあるうち五句を選んでみた。

暮遅き四谷過ぎけり紙草履《かみぞうり》　芭蕉
遅き日を見るや眼鏡を懸ながら　太祇
この庭の遅日の石のいつまでも　虚子
暮遅し鞴《ふいご》動かす町も過ぎ　誓子
縄とびの端もたさるる遅日かな　閒石

芭蕉や太祇の句、モダンですね。余計な力が抜けています。

次は『霾』。なかなか見慣れない漢字だが、傍題、類語をみると「黄沙《こうさ》」「黄塵万丈《こうじんばんじょう》」「蒙古風《もうこかぜ》」といった文字が見え、一般的に黄砂といわれている気象現象であることがわかる。これはまた「霾天《ばいてん》」「霾風《ばいふう》」「霾晦《よなぐもり》」「つちかぜ」「つちぐもり」「胡沙来《こさきた》る」「胡沙荒《こさあ》る」。迷惑な現象。もちろん、春の季語。例句は略す。ぼくが自分でこの季語を用いて句を作る気分になれないから。

「雪しろ」。東京の下町で生まれ育った人間にとっては無縁な季語。解説には「山の雪が春の暖気に逢《あ》って解けて流れるもので、雪汁とも言う」とある。「またそのために川や海の濁ることを雪濁《ゆきにご》りと言う」とある。「雪」とはあるが春の季語。

雪代に戸開けて女映りをり　素十
雪しろの溢るるごとく去りにけり　欣一
雪しろやしづかに岸の古びたる　実

という例句に接しても、その現象に一度も接したことがないので、ぼくには句の理解も鑑賞も不可能。季題には、こういうことが起きる。当然といえば当然のこと。ただ、この「雪しろ」という現象は見てみたい。

「乗込鮒」。これまた都会育ちで、しかも釣りなども楽しまない人間には縁なき季語。「冬眠していた鮒は二月になると粗朶《そだ》を離れて動き出し、鮒の巣立と言われる」「三月末、四月初めに水が暖かくなってくると、産卵のため浅いところや、また細い小川から水田の中までも、物すごい勢いで乗っこんできて、何百何千と群をなし、温かい泥のあるところを泳ぎまわる。これを乗込鮒という」と解説される。

そして、この言葉が季語になったのは、「戦後に私の『新俳句歳時記』に録されて以後である」という。「新題探題の意欲の強い、秋櫻子氏が作り出して以後普及した」とある。新季語誕生の証言である。

この「乗込」は、鮒ばかりではなく、「鯛をはじめ、春ごろ産卵のため浅場に乗込んでくるあらゆる魚類に言う言葉」という。例句は略。

「端居」。まったく知らない季語ではない。むしろ、好ましい季語と思っているが、句会の懸題で出されたこともなければ、自分で作ったこともない。季語の意は「夏の夕方など、涼味を求めて縁端《えんばた》に出て、くつろいでいること」とある。古い言葉の雰囲気を感じるのだが「季語としての趣味を見出だしたのは、大正以降と見てよい」と、意外や、新しい季語なのだ。

時代背景による住居や生活のスタイルが、大正以降の「端居」という季語を定着させたのか。

そういえば、端居という言葉に接すると、ぼくは何故か着物姿の井伏鱒二が頭に浮かぶ。女性だったら若い人ではなく、ふとした時間のはざまに、そこに身を置くオトナの女性でしょう。

端居して旅にさそはれゐたりけり　秋櫻子
ゆふべ見し人また端居してゐたり　普羅
曾《かつ》てなき端居語りの夜を得たり　青畝
端居するうしろ姿も人さまざま　風生

端居して明日逢ふ人を思ひけり　立子
ひとり居の端居心を誰か知る　砧女
くらがりの合歓《ねむ》を知りゐる端居かな　波郷

「荻の声」。季語に接しはじめたころ、なにかの物音を〝声〟と表していることに、違和感をもったおぼえがある。

「荻の声」の意は「荻の葉に吹く秋の初風で、古来そのさやぐ音に秋の到来を感じた」「荻は昔から、秋を知らせる草とされ、秋風にそよそよと戦《そよ》く音が、しばしば歌によまれている」という、「荻は神の招代《をぎしろ》で、そのそよぎに神の来臨の声を聞いたのである」とのこと。

山本健吉の、例によって、万葉集以来、連歌、俳諧に至る考証・解説はおこたりない。

この季語に対して、「近代の俳人たちには、あまり顧みられない季題のようだが、もっと新しい立場から生かされてよい季題だろう」と述べている。

夢となりし骸骨踊る荻の声　其角
夕暮や蚊を聞かへて荻の風　也有
荻の声舟は人なき夕𨸶《ゆふべ》かな　闌更
荻の風北より来り西よりす　几董

一もとの荻にも秋の戦《そよ》ぐ音　召波
折〱や雨戸にさはる荻の声　雪芝
風の音や汐に渡るる荻の声　露伴

いずれも好ましい例句が並ぶ。さらり、と身ぶりのさりげない、練達の者のひと踊りのような句ではないでしょうか。

「綿虫」。傍題、類語は「雪虫《ゆきむし》」「雪蛍《ゆきぼたる》」「雪婆《ゆきばんば》」「白粉婆《しろこばば》」「大綿虫《おおわたむし》」「大綿《おおわた》」。空に舞う雪や植物の綿状のことではない。アリとアリマキの、あの蚜虫《ありまき》（アブラムシ）に属する虫。「体長二ミリ内外、腹部の末端に多量の白い綿状分泌物を持っているものをワタフキアブラムシ、俗に綿虫と言い、晩秋、初冬のころ出現して、空中を青白く光りながらゆるやかに飛ぶ」――へぇ、見たことがない。一度見てみたい。

この綿虫、「近来はよく観察され、好題目とされて来た」という。なぜ、近年？　江戸の俳人は、この存在、情景に気づかなかったのか？　と思うがそれはさておき、その例句だが、たしかに碧梧桐以降の句が、四十句以上も並ぶ。雪虫、綿虫、大いなるモテっぷり。

雪虫の飛ぶ廟前の木立かな　碧梧桐

雪虫のゆらゆら肩を越えにけり　亜浪
吉か凶か夕べ綿虫群がれる　みどり女
綿虫やむらさき澄める仔牛の眼　秋櫻子
雪虫が胸の高さすぐ眼の高さ　誓子
大綿の静に逃げし水の空　年尾
綿虫もそれを追ふ眼も自在なり　爽雨
嘘を言ふショール臙脂《えんじ》に雪ぼたる　龍太

山本健吉の『基本季語五〇〇選』の五百季語をチェックしたら、またまた横道に入り込んでしまった。「ほう、そうだったのか」と知らないことが多く、興味ひかれるので仕方がない。さて、本題、次は、この山本健吉の尽力による歳時記の一群だ。

一時、ほとんどの古本屋で見かけた、良心の書
山本健吉『最新俳句歳時記』

品のいい、薄いグレー、薄紫の函のデザインといい、ほとんど新書サイズながら、たっぷりと厚みのある存在感――一時、町中の古本屋の片隅には、たいてい、この文藝春秋版・山本健吉の歳時記が置かれていた。

ぼくも体験的にわかるのだが、歳時記というものは、専門家か、かなりの勉強家でないかぎり揃いでは買わない。買うとしても函入上製本といったものではなく、文庫本で、かつ、そのとき、なにかの理由で素人句会や吟行が開かれるとかいう機会に、とりあえず、その季節のものだけを入手する。長編名作小説の第一巻だけを買う心理に似てなくもない。

ところが、この山本歳時記、正しくは『最新俳句歳時記』全五巻（昭和四十六年～ 文藝春秋）は、なにやら品格がただよい、遊び半分で句作に参加したり、季節の変わり目に、つぶやくように心の日記がわりの句を作ってみたりする者にも、全巻揃いで持っていたくなる気を起こさせる。

そんな俳句歳時記の優等生？ 山本歳時記を手に取る。一般的に歳時記は「春」の巻から刊行されるので、「春」を手にする。当然、まっさきに読むのは「まえがき」や「あと

がき」である。編著者・山本健吉による「まえがき」。一行目から。

　私は昭和三十一年に『新俳句歳時記』を出し、同じく三十九年にはその増補改訂版を出した。それは絶版になって久しいが、その後あの歳時記はどうしたと、私のところへ問い合せて来る人もたびたびあり、私も改訂の志を持っていないではなかった。

歳時記の改訂版や増補版を出す著者は、たいていこういう言い方をする。出版界の内情を少しは知る人間にとって、その本の出版が重版せず止まったまま、というのは、その本が売れなくなった、ということそのものなのだが、著者や、その周りの者はそうは思わない、いや思いたくないのかもしれない。版元は、売れるものならば、いつまでも増刷はやめない。これもまた当然であり、常識。

「あの歳時記はどうした」と、著者に「問い合せて来」た本人は、もともと、その歳時記を全巻入手していたのだろうか、あるいは（ぼくも経験あるが）、自分でもすでに持ってはいるが、誰か人にすすめたくて、あるいは差し上げたくて、書店等で探したのだろうか。

著者の言葉をつぐ。

　歳時記という書物は、どうも五年ないし十年に一度は、増補改訂すべきものであるらしい。

十年はともかく、五年ごとに増補、改訂されたら、できたての新作がどんどん、例句を占め、あるいは解説の改訂など、なにか落ち着きのない歳時記になりかねないのでは？と思ってしまうのはぼくだけでしょうか。改訂版を出さずとも一般句誌の〝付録〟などで、「ここ三年間の成果」とか銘打って、小冊子に収めればよいのではないか、と。

部外者が余計なことをコメントしました。じつは、そんなことより、本当は気になっていたのは、この「まえがき」の一行目――「私は昭和三十一年に『新俳句歳時記』を出し」の一節である。

この、定本ともいえる文藝春秋版の以前の山本健吉歳時記？　もしや、あれが？　と頭に浮かんだが、入手したとき、布製の表紙が古くなり、かえってみすぼらしく、ほとんど手にしたことがなかった、あの歳時記――。このことは、すぐ後にふれたい。

まずは、この〝定本〟版だ。「まえがき」の読みを続ける。再度この旧版『新俳句歳時記』のことを持ち出しているが、ここでは略。次の一文が山本健吉の立場に言い及んで興味ぶかい。

私が俳句作家にまかせて置けばよかろうと思われる歳時記の編纂をあえて手がけたのも、結局は日本の風土とそこに繰り拡げられて来た人間の生活史について、知りたいと思う心が深かったからである。

これまでの江戸以来の歳時記の編者（北村季吟や滝沢馬琴ら）が「俳人というより、生活的興味から、あるいは学問的興味から」歳時記にかかわってきたと思われるのに対し、山本自身は「著しく日本風土の詩である俳句そのものへの興味が深い」と彼我の差をのべる。ところが――

それにもかかわらず、私の歳時記に寄せる興味の中心は、日本の風土への愛と認識とにある。

と、心の内を訴える。歳時記への興味は、「日本の風土への愛と認識」というのだ。途中、かなり略すが

俳句に遊ぶということは、一面では日本の風土現象と日本人の生活全般にわたってのこまやかな認識を目指すことであるとともに、他面では日本民族の長い心の歴史の上に築き上げられた一つの美的秩序の世界、擬制的な約束の世界に遊ぶことなのである。

そして、山本は季語、季題の本家帰り、虚子ではないが花鳥諷詠の守旧派的価値観を伝える。つまり――

そのことを知ったら、春は花、夏は時鳥、秋は月、冬は雪といった日本人の四季に寄せる心ばえを、無意識として簡単に捨て去ってしまうこともないだろう。

と、そして、そのような考えが、

歳時記は今日の開発攻勢による自然の秩序の破壊の時代に、いささかの役割を担っていることになろう。そしてこの役割は、考えてみると、人類の未来にとって意外に大きな問題の一環を担う一つの抵抗行為であることに気づくのである。

と、山本健吉歳時記の一巻目、「春」の巻の「まえがき」を締める。すでにもう四十年以上も前になる、山本の日本文化や社会状況に対する危惧は今日、依然として、というより、さらに目の前に突きつけられた火急のテーマといえる。そして、それは〝自然破壊〟という、ある種、牧歌的な危機を超えて、今や、いよいよ、〝地球破壊〟〝人類破壊〟のレベルに達しつつある。

歳時記が、かつての日本の、世界の、アーカイブ、「古い記憶」の記録とならないことを祈るばかり。紙の歳時記は絶対に必要だ。電子に頼る情報は一瞬にして消えてしまうことがあるかもしれないが、まだしも紙は、からくも残る可能性はある。アナログ的ではあるが、この「季語・歳時記巡礼」にしても〝紙の本であればこそ〟の楽しみ、そして苦労。

頭はもちろんのこと、眼、掌、腕、脚、腰等々を駆使しての、肉体と、ポケットの小銭、お札に少し負荷をかけての道楽なのだ（ましてや原稿はマス目に手書き）。

ところで、「春」の巻のあと、「夏」「秋」「冬」には「まえがき」等は「春」で済ませてあるので無く、最終巻の「新年」に「あとがき」に代わる「編集を終えて」がある。四頁にわたる文章。

文藝春秋刊・山本健吉『最新俳句歳時記』「新年」の巻の「編集を終えて」の書き出しは、こう始まる。

ようやく「新年の部」の編集を終えて、一息ついた。

本当は新年の部など特別に立てるべきものではないだろう。

と、江戸のころは、新年はそのまま初春であったが、明治以降の歳時記は、新暦、旧暦が併用されることになり「やむを得ない処置として」「新年の部」を独立させて一冊に組み込まれることとなったという。

このあと、新年の行事や旧暦についてふれられているが略そう。山本は歳時記の存在理由について強く語る。

私は歳時記を、日本人の季節感の記録であるとは、いやそれだけに終始するとは、元来思っていないのである。（中略）歳時記が目ざしているものは、われわれが住むこの風土の認識なのである。

このあとに、山本の、俳句作家への鋭い言葉が投げかけられる。

日本という風土について無知な、あるいは認識のおろかな俳句作者は、俳句という風土詩に共に遊び、ともに語るに足りないのである。

そうか、そうか俳句はなにより、「風土詩」だったのか。山本にとっては、作者の信条の抽象化やモダニズムへの接近は、二の次、三の次ということになる。そして風土を詠うための季語、季題の重要性についてふれる。

季節の本位、季語の本情は、ひとが「知る」べき対象なのだ。

とし、「たとえば」と、「春一番《はるいちばん》」「青葉潮《あおばじお》」「やませ」「乗込鮒」という季語を挙げ、

私は日本人のこの風土に対する認識の片鱗を感じる。この風土に運命づけられた者の、生活の喜びや苦しみを通して形成された一種の知恵を感じる。

と説き、それが、

日本という風土への愛と認識との現れなのである。

と、山本の好きな「愛と認識」（倉田百三の名を思い出してしまう）という言葉をここでもあげつつ、とって返す刀で、

今日のような風土破壊、自然破壊、環境破壊の時代には、歳時記の存在はそれに鋭く対立する。自然破壊という人間文明への行き着いた果てへの巨大な歎きなしに、歳時記を編纂したりは出来ない。

とまで語り、

経済人間のエゴイズムに対するささやかな抗議として、この歳時記を世に贈りたい。

と言葉を結ぶ。このとき、山本にとって歳時記の編集、刊行は、現代文明へのカウンター的評論、表現のメディアとなったのである。記は、昭和四十六年十一月六日。

ところで、この「新年」の巻には、この季の季語、季題のあとに、中国と本朝（日本）の、くわしい「二十四節気、七十二候表」や三十頁に及ぶ「忌日表」が付録として収録、さらに特筆すべきことは、山本健吉が句界に大きな存在を示すこととなる、「歳時記について」

の持論、評論が挿入されている。

内容は
「その一　歳時記の歴史と季題・季語」

「その二　日本文学と季節感」

「その三　芭蕉の季節感」

「その四　季の詞――この秩序の世界」

「その五　季語の年輪」

七十頁に及ぼうとする、力の入った季語に関する論考である。これを熟読すれば、ぼくが、山本健吉というと、マターホルンの雪峰を思い浮かべることとなった根拠も知れるはずである。心して読まねば！


と、その前に、「春」の「まえがき」にも記してあり、山本自身も再三言及する、山本歳時記の元本ともいえる昭和三十一年・光文社から刊行された『新俳句歳時記』の編集の経緯にふれなければならないだろう。

「春の部」の「編集のことば」を見る。ここでは、山本が柳田国男、折口信夫の民俗学を学んだ人間として、これまでの歳時記が「年中行事その他の解説がきわめて幼稚なこと」

また「自然科学の現象の分類・解説も、たいへん不備」であったため、「柳田先生のご援助を得て」、七、八年かけて、ようやくこの「春の部」を出版できたことを記している。

ここで、すでに山本は、

私の歳時記に対する興味には、たんに俳句の歳時記としてではなく、ひろく日本の季節的な風土現象を、この国土に住む者として、知りつくしたいという気持があった。

と、歳時記編集の動機をのべている。山本歳時記のバックボーンには柳田国男、折口信夫という巨星、二人の民俗学者の存在があったのだ。そして、そのうちの一人、柳田国男が「『新俳句歳時記』に寄せて」という、序文を寄せている。

柳田は、日本文芸の「群れ」の中で楽しみ合う「文芸の共同性」について、歌謡から俳諧までをたどって語る。柳田の文は、さすがというか、文章が元気でジャーナリスティックなリアル感があり、とくにこの一節などは、読んでいて、つい頬がゆるむ。

この特殊な文芸を、第二芸術という言葉で悪口を言った人があるが、文芸発達の経路から言えば、それが第一のカテゴリーに属するという意味で、むしろ第一芸術と言ってもよかったのである。

と、〝悪口〟といった、俗な言葉を使ってサラリと、例の桑原武夫の「第二芸術論」に異を唱えている。ま、柳田の横綱相撲か。

それはともかく、この五巻歳時記の最終巻「新年」の部の巻中、総索引の前に「歳時記の歴史と季題・季語」の一文がある。山本の「俳句は風土の詩」を唱える文章として読みたい。また、そのあとで、山本歳時記の〝完本〟というべき、文藝春秋版歳時記における「歳時記について」をも比較、精読したい。

ここには、俳句における、というか、縄文、弥生から生じる日本の風土の言葉、万葉からの季語、季題の生成と、そしてそれらを集めて記録した歳時記に関しての大概が、渾身の気合を込めて、語られていると思われるからだ。

「挨拶」「滑稽」「即興」という三本柱

自分でも少し不思議な気もするのだが、(この歳時記巡礼を経験するまでは) 山本健吉の著書というものを気を入れて読んだ記憶がない。

本は読む端から、どんどん忘れてゆく質《たち》なのだが、それでも、どこかに痕跡が残る。そのしるしが、ほとんどまったくないということは、ちゃんと読んでいないということになる。さらに妙なことは、それなのに山本健吉の著作は、いつのまにか本棚の隅に積まれてきた。

そしていま、山本健吉のライフワークともいえる彼の編・監修による歳時記を手に取り、そこに収録されている〝山本季語論〟をあらためて読み込もうとしている。まずは、山本自身が自らの文章のなかで何度も言及している、いわば山本歳時記の源となった昭和三十一年(もう六十五年も前になるのか)、光文社から刊行された『新俳句歳時記』全五巻。また、それから十五年ほど経ってからの文藝春秋版『最新俳句歳時記』全五巻(これが、いわば山本歳時記の定本、あるいは完本といえる著作物)この二組みの歳時記に収録された、彼の季語論を、こちらも気合いを入れて読み込まなければ、と思っていた。

なにせ山本健吉による季語、季題についての考察、また論述は、現代の季語論の〝殿堂入り〟を果たしていると思われるもので、今日でも、季語の成り立ちを説く、俳人、文芸評論家たちは、この山本の季語論を避けては語ることができないほどだからだ。

この新、旧、山本歳時記を傍に引き寄せ、積み重ね、いよいよ、山本季語論の神髄に迫ろうと体勢を整えた。しかし……その作業中、彼の著作での、俳句関連の書物、『現代俳句』『ことばの歳時記』『俳句私見』『俳句とは何か』が目に入ってしまった。

しかし、この中の、とくに『俳句私見』を読み進むうちに、こちらの威儀を正さざるを得なくなった。もとはといえば山本歳時記の季語論を読み込むための、ほんの参考、サブテキストのつもりで手に取ったのだが、これが手強く、しかも、季語、いや俳句の世界にとって、非常に重要なことが言及され、また、強い熱度を持って語られていることに気づかされたからだ。

ここで語られている事柄は、山本が俳句評論家として脚光を浴び、評価を受けたはじめての論述だろう。一語一節の言葉の選択が鋭く、しかも、重い。軽妙な語り口を感じさせる記述もあるが、それは彼の表現力、フットワークの強靭さのアピールそのものとなる。

この『俳句私見』にとらわれた。二百五十頁に満たない本なので、普通なら一日もあれば軽く読了できる。これが、そうはいかない。文章を何度もゆきつもどりつすることに。二色のマーカーを手に、読みつぶす気持ちで読み進めることとなった。

本来、いま書くべきことは、二冊の山本健吉の歳時記なので、『俳句私見』についてくわしく触れるときではないが、ここに収められている俳句に関わる論考は、そのタイトルを見ただけでも十分に刺激的である。たとえば。

○「軽み」の論――序説――

○挨拶と滑稽

○純粋俳句　写生から寓意へ

これらの論の中で、山本は、

私は、俳句の本質――俳人たちは、「俳句性」という言葉で言っているが――について、三カ条を挙げている。それは、一、俳句は滑稽である、二、俳句は挨拶である、三、俳句は即興である、という三カ条である。

と。俳句とは「滑稽」「挨拶」「即興」の三要素が、それを成り立たせているもの、と定義、断定している。そして、

この三つの命題は、私が昭和十年代の大かたを、俳句雑誌の編集にたずさわっていた間に目にした厭うべき俳句のマッスが、おのずからもたらした確信なのであった。(中略)私の心に何時か醸成された俳句についての考えの結晶体なのである。

と述懐している。そして「挨拶」と「滑稽」については、それを考察し、解明することが、俳句について語るときの二つの柱であったが、「滑稽」については――

このところ俳句について考えていると、思考は何時か、「即興」ということに集中しているのだ。（中略）「即興」という命題こそ、俳句にとって第一義的なものではなかったかと思えてきたのである。

という。そして、

「即興」という命題は、芭蕉が晩年に唱えた「軽み」という考えとも、何時か重なった。（「即興と眼前体」）

と、「軽み」の論の意で語りはじめる。そして、この一節を、

対象の形を描き出し、作り出そうとするのではない。対象の命をじかに掴もうとするのである。（中略）芭蕉の考え方ももちろんそれである。それによって彼は、はかないこの現世において最も確かなものとして、自分の命の証しを立てようとするのである。（「言い了せて何かある」）

と締めくくる。このあと、「軽み」の論は、

方法論を超えて
さび・しをり・細み

と、芭蕉が最晩年に到達した世界と「軽み」の関連が言及される。

もう一つの、山本健吉が俳句評論の世界で地歩を固めた「挨拶」と「滑稽」の章――そこでは、巻頭のタイトルにもあるように「時間の抹殺」という俳句の本質が、短歌など他の詩文の時間性、時間の経過を抱く表現と、奇跡的というか、その相反する特異な典型から生まれ出たものであることを指摘している。

ここで語られることも芭蕉であり、「切字なくして俳句の姿にあらず」とされる俳句における「切字」の最重要な意義である。この切字によって「俳句が情趣の芸術ではなく認識の芸術とする終止符であり」「十七音の固有の形式を通して思想に到達する手段であることがはっきりわかるだろう」と、言い切っている。

山本はまた、俳句において「談笑の場」というキーワードを用意する。内容をくわしく紹介することはできないが、この文章の最末、

俳諧は一座の中で絶えず相手に語りかけ、笑みをかける芸術なのだ。

と、芭蕉の句座、またもちろん芭蕉の句そのものが指し示す、その要諦を説き明かす。それはまた、現代の俳句がとかく「挨拶」や「滑稽」、また「軽み」を忘れ、(人に語りかけ、微笑み合う文芸であったことの反動からか)自己のうちの観察、心情、感情の発露、表現といったモノローグ的作品として衰弱せざるを得なかった側面を訴えている。

この『俳句私見』には、昭和三十七年の「純粋俳句」の論にはじまる山本健吉の初期俳句論が収められている。一巻を通しては、俳句の特異な文芸ジャンルにおける芭蕉の唯一無二の到達点を語ることによって、俳句という世界の本質を説き明かして、ぼくにとっても、じつに遅きながら、必読の書であったと思わざるをえない。

この書を読み進めるあいだ、何度か夢の中に、その内容が、乱れからみあった文章として浮かびつ沈みつした。よほど囚われたのだろう。

さて、いよいよ、やっと本稿、本命の山本歳時記にたどりつくことができる。

寄り道、まわり道、また迷い道をしてきた季語。歳時記、気まま巡礼の、これが最後の札所となる。

必携！　文藝春秋版・山本歳時記

明治以前の歳時記の定本といわれる『栞草《しおりぐさ》』、正しくは滝沢（曲亭）馬琴、藍亭青藍補による『俳諧歳時記栞草』以後、これまで、さまざまな季寄せ、歳時記の類いを手にしてきた。新旧、玉石混淆。玉はもちろん、石は石なりに捨てがたく、それぞれ興味ぶかく、愛しい一巻として楽しませていただいてきたが、この、気ままな巡礼を経て〝この一篇〟となれば、ぼくにとっては、やはり、文藝春秋から刊行された山本健吉『最新俳句歳時記』ということになるだろう。

くりかえしになるが、山本健吉の編になる俳句歳時記は、これより十六年前、光文社から『新俳句歳時記』がある。この歳時記も山本自身が再三のべているように、山本歳時記の本格デビュー本ともいえる著作で、「歳時記の歴史と季題、季語」という論考が収録されていることもあり、布装の題字が読みにくい状態ではあったが、全五巻を神保町の古本祭りで入手している。

お目当ての、歳時記、季語に関する文章を興味深く読む。ここで山本は季語、歳時記の生まれ出た、和歌に始まる歴史を解説するが、とくに力説されるのが、従来の歳時記における季語解説の杜撰さである。それは、江戸の歳時記の解説を鵜呑みにして、きちんと取材され、検証されないまま、引き移されたためと断じている。

例に挙げられているのが「風」にかかわる季語で、とくに「高西風《たかにし》」を挙げる。俳句を作る人（もちろん専門家も含めて）だが、「歳時記のいい加減な解説に頼って、実感もない机上の作品を作るのは困りものである」と苦言を呈したあとで、とっておきの例を出す。

滑稽な例に「高西風」というのがある。ある歳時記によれば「九月、十月頃、上空を吹く西風をいう。」とある。つまり「高」とは上空をさし、地に近いところは吹かないもの、従ってわれわれの膚には感じられない風であるらしい。（中略）またある歳時記では「そろそろ秋冷の感じられる季節の風で、秋の天高く澄み渡った趣きを加えて『高西風』という」とある。

と、「高西風」についての歳時記の〝珍解説〟を紹介した上で、ばっさり！

考えたものである！　でたらめも休み休み言うがよい。これは西国に使われる風の名で、「高い」というのは子《ね》の方、すなわち真北に近いことを意味し、九州・山陰ではほとんど北西風または西北西風をさし冬の風である。「高東《たかごち》」「高北風《たかかぜ》」「高風」などの用例もある。

と、正す。そして、こんな誤った歳時記の解説をもととして作られた〝恥ずかしい〟例句まで挙げている。作者に罪はないというものの、歳時記の季語や例句だけを見て、半可通な知識で、もっともらしい句を作ると、あとで、人知らず赤面することとなる。

他人事ではない。自分の経験にかかわらない季語で、句など作るものではないなと自戒。また、句会などでの席題を提供する人も、「あなたたちは知らない季題だろう」とか思って、珍しいからといって興味本位だけの季語を出すことは控えてもらいたい。傍迷惑なだけだ。もし、出すなら、この季語の重要性、語の意味、使われ方など、きちんと説明してもらいたい、と八つ当たり的に言わせていただく。

山本は、これはよく知られる「東風《こち》」についても、この季題が、例の菅原道真の「東風吹かば思いおこせよ梅の花主なしとて春を忘るな」という有名な和歌ゆえに、「この言葉につきまとって漁村の塩の香や、たくましい生活の匂いは捨象されてしまって、堂上貴族の風雅の言葉と化してしまった」と嘆いている。

山本の、この光文社版「新俳句歳時記」の一文、「風」に接して、しばらく前に入手していた『季語深耕「風」』（小熊一人著　昭和六十一年　角川選書）を手にする。この、元・気象庁勤務であり、角川俳句賞を受賞している俳人でもある著者による「高西風《たかにし》」の項をチェックする。

さすがに、もと気象の専門家だっただけに、いい加減な解説の愚は踏んでない。引用する。

「高西風」は「高」というから上空を吹く、あるいは現代流の「ジェット気流」の西風と思われそうだが、それでは生活と無関係で季語とはいえなくなる。高とは真北に近いことを意味するという。晩秋のころ「西あなじ」「籾落し」と恐れられる突然吹き起る北西風なのである。

と、解説している。なお、この一冊は季語のうち「風」だけを取り上げたもので、解説、例句あいまって、いろいろ参考になる。

ところで、山本健吉の『ことばの歳時記』にも「高西風」の項があり、「残念ながら解説に誤りがあり、俳人たちがその風を経験したわけでもなかったので、ただ単にその言葉のめずらしさに惹かれて、机上でこねまわした」一つの例として、この「高西風」を挙げている。

ここでは誤った、〝ご解説〟をしている歳時記として改造社版と新潮社版の名を出している。両者も、江戸時代の編集された書物から転記？　あるいはそこから拡大解（誤？）釈して解説されてしまったものだろう（とはいえ、両歳時記、とくに戦前の改造社版歳時記は歳時記史に残る立派な刊行物である）。

ともかく、山本の光文社版歳時記を手にして、以上のような、実に参考となる〝歳時記活用の注意事項〟に触れることができた。

さて、次の〝定本〟文藝春秋版『最新俳句歳時記』に移ろう。めざすは、「新年」の巻に収められている、「歳時記について」である。歳時記の付録としてはボリュームもたっぷりとある論考である。まずは、あらためて、その項目について紹介しておきたい。

その一　歳時記の歴史と季題・季語
その二　日本文学と季節感
その三　芭蕉の季題観
その四　季の詞――この秩序の世界
その五　季語の年輪

くり返しになるが、この歳時記に収録された「歳時記について」が、こののちの、俳人や文芸評論家による歳時記論の主柱となる。この山本の歳時記・季語の生成の考察なくしては、まず一切の季語・歳時記の論は成り立たず、また無効といっていいだろう。あらためて、この論考を読みはじめる。その「一」を読みだして、すぐに気づく。おや、これは先の光文社版歳時記に収録されていたものと、まったく同じ文章ではないかと。もちろん、再録でけっこうである。光文社版が絶版とあれば、大切な論考は、こういった機会に収められるべきである。逆に、このことによって、山本が自身の過去の記述に対しても、十分自負を抱いている証左となる。次の項をしっかりと読んでいきたい。

山本健吉の、まさに入魂の俳句評論集『俳句私見』（昭和五十八年）を読み、また、『最新俳句歳時記』（昭和四十七年）に収められている「歳時記について」を読んで、山本のいくつかの論考が、僕の知る初出以降、再度、別の著作物に転載されていることに気づいた。

すでに述べたことだが、これは必ずしも咎められることではないのだが、たとえば、文藝春秋刊『最新俳句歳時記』の「その一」の章、すでに記したように、この歳時記に先立つ、昭和三十一年刊の光文社版『新俳句歳時記』の「歳時記の歴史と季題・季語」と、まったく同じ文章であり、別に、このうちの「四」「五」がタイトルは取って『俳句私見』の「俳諧についての十八章」の「風土と方言」「言葉の生命力」と題して、収められている。

整理すると、手元にある書籍での順では（一九五二）と記述のある『俳句私見』での収録が最初、次が、四年後の一九五八年記のあとがきのある角川版歳時記での収録、もっとも新しいのが（といっても、もう五十年近く昔になる昭和四十七年）一九七二年の文藝春秋版歳時記。つまり、三度の登場というわけだ。

門外漢のぼくのような、ただの歳時記関連巡礼読みをしていると、たまたま、こういうことに気づかされるのだが、繰り返し言うが、同じ文章の〝何度のおつとめ〟も必ずしも悪いことではない。どころか、状況や時間の差などは、こちらの目にふれる機会を作ってくれた方が親切というもの、と思う。

しかし、この文章、どこかで読んだな、というような読者のことも想定して、転載収録時、それなりのデータを記しておいてくれると、いっそうありがたかった。

時間の経過の中で〝腐った〟、〝劣化〟したりする論考などではないという自負があるからこそ、山本は再三にわたって転載、したはずである。ことにあたって厳密、フェアな姿勢の山本がなぜ？　初出等のデータを記すことなく再録、再々録したのか？　当時は、そういう出版慣例だったのか。

そんな余計なことも考えつつ、文藝春秋版歳時記の「歳時記について」を読み進める。前著の再録が混じっているかどうかなど、どうでもよくなる。山本健吉による、心情あふれる、俳句への愛に満ちた、目を見張る知見、また現代の句界、俳人への批判であり要望である。

「その二　日本文学と季節感」では、平安期の和歌の時代から季題、季節感が、ずっと連歌の時代まで「京都、あるいは京都の周辺をあまり出ることのなかった彼らの生活」が「脳裏の美意識によって、自然をなぞり、類型化し、季語を一定秩序の上に配列して、一つの美しい仮構のの世界を作り上げた」とする。このような、「概念的把握から、もっと生活に即した把握へ」、そして「さらにより高次の形而上的把握へ向かったのが」芭蕉の求めた俳句「芭蕉の道」であったと説く。

そして、「生活の表層においては、急激に、破壊的に行われている時代においては、人々の季節感は鈍磨してくるのが当然である」と、警鐘を鳴らす。

「その三　芭蕉の季節観」「その四　季の詞――この秩序の世界」は子規が、芭蕉ではなく蕪村を再発見し評価したのに対し、山本健吉は、絵空事ではない俳句世界を命がけで構築するに至った芭蕉について、深く洞察し、言及。後に無季俳句論者に援用されたりする芭蕉の「無季の句があってもいい」といった言葉の真意や方法論としての「切字」についても解き明かしている。

とくに、季題、季語について、『古今集』以来の、とくに選ばれた言葉から、連歌、俳諧、俳句へと至る季語の生成、発達、増幅に関わる事情に論を進め、ついに「その五　季語の年輪」、すでに今日も普遍的定説とされている、季語、季題のピラミッド構造の発想に到達する。

つまり、季語の成り立ちは、まず、その中心部に「四季を代表する景物」「雪・月・花・郭公《ほととぎす》・寝覚」、あるいは「花・郭公・月・雪」に「紅葉」を加えて「五個の景物」とした。「この五つの景物をピラミッドの頂点に置いて」「その周辺の斜面を和歌の題」「ついで俳諧の季題が取り巻く」。そして、ここまでは「客観的な科学性よりも、美意識が優先」しているため、現実に生きる生活、風土「そのままの反映ではなく、一つのフィクションの世界、秩序の世界なのである」とする。

「そして、それらが作る円の周辺に、風土の季語現象のすべてと競い合おうとする題目の集積があり」「季語の全体である」と定義し、その構造を具体的な、左のような図によって示している。

そして、この、文藝春秋版山本歳時記に収録されている「歳時記について」の論考は次のような言葉で、しめくくられる。

俳諧の季語の世界は、以上のように、ピラミッドの頂点から次第に裾野に至って、現実世界と接触する。このような世界を前提として、俳諧・俳句という文学が成立しているのである。

以上のような論考も「付録」として収録した、山本健吉編・文藝春秋刊『最新俳句歳時記』は、これ自体がわれわれに残してくれた貴重な文化遺産と言わなければならないだろう。

このあと山本健吉は各出版社、各種大歳時記の編者、監修者として膨大なボリュームの仕事を残していく。それは、〝文芸評論家〟山本健吉自身が、季題、季語、歳時記の世界で、仰ぎ見るようなピラミッドを築き上げた姿とも重なる。

思えば俳句歳時記、季寄せは、日本の言語空間に生きつづけてきた。ということは日本人の風土、生き死にとともにあった、そら恐ろしいほど重厚的な感情や、イメージの発露を記録、編集した、日本文化の総合辞典であったのである。

歳時記が日本人にとっての聖書といわれる道理である。

と、すれば、たとえば日本の一流ホテルの各室に和英版でもよし、和仏版でもよし、俳句歳時記の類が置かれていてもよいのではないか。

季語・歳時記巡礼をなんとか、まがりなりにも無事終えたいま、もしや、日本のホテルに、常備されている、歳時記のページを気ままにめくる幻影を思い浮かべるだけで、この道楽、愚行も少しは報われる気もしてくる。

幻《まぼろ》しは、時として現実になる。

あとがきにかえて──まさに、もって瞑すべし──

自分でもホメてあげたいくらいの面倒臭がり屋なので、自ら中心となって催したことは一回もないのだが、なぜか若い頃から、素人句会に呼ばれたり、友人たちと込みで誘われたりしてきた。

人によっては、恐怖の表情を浮かべて、「句会？　絶対に出ません！」「俳句？　無理です！　皆さんがやるのなら、私は見てます！」というような反応をする人も珍しくはないが、なにもそんな恐ろしい事柄でもないので、自らは主宰などしないが、お声がかかれば、なにか事情のないかぎり、ノコノコと出かけていく。

〝事情のないかぎり〟と言ったが、その、事情とは、まず、そこに集まるメンバーの中に相手がぼくを避けたいと思っているのでは？　と推察される人のいる場合。もうひとつは、会場となる場所や店が、ぼくにとって歓迎せざるところの場合。

たしかに素人のお遊び、また顔合わせだったりする体《てい》の句会なんでしょうが、だからこそ、心から楽しみたい。だからこそ、微妙な気分を大切にしたい。

素人句会とはいえ、句会は〝座〟の文芸の末席にあるものでしょう。〝衆《じゅう》〟の構成は玄人、素人、関わりなく、句会では大切な一事でしょうから。

というわけで、
・仕事仲間、呑み仲間のどなたかが言い出しっぺとなって飲み会的、あるいは旅先での宴会的句会。
・仲間のうち、誰かの祝事、激励、打ち上げ、あるいは壮行会的な句会。
・雑誌の特集企画などでの、これは一応、仕事としての句会。
そのときどき、さまざまな動機で、メンバーが集まり、句会が開かれ、楽しいお付き合いとして顔を出してきた。

ときには主催者、勧進元からのご指名で、進行役、世話人を引き受けたこともある。その勧進元はたいていの場合、作家の嵐山光三郎大人で、お声がかかるのはイラストレーターの南伸坊さん、作家の石田千さん、同じくイラストレーターの浅生ハルミンさん、TVプロデューサーの岡部憲治さん、同じくディレクターの氏家力さん、嵐山オフィスの参謀役・中川美智子さん、嵐山本の編集者・田辺美奈さん、特待乱入動員としてテナーサックス奏者の中村誠一さん、——と、まあ、このような常連的メンバーに、たとえば温泉旅行などがあると、そのときのゲストなども参加。

別グループでは、吉田類さんの句会もあった。人気の類さんの主宰なので、著名ゲストを含めて、大もりあがり。いつもニコヤカな有田芳生さんとも、ここで知り合った。

と、ここまで書いてきて、これはかなりの連衆《れんじゅう》ではないか、と改めて気がついた。毎回、酒を酌み交わしながら馬鹿々々しい冗談を言い言い、句を作ったり、選句したりしてきたので、意識をしなかったけど。

かなりの句会、といえば、ここ十年ほど前から、歴史を誇る銀座のタウン誌『銀座百点』の句会からお誘いがあったが、その句会は、かの久保田万太郎の「湯豆腐やいのちのはてのうすあかり」が生まれた句会で、わが仰ぎ見る奥野信太郎、安藤鶴夫、さらに時代は下って戸板康二、小沢昭一といった方々が参加していた座。

「お知り合いの方もいらっしゃいますよ」とお誘いを受けたが、当初は、それこそ相撲で言う〝家賃が高い〟という言葉が実感。とても、とてもと、毎回、「欠席」に○して返事を出していました。それが、ここ数年「お知り合いの方」の数がふえてきて、「出ていらっしゃいよ」という先達の声の後押しもあり、ノコノコと参加することになりました。

開かれるのは毎年、年の暮の夕方前で、忘年会気分。この座には高橋睦郎氏ほか著名俳人も参加、「お知り合い」には、芭蕉新発見で文学賞を得てもいる嵐山光三郎、おなじみ南伸坊、古くからの友人で、若隠者の風格のあるイラストレーターの矢吹申彦、自らの句集を持つ装丁家の間村俊一、（おや、初顔の磯田道史氏もいらっしゃるではないですか）といった風景。

何年か前の、この百点句会で「冬の蠅」という席題が出されて、（冬の蠅かよ？）と苦しまぎれに「場違いな所に出てしまったと冬の蠅」といった、字あまりの句を作った記憶があります。ここでの冬の蠅は、まさしく、この場の、ぼく自身だったのです。

そんな俳風遊びをしてくるうち、何度か、あれこれ、とくに季語に対する無知で恥をかいたことに、少しはこりたのでしょうか、季寄せ・歳時記の類に関心が向くようになりました。神田・神保町古本散歩は中毒、宿痾のようなものですから、そんなときに俳句関連の棚に目が行く。店頭の均一台の背表紙から「俳」の字が飛び込んでくる。秋の古本まつりの棚の片隅あたりに、明治、大正、戦前の俳書が信じられないくらいの値段で安く売られているのに出合う。

ぼくの、新旧、季寄せ・歳時記集や俳句関連本集めはこうして始まってしまったようです。ただ、これがいつものことながら、あくまでも興味本位、気分次第、さしたる目的などまったくない。ただ、そういう本を見つけて、入手したときのホクホクうれしい気持ちが、ありがたい。

それがいつの間にか――自分でも（う〜む、これはどうするか……）と唸ってしまうような量になってしまったのです。そんなタイミングのときに元雑誌『遊歩人』の編集長で、文源庫のサイトを主宰している、ぼくが「石井隊長」と呼ばせてもらっている石井紀男氏から、「うちで、何かやらない」とお声がかかり、（石井隊長のところなら、何でもありだろ）と勝手に思い定め、『季語道楽』と題して連載を始めた。

それが（スタートはちょうど十年前。途中、何度か長いブランクはあったが）積もり積もって、思えば連載、六十余回。この無謀、御無体《ごむたい》なる壮挙、いや愚行を、「うちで本にしませんか」と言ってくれたのが、石井隊長と永い仕事仲間でもある山川出版社のＨ氏（謝辞に編集者名を出さないという会社の方針のためイニシャルで）。本になるのは嬉しいが、まだまだ書きたさねばならぬことが……とズルズル締め切りを伸ばすうちに、Ｈ氏の眼の光がだんだん鋭くなり……ということで、とにかく自分なりに頂上をきわめた時点で、（本当に）めでたく締めの原稿を渡すことができました。

もちろん、途中、気にかかりながら、きちんとふれずに通過した季寄せ・歳時記の類は少なくありません。今でも、ぼくのすぐ脇に、平井照敏編『新歳時記』（全五巻　河出文庫）、一度処分してしまって、再度買い集めた新潮社編『俳諧歳時記』（全五巻　新潮文庫）、神保町から持って帰るのにほとほと難儀した〝3キロ歳時記〟の集英社版『大歳時記』全四巻ほかが、この『季語・歳時記巡礼全書』にきちんと紹介できなかったことに、うらめしそうな気配を発しておるのです。

しかし、人生の神髄、これ、すべて見切り発車。時来れば船は港を離れます。

出版にこぎつけるまで、石井隊長はずっと伴走を続けて下さった。刊行実現にあたっては、眼光鋭くも献身的本づくりの山川出版社編集部のＨ氏、そして、この本の帯に、身にあまる名フレーズを寄せていただいた磯田道史氏。
しかも装丁は相撲観戦仲間であり神楽坂の良き酔友でもある間村俊一氏。
ぼくの墓碑銘のような本が世に出ることとなりました。まさに、もって瞑すべし。

坂崎重盛

参考文献および本書で紹介した主要書籍一覧

『図説　俳句大歳時記（春・夏・秋・冬・新年　全五巻）』角川書店編、角川書店、一九六四～六五年

『集英社版大歳時記（1句歌　春夏・2句歌　秋冬新年・3歌枕　俳枕・4句歌　花実　全四巻）』山本健吉監修、集英社、一九八九年

『俳句歳時記（春・夏・秋・冬・新年　全五巻）』平凡社俳句歳時記編集部編、平凡社、一九五九年

『最新俳句歳時記（春・夏・秋・冬・新年　全五巻）』山本健吉編、文藝春秋、一九七一～七二年

『地名俳句歳時記（一北海道　東北・二関東・三北陸・四甲信・五東海・六近畿Ⅰ・七近畿Ⅱ・八中国　四国　九州　全八巻）』山本健吉監修、中央公論社、一九八七年

『新撰俳句歳時記（春・夏・秋・冬・新年　全五巻）』大野林火等編（新年のみ秋元不死男等編）、明治書院、一九七六年

『新編俳句歳時記（春・夏・秋・冬・新年　全五巻）』鷹羽狩行編（春）、草間時彦編（夏）、清崎敏郎編（秋）、野澤節子編（冬）、森澄雄編（新年）、講談社、一九七八年

『新版俳句歳時記（春の部・夏の部・秋の部・冬の部・新年の部　全五巻）』角川書店編、角川文庫、一九五五年

『吟行版　季寄せ―草木花（春・夏・秋・冬　全四巻）』春・冬　山口誓子、夏　中村草田男、秋　加藤楸邨（選・監修）、朝日新聞社、一九八一年

『俳諧歳時記（新年・春・夏・秋・冬　全五巻）』山本三生編、改造社、一九三三年

『新俳句歳時記（新年・春・夏・秋・冬　全五巻）』山本健吉編、光文社（カッパ・ライブラリー）、一九五六年

『基本季語五〇〇選』山本健吉、講談社学術文庫、一九八九年

『定本西日本歳時記』小原菁々子編、西日本新聞社、一九七八年

『現代俳句歳時記　改訂版』金子兜太編、チクマ秀版社、一九九六年

『秀句十二か月』能村登四郎、富士見書房、一九九〇年
『日々の歳時記』広瀬一朗、東京新聞出版局、一九八五年
『俳句外来語事典　外来語俳句を詠みこなすために』大野雑草子編、博友社、一九八七年
『入門歳時記』（角川小辞典シリーズ）大野林火監修　俳句文学館編、角川書店、一九八〇年
『今はじめる人のための俳句歳時記　新版』角川学芸出版編、角川ソフィア文庫、二〇一一年
『季語の誕生』宮坂静生、岩波新書、二〇〇九年
『現代　歳時記』金子兜太　黒田杏子　夏石番矢、成星出版、一九九七年
『沖縄俳句歳時記』小熊一人、那覇出版社、一九七九年
『ハワイ歳時記』元山玉荻編、博文堂、一九七〇年
『増補　俳諧歳時記栞草（上・下）』曲亭馬琴編、藍亭青藍補、堀切実校注、岩波文庫、二〇〇〇年
『毛吹草』竹内若校訂、岩波文庫、一九四三年
『平成新俳句歳時記』阿部弘子　田中清太郎、国文社、一九九一年
『改訂新歳時記』虚子編、三省堂、昭和九年
『俳句難読語辞典』宗田安正監修、学研、二〇〇三年
『絶滅危急季語辞典』夏井いつき、ちくま文庫、二〇一一年
『絶滅寸前季語辞典』夏井いつき、ちくま文庫、二〇一〇年
『季語実作セミナー』今瀬剛一、角川選書、二〇〇一年
『名句十二か月』宇多喜代子、角川選書、二〇〇九年
『古季語と遊ぶ 古い季語・珍しい季語の実作体験記』宇多喜代子、角川選書、二〇〇七年
『宮中歳時記　伝統と新風　皇室のいま』入江相政編、小学館、二〇〇二年
『難解季語辞典』関森勝夫（中村俊定監修）、東京堂書店、一九八二年
『俳句　四合目からの出発』阿部筲人、講談社学術文庫、一九八四年
『俳談』高浜虚子、岩波文庫、一九九七年
『「半七捕物帳」大江戸歳時記』今井金吾、ちくま文庫、二〇〇一年
『新訂東都歳事記上・下』市古夏生／鈴木健一校訂、

ちくま学芸文庫、二〇〇一年
『風物ことば十二カ月』萩谷朴、新潮選書、一九九八年
『季語の研究』井本農一、古川書房、一九八一年
『名句鑑賞事典　歳時記の心を知る（Sun lexica26）』森澄雄編、三省堂、一九八五年
『古句を観る』柴田宵曲、岩波文庫、一九八四年
『文学・東京散歩（古通豆本41）』柴田宵曲、日本古書通信社、一九八〇年
『ことばの歳時記』山本健吉、角川ソフィア文庫、二〇一六年
『やじうま歳時記』ひろさちや、文藝春秋、一九九四年
『美酒佳肴の歳時記──俳句はグルメのキーワード』森下賢一、徳間書店、一九九一年
『文学忌歳時記』佐川章、創林社、一九八二年
『落語　長屋の四季』矢野誠一、読売新聞社、一九七二年
『日めくり　四季のうた』長谷川櫂、中公新書、二〇一〇年
『くさぐさの花』高橋治、朝日文庫、一九九〇年
『花の歳時記』松田修、現代教養文庫（社会思想社）、一九六四年
『俳句でつかう季語の植物図鑑』遠藤若狭男監修、山川出版社、二〇一九年
『山の俳句歳時記』岡田日郎編、現代教養文庫（社会思想社）、一九七五年
『味覚歳時記』大野雑草子編、博友社、一九九七年
『味覚の歳時記』講談社編、講談社、一九八六年
『犀星発句集』室生犀星、櫻井書店、昭和一七年
『俳句のたのしみ』中村真一郎、新潮文庫、一九九六年
『文人たちの句境──漱石・竜之介から万太郎まで』関森勝夫、中公新書、一九九一年
『漱石俳句集』坪内稔典編、岩波文庫、一九九〇年
『俳人漱石』坪内稔典編、岩波新書、二〇〇三年
『百鬼園俳句帖』内田百閒、三笠書房、一九三四年
『新訂現代俳句歳時記』石田波郷、志摩芳次郎共編、主婦と生活社、一九八八年
『俳句私見』山本健吉、文藝春秋、一九八三年
『わが俳句戦後史』金子兜太、岩波新書、一九八五年
『俳句への道』高浜虚子、岩波文庫、一九九七年

『覚えておきたい虚子の俳句２００』高浜虚子、角川ソフィア文庫、二〇一九年
『新編歳時記　改訂版』秋桜子編、大泉書店、一九六二年
『俳句作法』水原秋桜子、朝日文庫、一九八五年
『誓子俳話』山口誓子、東京美術、一九七二年
『必携季語秀句用字用例辞典』齋藤愼爾、阿久根末忠編著、柏書房、一九九七年
『昭和大成新修歳時記』宮田戊子、近代文芸社、一九三二年
『俳句歳時記』永田義直、金園社、一九七二年
『季語辞典』大後美保編、東京堂出版、一九六八年
『季語語源成り立ち辞典』榎本好宏、平凡社、二〇〇二年
『季語うんちく事典』新海均編、角川ソフィア文庫、二〇一九年
『俳句のための基礎用語事典』角川書店編、角川ソフィア文庫、二〇一九年
『季寄せ　新装版』大野林火、安住敦編、明治書院、一九九七年
『季語集』坪内稔典、岩波新書、二〇〇六年
『暉峻康隆の季語辞典』暉峻康隆、東京堂出版、二〇〇二年
『季語深耕「風」』小熊一人、角川選書、一九八六年
『日本名句集成』飯田龍太他編、学燈社、一九九一年

主な引用句　作者名別さくいん

〔著者紹介〕
坂崎重盛（さかざき　しげもり）
1942年、東京生まれ。編集者、エッセイスト。俳号「露骨」。千葉大学造園学科で造園学、風景計画を専攻。著書に『Tokyo老舗・古町・お忍び散歩』（朝日新聞社）、『東京読書　少々造園的心情による』（晶文社）、『東京煮込み横丁評判記』（光文社知恵の森文庫）、『神保町「二階世界」巡り　及ビ其ノ他』（芸術新聞社）、『「絵のある」岩波文庫への招待』など。

校正／別府由紀子・泉敏子

季語《きご》・歳時《さいじ》記《き》巡礼《じゅんれい》全書《ぜんしょ》

2021年8月20日　第1版第1刷印刷　　2021年8月30日　第1版第1刷発行

著　者　坂崎重盛
発行者　野澤武史
発行所　株式会社 山川出版社
〒101-0047　東京都千代田区内神田1-13-13
電話　03(3293)8131(営業)　03(3293)1802(編集)
https://www.yamakawa.co.jp/
印刷所　株式会社太平印刷社
製本所　株式会社ブロケード
装　幀　間村俊一
本　文　梅沢 博

 ISBN978-4-634-15202-1 C0095